COISAS QUE NINGUÉM SABE

Do autor:

BRANCA COMO O LEITE, VERMELHA
COMO O SANGUE

COISAS QUE NINGUÉM SABE

Alessandro D'Avenia

COISAS QUE NINGUÉM SABE

Tradução
Joana Angélica d'Avila Melo

Rio de Janeiro | 2013

Copyright © 2011 Arnoldo Mondadori Editore S.p.A., Milão.

Título original: *Cose che nessuno sa*

Capa: Angelo Allevato Bottino
Foto de capa: Marta D'Avenia

Editoração: FA Studio

Texto revisado segundo o novo
Acordo Ortográfico da Língua Portuguesa

2013
Impresso no Brasil
Printed in Brazil

Cip-Brasil. Catalogação na fonte
Sindicato Nacional dos Editores de Livros, RJ

CD269c	D'Avenia, Alessandro, 1977- Coisas que ninguém sabe/ Alessandro D'Avenia; tradução Joana Angélica d'Avila Melo. – Rio de Janeiro: Bertrand Brasil, 2013. 378 p.: 23 cm Tradução de: Cose che nessuno sa ISBN 978-85-286-1650-7 1. Romance italiano. I. Melo, Joana Angélica d'Avila. II. Título.
	CDD: 853
12-8847	CDU: 821.131.3-3

Todos os direitos reservados pela:
EDITORA BERTRAND BRASIL LTDA.
Rua Argentina, 171 – 2º andar – São Cristóvão
20921-380 – Rio de Janeiro – RJ
Tel.: (0xx21) 2585-2070 – Fax: (0xx21) 2585-2087

Não é permitida a reprodução total ou parcial desta obra, por
quaisquer meios, sem a prévia autorização por escrito da Editora.

Atendimento e venda direta ao leitor:
mdireto@record.com.br ou (0xx21) 2585-2002

Às minhas irmãs, Elisabetta,
Paola e Marta,
pérolas que a vida me deu.

Se aos mortais fosse possível escolher tudo,
primeiro escolheríamos o dia do retorno do pai.

HOMERO, *Odisseia,* XVI, 148-149.

Sumário

Prólogo 11

PRIMEIRA PARTE
   O predador 19

SEGUNDA PARTE
   A madrepérola 239

Epílogo 355

Agradecimentos 371

Prólogo

É seu aniversário de 14 anos e ela está sentada na proa. Os olhos verdes, risonhos e melancólicos estão magnetizados pelo horizonte: uma linha nítida demais para não meter medo. O mundo é uma concha. Faz eco à luz, reflete toda aquela que recebe, até sob a forma de sombras. E a luz é o único mandamento da alvorada. Um mandamento áspero, porque, quando se vem à luz, sente-se também vontade de chorar.

– Você parece uma *polena*!* – grita-lhe o pai, tentando vencer o rumor do vento que impele a embarcação ao largo da baía do Silêncio. Gaivotas acariciam a água em busca de presas e, cansadas, pousam sobre o mar. O odor seco da costa já está distante.

Pernas abandonadas ao vento e ao vazio, Margherita se volta, estende sobre a madeira do assoalho seus 14 anos novos em folha e o encara. Um sorriso esculpe o rosto do pai, que já chegou à idade em que cada vinco ou ruga está onde deve estar e o rosto revela com graça impudica quem você é, quem foi e quem será. Ele tem espessos cabelos negros, como Margherita, e olhos ainda mais

---

* Figura de proa, carranca. Como, adiante, há um jogo de palavras e uma explicação para esse termo, preferimos deixá-lo em italiano. (N.T.)

negros que os cabelos, se isso é possível – os olhos dela, verdes e transparentes, Margherita roubou da mãe –, a pele recém-escanhoada, perfumada pela loção pós-barba com que a esposa lhe presenteia desde quando eram namorados.

Eleonora ficou em casa com Andrea, o filho caçula, preparando o almoço da festa. Apoiando o queixo sobre as mãos unidas em forma de parapeito, Margherita, fingindo-se ofendida, indaga:

– Uma falena?*

– Não uma falena... Uma *polena*!

– O que é *polena*?

Deixando por um instante o timão e lançando um olhar às fitas indicadoras da direção do vento, bem aderentes à vela, o pai responde gesticulando, como se pintasse as palavras no ar:

– Os antigos marinheiros esculpiam na proa dos navios uma figura humana, com a função de protegê-los. No início, eram apenas uns olhos enormes, que permitiam ao navio enxergar a rota. Depois, eles as transformaram em divindades femininas: mulheres belíssimas, de olhar hipnótico, capaz de encantar as ondas e intimidar os inimigos.

Margherita sorri, estreitando as pálpebras. Contorce-se e volta à posição anterior. Os cabelos a seguem, uma cascata negra desarrumada pelo vento e banhada pela luz. Bela e imóvel como uma figura de proa, com seus olhos de mar: íris verdes úmidas de lágrimas, que o ar enxuga muito rapidamente para deixar somente um vago

---

* Falena: borboleta noturna, mariposa. Tanto quanto em português, em italiano o termo pode ser usado em sentido pejorativo, como sinônimo de "prostituta". Daí Margherita se fingir de ofendida. (N.T.)

indício delas. Aos 14 anos a gente chora com frequência, de alegria ou de dor, não importa. As lágrimas não se distinguem, e a vida é tão tenra que se dissolve como cera ao fogo, que descasca a menina para descobrir a mulher.

Margherita balança as pernas no vazio, e o mar esguicha confetes de luz e água contra seus pés descalços, que escoiceiam a linha do horizonte na tentativa de quebrá-la. Mas a linha permanece intacta. A garota a observa: fio da vida, suspenso entre céu e terra, sobre o qual ela se imagina em equilíbrio. *A vita è nu filu*, diz sempre a vovó Teresa, na língua carnal de sua terra.

E, aos 14 anos, você é um equilibrista descalço sobre seu fio, e o equilíbrio é um milagre.

É o verão da vida dela. É a alvorada de uma idade nova. Seu pai e ela, sozinhos em um barco a vela, a poucos dias do início do liceu,* no dia de seu aniversário. Por um instante, Margherita fecha os olhos e distende a coluna sobre o assoalho do barco, alonga os braços. Depois, abre os olhos de novo, e uma força invisível inunda a vela. É o vento. A gente não o vê nem o sente enquanto ele não encontra um obstáculo, como todas as coisas que sempre existiram. Até o mar parece sem limites e, no entanto, canta sozinho quando encontra obstáculos: chocando-se contra a quilha, torna-se espuma; quebrando-se nos recifes, vapor; espalhando-se pelas praias, ressaca. A beleza nasce dos limites, sempre.

* * *

---

* No sistema educacional italiano, o liceu corresponde aproximadamente ao nosso ensino médio, antigo segundo grau, mas com duração de cinco anos. O aluno pode optar entre *liceo scientifico* e *liceo classico*. (N.T.)

O pai bloqueia o timão e se aproxima de Margherita por trás, surpreende-a com um abraço e a levanta. A luz entra em todas as coisas, atravessa a pele, chega dentro da carne. Cobertos por uma camisa branca arregaçada até os cotovelos, os braços fortes do pai a estreitam. O perfume quente e seco da loção pós-barba mistura-se ao do mar. Ele apoia o nariz sobre a nuca da filha e lhe dá um beijo. Fita o horizonte junto com Margherita, que experimenta o embaraço de seu corpo inquieto e novo, sentindo-o quase como uma culpa. Porém, com seu pai tão próximo, a linha que divide céu e mar em dois não inspira medo e é possível ir ao encontro dela, percorrê-la, explorá-la, furá-la com a proa, como se aquilo fosse um cenário de papel.

— Você é a garota mais bonita do mundo. A minha pérola. Parabéns! – diz ele, beijando-a de novo. Chama-a assim porque o nome dela, Margherita, significa "pérola" em latim. Ele repete isso muitas vezes. "Eu era bom em latim", acrescenta sempre.

— Um dia, poderemos chegar à Sicília. Quero ver a casa amarela da qual a vovó sempre fala, e o jardim com a trepadeira de jasmins na fachada e as figueiras-da-índia – diz Margherita, imitando a voz da avó e imaginando que frutos como aqueles das narrativas de Teresa, tão rubros, amarelos e brancos, não podem existir na realidade.

— Faremos isso.

— Promete?

— Prometo.

As ondas lavam os flancos de *Perla*. Assim se chama também a embarcação.

– Por que todos os nomes de embarcações são de mulher?

O pai não responde logo, reflete em silêncio e extrai as palavras como se as encontrasse no fundo de um poço. Sempre sabe tudo, seu pai.

– No navio de Ulisses, desenhado no livro de que eu mais gostava quando criança, estava escrito *Penélope*. Todo marinheiro tem um porto, uma casa à qual voltar, porque tem uma mulher que o espera ali, e o nome de sua embarcação lhe recorda o motivo pelo qual ele navega...

Sabe se arranjar com as palavras, seu pai. É um poeta quando quer.

– Como a mamãe para você?

O pai acena que sim.

– Papai, estou com medo... de começar o liceu. Não sei se estou à altura, se vou conseguir, se os colegas serão simpáticos... Se algum dia serei alguém... Se vou ter um namorado... Tenho medo do latim, não sou como você...

– Pois eu também tenho medo do latim... Até hoje sonho que o professor está me perguntando sobre os paradigmas dos verbos e que não me lembro de nada...

– Paradigmas? O que é isso?

– Bom. Por exemplo... – O pai está para iniciar uma de suas explicações intermináveis, e Margherita o interrompe de repente:

– Papai, estou com medo... – As lágrimas chegam aos olhos.

– Aconteça o que acontecer, estou aqui.

– Eu sei, mas isso não me tira o medo.

– Então, você está vivendo.

– Como assim?

– Quando sentimos medo, é sinal de que a vida está começando a nos tratar com mais intimidade. Você está se tornando uma mulher, Margherita.

Ela se cala, detendo-se para examinar aquela palavra, *mulher*. Que lhe dá medo. Tem luz demais.

Seu pai a estreita com mais força.

Atrás dos dois, o golfo de Gênova amplifica esse abraço sob a forma de recifes, costas, montanhas, continentes, multiplicando-o ao infinito, como se o universo inteiro a estivesse abraçando através de seu pai.

Margherita inspira o fresco odor dele, capaz de acalmá-la e de convencê-la de que está no mundo para explorá-lo, como durante o curso de mergulho que fez naquele verão.

Perla, silenciosa, fere o mar, que cicatriza em leve espuma. Lágrimas de alegria e de medo não se distinguem. No rosto de Margherita, as primeiras lavam as segundas, e o mundo inteiro é o presente de um pai à filha no dia de seu aniversário.

O pai lhe enxuga as lágrimas com o indicador dobrado, semelhante a um caule sobre o qual se acomodou o orvalho. Mostra uma a Margherita: brilha como pérola.

Ele explica:

– Uma vez, sonhei com uma mulher lindíssima, vestida com um casaco branco. Ela me olhava e sorria. Perguntei: "De onde vem sua beleza?" E a mulher me respondeu: "Um dia, você estava chorando, e eu esfreguei meu rosto com suas lágrimas." – O pai faz uma pausa e acrescenta: – Tudo vai correr bem, Margherita, tudo vai correr bem...

Margherita confia naquelas palavras, confia-se àqueles braços. Não pode saber que nada vai correr bem, e, talvez por isso, continua a chorar, alegria e dor juntas, e não sabe qual das duas prevalece na composição química das pérolas geradas pelos olhos. Queria perguntar ao pai, mas se detém.

São coisas que ninguém sabe.

PRIMEIRA PARTE

O predador

Todo mundo pode controlar uma dor,
menos quem a tem.

W. SHAKESPEARE, *Muito barulho por nada*

I

— Mita está no armário — disse o menino à mãe.

Margherita e Andrea tinham voltado para casa havia pouco. O início das aulas se aproximava, e aquele luminoso domingo de setembro parecia não querer se resignar ao fato de que as férias acabariam em 24 horas. Tinham ido à casa de vovó Teresa, como em todos os domingos.

Margherita levava as férias no coração e na pele: durante aqueles meses, parecia que o mar, como faz com a praia à noite, havia polido seu corpo e sua alma, deixando na arrebentação uma daquelas conchas espiraladas que guardam o som e os segredos do oceano. Margherita adorava levar ao ouvido a concha que decorava a velha mesinha de vidro na casa da avó: ela trazia de volta as férias e lhe sussurrava sobre mundos perdidos, dos quais só restara um eco indecifrável, porque ninguém conhecia seu alfabeto.

Depois da *terza media*,* as férias, um período que ela gostaria de prolongar ao infinito: nada de deveres, nada de livros para ler. Somente o medo do liceu: nova escola, novos colegas, novos professores. Estava para começar uma vida nova, cujos contornos eram incertos como os de uma aquarela. Mas Margherita se sentia segura e pronta para concluir aquele quadro. Setembro lhe fornecia as cores.

---

* Série equivalente à última de nosso ensino fundamental. (N.T.)

Vovó Teresa era um peixe vermelho, ou pelo menos assim dissera Andrea. Aliás, a avó vivia repetindo uma de suas lapidares sentenças sicilianas: *Si vu' sapiri a verità, dumannala ai picciriddi.* "Se quiser saber a verdade, pergunte-a aos pequeninos." Morava sozinha. Seu marido, vovô Pietro, morrera havia quinze anos. Agora, sua única companhia eram os netos e Ariel, um peixinho vermelho que habitava um vaso arredondado. Andrea ficava a observá-lo durante horas: o peixe tinha uma listra branca em volta das barbatanas, um adorno concedido à beleza, e grandes olhos inexpressivos. Girava dentro da bola de vidro, em companhia de uma alga franjada e de um pedaço de coral-vermelho, único cenário de sua vida. Movia-se aos arrancos, como se a cada vez descobrisse algo novo

— Vovó, mas Ariel não fica chateado de sempre estar no mesmo lugar?

— Não, Andrea, os peixes vermelhos têm memória muito curta, de três segundos — explicara a avó. — No quarto, esquecem tudo, agitam a cauda e recomeçam. A cada três segundos, Ariel vê sua alga pela primeira vez, se esfrega contra seu coral pela primeira vez. Está sempre *priato*, contente, não se entedia nunca.

Andrea não tinha respondido nada: com frequência, refugiava-se em uma silenciosa bolha infantil, feita de realidade e fantasia misturadas.

Com o passar do tempo, durante as visitas deles, vovó Teresa havia começado a repetir cada vez mais as mesmas coisas, ninguém sabia se para recordá-las melhor ou se porque as esquecia muito depressa. Então, uma vez Andrea dissera a Margherita:

— A vovó é como os peixes vermelhos.

Margherita o olhara com curiosidade, parando por um instante de escrever o enésimo torpedo de três palavras, e se limitara a pensar que seu irmão tinha algo de genial no DNA. Na realidade, era a genialidade natural das crianças, que dizem as coisas como realmente são: *Si vu' sapiri a verità, dumannala ai picciriddi*. Com o passar do tempo, a mente de vovó ficava parecida com a de Ariel: perguntava se haviam colocado os ovos na massa, quando ela mesma o fizera pouco antes. Às vezes, Margherita se irritava, ao passo que Andrea não se alterava, porque, para as crianças, repetir é a coisa mais normal que existe: ele também queria ouvir sempre a mesma história antes de adormecer, com os mesmos detalhes.

As palavras, para os velhos e as crianças, não servem para explicar, justificar-se, julgar. São como o nó em uma linha, servem para assegurar que o mundo permaneceu em ordem: *Cu' nun fa lu gruppu a la gugliata, perdi lu cuntu cchiù di na vota*. Assim dizia a avó, mas ninguém compreendia que ela afirmava uma verdade tão simples quanto suas receitas: "Quem não dá nó na linha da agulha perde a conta mais de uma vez." Inclusive na vida.

Tinham voltado para casa com a torta bem empacotada no papel de cor avelã e atada com uma daquelas fitas vermelhas que a avó guardava em uma gaveta da qual nunca se lembrava. Margherita foi para seu quarto e se deixou abraçar pela luz de setembro que entrava pela janela escancarada. Ligou o rádio e o espelho magnetizou seu rosto, cada vez mais assimétrico desde algumas semanas antes, tomado por uma estranha transformação que havia começado, que lhe alongava as bochechas, salientava os ossos das maçãs do rosto e estreitava os olhos verdes, antes muito redondos. Mãos invisíveis modelavam seu corpo como a uma torta, e ela gostaria de meter as suas no espelho para participar daquele rito misterioso. Seu corpo também emitia um eco, a respiração sempre antiga e também nova da vida.

Margherita virava o rosto para a esquerda e a direita para controlar o corpo em que estava se transformando, consolava-se com os cabelos negros, longos e movediços, a parte dela que, junto com os olhos, mais lhe agradava. Já as orelhas lhe pareciam ainda muito pequenas, e ela as puxava como se pudesse alongá-las. Os dentes eram brancos e regulares; os lábios, finos, mas dóceis à expressão dos sentimentos mais diversos; os seios ainda apenas esboçados.

O rádio enchia o quarto de palavras; o sol, de luz; e o vento, de odores contrastantes:

Maybe I'm in the black, maybe I'm on my knees.
*Maybe I'm in the gap between the two trapezes.**

Os olhos de Margherita se perderam no vazio. Ela recordava as palavras do pai no barco, como um estribilho de fácil memorização, que a gente não consegue tirar da cabeça:

"Tudo vai correr bem."

Lá fora, o mundo parecia um palco à espera de sua dança e, embora o público lhe incutisse temor, ela sabia que, nos bastidores, havia pessoas que a amavam e a fortaleciam: o pai, a mãe, o irmão, a avó, as amigas.

Andrea entrou sem bater no santuário de Margherita, que nem percebeu, e se agarrou ao braço da irmã, tentando arrancá-la de seu transe adolescente.

– *Poc-corn!* – disse, deturpando a pronúncia e estendendo ligeiramente o lábio inferior, como costumava fazer quando queria convencer Margherita, incapaz de resistir àquela atitude de gato abandonado sob a chuva.

---

* "Talvez eu esteja no escuro, talvez esteja de joelhos./ Talvez esteja no espaço entre os dois trapézios." Trecho da canção "Every Teardrop is a Waterfall" [Cada lágrima é uma cachoeira], da banda britânica de rock Coldplay. (N.T.)

Tinha 5 anos, rosto delicado, cabelos louros, olhos azuis. Com frequência, falava sozinho, seguindo seu fio de tramas e personagens imaginários. Acreditava já saber ler quando, na realidade, apenas reconhecia algumas letras, ainda sem conseguir juntá-las. Margherita lhe ensinara a distingui-las escrevendo em grandes folhas, semelhantes àqueles cartazes da escola elementar, enormes e elegantes letras associadas a imagens vívidas: borboletas e cerejas, gnomos e dragões... Infelizmente, porém, a tinta da impressora, submetida a uma dura prova pelo experimento, havia se esgotado, e Andrea tivera que se contentar com pouco mais da metade do alfabeto e, portanto, do mundo. Mas a ele bastava inventar as histórias escondidas daqueles personagens, que, no coração da noite, se descolavam das folhas de papel: o gnomo guloso devorava todas as cerejas, enquanto o dragão que cuspia fogo se apaixonava perdidamente pela borboleta.

Sempre que podia, Andrea pedia a ela que fizesse *"poc-corns"*, mais para ouvir as pipocas explodirem que para comê-las. Margherita, como a mulher que começava a ser, resistiu. Gostava de que o irmão implorasse, com aquele lábio estendido e o olhar lânguido. Depois, sorriu.

– Espere na cozinha. Estou indo. – Queria escutar o resto da letra. Não suportava a interrupção de uma canção, era como se algo incompleto permanecesse suspenso no ar e no mundo, e ela não queria deixar coisa alguma em desordem. A canção terminou:

Every tear
Every tear
Every teardrop is a waterfall.

Não compreendia todas as palavras, mas gostava da ideia de que toda lágrima se transforma em uma cachoeira.

Na cozinha, Andrea já vestira o avental de cozinheiro com que os pais lhe haviam presenteado. Na realidade, era um babador gigantesco, no qual estava escrito *Provador oficial.* Mantinha-se ali, parado, com as mãos erguidas, reproduzindo os gestos aprendidos com vovó Teresa, que proibia qualquer operação culinária se antes as mãos não estivessem bem em evidência, lavadas e enxutas. Como um cirurgião pronto para uma operação, esperava que Margherita desse as instruções.

Margherita notou que a secretária eletrônica estava piscando. Não tinha escutado o telefone: ou a música em volume máximo a isolara da realidade e de suas aparentes emergências, ou o telefonema havia acontecido enquanto os dois estavam na casa da avó. Havia dois recados. O primeiro era de Anna, uma amiga da mãe, com suas habituais novidades absolutamente imprescindíveis de comunicar e que, em geral, referiam-se a um vestido observado em uma vitrine do centro, perfeito para o físico e os olhos da amiga: "Eleonora, me ligue assim que puder."

O segundo recado era do pai.

Escutou-o três vezes, em um silêncio incrédulo.

Margherita ficou petrificada. A pele tenra de seus 14 anos se endureceu e poderia esfarelar-se de um momento para outro. O domingo e o mar lhe saíram imediatamente dos poros. Seus olhos verdes se fecharam e pareceram enferrujar-se, manchados de medo. As mãos se agitavam sobre a mesa da cozinha, os lábios tremiam atormentados pelos dentes. A luz do rosto se apagou como uma lâmpada queimada.

Dirigiu-se ao quarto dos pais, em silêncio, em passos curtos, como eram seus pés de 14 anos, equilibrista suspensa sobre o fio da vida. *A vita è nu filu.*

– Aonde você vai, Mita? – perguntou Andrea. Pronunciava assim aquele nome muito comprido, eliminando a parte central.

Margherita não respondeu. Abriu o armário dos pais, no qual se escondia quando criança, nas manhãs de domingo, para assustá-los quando acordassem. Eles conheciam as regras do jogo e repetiam ritualmente a frase convencionada: "Vamos acordar Margherita, como dorme aquela preguiçosa!" Então, ela saía do armário. Amor e felicidade eram sinônimos de vida, e o medo não existia. Saía do ventre do armário e os pais abraçavam-na e a colocavam na cama de casal, sobre a qual ela começava a saltar. O escuro do armário era esquecido no abraço dominical dos pais.

Abriu o armário, que lhe pareceu um deserto de madeira. Estava metade vazio, o vazio tristemente desolador das coisas que estamos habituados a amar apenas quando cheias: as piscinas, os envelopes, os berços.

O vazio onívoro do abandono devorou a luz de Margherita. Somente o perfume das roupas ausentes do pai e o odor fresco e seco de sua loção pós-barba permaneciam. Naquele preciso instante, a nostalgia se tornou o sentimento dominante da vida da jovem, cristalizado nas cavidades da alma, como um coral do coração, precioso porque raro e inacessível.

Agachou-se no canto, como um gato no motor de um automóvel. Os olhos arregalados do irmão a seguiam e tentavam compreender que jogo ela estava inventando para ele, que palavra desconhecida definia aquela novidade. Aos 5 anos, todo mistério, mesmo o mais doloroso, é um jogo: de um momento para outro,

Andrea esperava um assalto como os do tigre Haroldo a Calvin, nas revistinhas de seu pai.

— Feche — disse Margherita, fria.

Andrea obedeceu, apertando as pálpebras, à espera de instruções.

— Até quando preciso contar, Mita? — perguntou, através daquela placa de madeira que se tornara uma parede de cimento. O menino tentava transformar em jogo a mais perfeita das dores. Mas a dor, por definição, não tem regras, cânones, leis: é irregular, assimétrica, ilegal.

— Para sempre.

— Que número é esse? Não conheço.

— Vá contando — disse Margherita.

Andrea, procurando se ajudar com a ponta dos dedos ainda muito curtos, afastou-se gritando os números lá do fundo do corredor, mas já em torno do quatorze começou a inventar.

No escuro, Margherita era um molusco fechado em sua concha, que um predador surpreendeu aberta e indefesa. A carne tenra tenta fazer aderirem as camadas perfeitamente, como uma caixa-forte capaz de resistir a toda a pressão do mar, mas despreparada para as pinças afiadas e cirúrgicas do inimigo. O predador tentava arrancá-la de suas paredes seguras, deixá-la vazia, deserta, casca despedaçada, sacudida pelas correntes. Seu pai a chamava assim: *minha pérola*. "Esse é o significado de Margherita", repetira ele mil vezes. Mil vezes mentiroso, o pai e seu perfume.

Margherita sentiu de novo o coração bater ferozmente, como quando o pai a abraçava. Latejava forte, solicitado pela ameaça de morte, pelo veneno, pela dor.

* * *

– Mita está no armário – repetiu o menino para a mãe.

– Andrea, pare com essa brincadeira! – respondeu Eleonora, seca.

– Cadê o papai?

Eleonora não respondeu.

Andrea a precedeu no quarto.

– Depois de quatorze, qual é o número?

– Quinze.

– E depois?

– Dezesseis.

– E *para sempre*, quando é?

Eleonora abriu as portas do armário e o vazio se derramou para o exterior. A filha estava encolhida no canto, com o corpo retorcido em torno da dor: uma concha em espiral, um náutilo construído em perfeita proporção geométrica pela sabedoria do tempo ao redor de um centro. Quem conhece a dor reproduz-lhe o eco por toda a vida, como as conchas fazem com o mar.

A cabeça de Margherita estava escondida entre os braços, só apareciam os cabelos negros. Não tinha olhos sua filha.

Eleonora sentou-se ao lado dela e tentou abraçá-la, mas a concha não podia ser abraçada senão sob o preço de ser arrancada de seu recife e largada ao sabor da corrente.

Andrea fechou o armário e recomeçou a contar, feliz, porque a mamãe também estava brincando. Faltava apenas papai.

– Você também brinca de *para sempre*, mamãe?

A mãe respondeu com um sorriso sombrio e inútil.

* * *

No escuro, somente se ouvia a respiração daquelas duas mulheres.

— Onde foi parar o mundo que você me prometeu? — foi a única coisa que Eleonora escutou sua filha dizer, com um tom de voz que pertencia a uma Margherita desconhecida.

— Não sei — respondeu a mãe.

Margherita não acrescentou nada, nunca mais falaria com a mãe.

Andrea tentava em vão contar até *para sempre*, procurando números grandes demais na ponta dos dedos. Mas que esconde-esconde era aquele, se sabia onde os outros estavam escondidos? Talvez quem ele devia procurar fosse papai. Onde papai tinha se escondido?

Parou diante do armário fechado:

— Não gostei dessa brincadeira! Eu conto o tempo todo, e ninguém ganha!

O professor vagava no entardecer de Milão com sua bicicleta preta manchada de ferrugem, a corrente que de vez em quando se soltava e um farol que piscava intermitentemente. Parecia um dom Quixote moderno em seu Rocinante de ferro, mas, em seus olhos, não se vislumbrava loucura, apenas o olhar transparente de quem vê espetáculos não percebidos por olhos que se fecham no limiar das coisas.

A bicicleta era a velocidade certa para o professor: a velocidade de quem pode se permitir observar pessoas e fatos no ritmo adequado. Somente de bicicleta você pode surpreender as coisas sem ser visto, como sabem fazer os poetas. E ele tinha olhos de poeta: não importa a cor, mas o fato de serem luminosos, de aprisionarem a muito custo o fogo que trazem dentro, como acreditavam os antigos. De carro, você não descobre nada e, a pé, é continuamente descoberto. A bicicleta era a posição adequada: ver sem ser visto, enquanto o vento de setembro lhe despenteava os cabelos negros, livres das armaduras exigidas pelos veículos motorizados, e penetrava nas dobras da camisa branca. Os sapatos de lona azul se apoiavam nos pedais.

Ele estacionou no pátio, sem acorrentar a bicicleta, uma sucata que ninguém roubaria. Empurrou o portão com delicadeza, a fim de evitar que dona Elvira – zeladora que se armava de uma vassoura que parecia um membro a mais – o ouvisse e o detivesse. Além de ser a zeladora, ela era a proprietária de seu conjugado, e, só para variar, o professor havia investido o dinheiro do aluguel em livros, sua droga.

Tirou os sapatos e, com passos abafados, subiu ao primeiro andar, galgando lentamente os degraus, dois a dois. Abriu sorrateiramente a porta do apartamento, virando a chave muito devagar para disfarçar o ruído, e enfiou-se lá dentro. Era uma quitinete de um ambiente apenas: trinta metros quadrados. Inteiramente forrados de livros, recheados de livros, invadidos por livros.

Um livro pode conter todo o caos do mundo, mas suas páginas são costuradas juntas e numeradas. O caos não foge dali. Organizar os próprios livros, dando-lhes a forma de seus interesses e perguntas, era um prazer incomum, que ele repetia diariamente para não se entediar demais. Acreditava nos livros com a fé que se tem em uma religião, encontrava mais realidade entre as linhas que nas ruas, ou talvez tivesse medo de tocar a realidade diretamente, sem o escudo de um livro.

Havia nas paredes um único espaço que fora deixado sem livros, e nele estava escrita a frase *Timeo hominem unius libri*. "Os homens de um só livro são os mais perigosos." Era verdade. O texto havia sido traçado por Stella, em uma elegante grafia cursiva, mas dona Elvira não havia apreciado a inovação e aumentara o aluguel em dez euros. O que deveria ser a cama também não passava de uma tábua apoiada sobre quatro pilhas de livros, três ou quatro em cada canto, periodicamente renovados: que garantiam seu sono ou sua vigília, seus sonhos e seus despertares. Naquela época, ele dormia sobre uma pilha tolstoiana: *Anna Karenina*, *Guerra e paz* (em dois volumes) e *Sonata a Kreutzer* (que, como corretivo para um aborrecido e imperceptível desnível, havia substituído *A morte de Ivan Illitch*). No outro canto, também na cabeceira, estavam *Moby Dick*, *Dom Quixote* e algumas tragédias de Shakespeare. Nos pés da cama, um dos dois cantos – o oposto a Tolstoi – se apoiava sobre *Crime e castigo*, *Os irmãos Karamazov*, *O idiota* e *Noites brancas*. O outro, sobre clássicos antigos: um volume de tragédias de Sófocles, a *Eneida* de Virgílio, as *Metamorfoses* de Ovídio e uma antologia de líricos gregos.

Para bons sonos, eram necessárias leituras de peso, e, de algum modo, encontrar-se naquele abraço o tranquilizava. Sobre a escrivaninha, um suporte acolhia uma edição da *Odisseia* aberta no sexto livro, o de Nausícaa, o mais doce enamoramento já narrado na história da literatura.

Faltavam poucas horas para o primeiro dia de aula. Naquele ano, ele teria uma primeira série do liceu científico: italiano e latim, oito horas. Reviu a cena dantesca, com os candidatos amontoados, como bois no matadouro, naquele salão do Ufficio Scolastico de Milão, onde vozes sem corpo ofereciam frações de cátedras como destinos trágicos contra os quais não se pode lutar. Precisara aceitar e não se dera muito mal. Os aspectos classificatórios para se efetivar eram o gotejamento burocrático da infelicidade. A escola estava entupida de amortecidos mestres sem paixão, que impossibilitavam o acesso estável a jovens que já não eram mais jovens. Aquela suplência anual o salvaria, não da miséria, mas pelo menos da depressão. Tinha lutado para se tornar professor. Sobretudo com seus parentes, que lhe haviam repetido mil vezes: "Você vai passar fome."

Precisara mudar de cidade e ir para a Lombardia, onde havia mais postos disponíveis: já não podia se limitar a dar aulas particulares, embora rendessem muito mais que aquelas poucas horas de trabalho na escola, as quais lhe renderiam cerca de quinhentos euros líquidos por mês. Tal dinheiro era engolido pelos bolsos vorazes de dona Elvira, mas pelo menos ele experimentava a sutil e doce alegria de um trabalho capaz de nutrir não apenas o corpo, mas também o espírito, o próprio e o das mentes jovens, inexperientes e áridas que lhe eram confiadas.

Enquanto preparava um sanduíche com os restos de algo indefinível e se consolava com a voz rouca de Paolo Conte, recordou o dia em que havia decidido se tornar docente. O professor de literatura lhe emprestara seu livro preferido de poemas. Tratava-se de uma velha coletânea de Hölderlin, cheia de anotações a lápis.

— Dê uma olhada, talvez você possa entender — dissera o mestre.

Naquele dia, o empréstimo do livro havia trazido à tona, como qualquer gesto que é fruto de uma atenção especial, todos os seus recursos escondidos. O velho professor, óculos grossos e careca, soubera captar sinais ainda tênues, que, de algum modo, eram uma profecia sobre o futuro do aluno. Queria-lhe bem e vira de antemão o homem que ele viria a ser, sem dar excessivo peso à imagem emagrecida do desempregado que ele se tornaria.

Aquele livro, nos serões do quarto ano de liceu, havia sido uma espécie de refúgio. E, através daquelas palavras e daqueles sinais a lápis, ele tinha visto pela primeira vez a noite: "Cintilante, cambiante é a noite, no irromper da escuridão repousa a cidade, o beco iluminado silencia." Sem as palavras adequadas, as coisas ficam invisíveis. A noite, que lá fora se mantinha muda, aparecera-lhe, viva, à janela, pela primeira vez. Graças às palavras. Compreendia pouco daqueles versos, mas haviam despertado nele a sede de mistério. Fascinava-o o fato de que aquele estranho poeta acreditasse nos deuses e dedicasse a última parte de sua vida a escrever somente poemas sobre as estações. A coisa mais estranha de todas, porém, era que alguns textos traziam as datas de um século antes ou um século depois e eram assinados por um pseudônimo italiano. Em poucas palavras, aquele poeta era doido. Ou, então, e isso o fascinara ainda mais, já estava livre do tempo e do espaço, e a poesia lhe permitia sentir o ritmo das coisas do mundo, em cada época e em cada homem. A liberdade, a gratuidade, a confiança daqueles serões silenciosos, grávidos de um futuro não preestabelecido, tinham-no convencido a se tornar professor. Ou louco, o que dá no mesmo.

Passaria fome, mas, por sorte, havia as aulas particulares. O mercado dos ignorantes é como o dos mortos: não diminui.

O professor experimentava imaginar os rostos dos jovens que acolheria naquele ano, ainda crianças, e aos quais desejava comunicar seu entusiasmo pela fantasia humana, a dos gregos em particular. Enfrentariam a épica, e ele decidira abolir as asfixiantes antologias de poemas. Pretendia ignorar o programa e fazer com que os alunos lessem a *Odisseia* por inteiro. Nada nem ninguém reduzido a fragmentos tem o perfume da vida, e o professor se recusava a despedaçar Homero... Seria como autopsiar um cadáver. Queria que seus alunos penetrassem no mundo em que ele mesmo entrava todas as vezes em que lia a *Odisseia*; que sentissem o perfume áspero do mar, o odor acre do sangue, as lágrimas de uma mãe, o suor de um pai que volta para casa. Queria conduzi-los aonde só a literatura sabe nos levar: ao coração das coisas do mundo, quando foram fundadas e seu código se perdeu. E a arte é o código que torna visíveis as coisas que tocamos todos os dias, e que, justamente porque as tocamos demais, tornam-se opacas, corriqueiras, invisíveis. Queria transmitir tudo isso a jovens de 14 anos, ainda crianças no rosto e no coração, mas que, dali a cinco anos, se tornariam adultos: homens e mulheres. Tal como seu professor fizera, também queria lhes dar uma chance a mais de conseguirem ser eles mesmos.

Mordeu uma maçã, inseriu o CD da "Quinta" de Beethoven, deitou-se na cama e começou a ler em voz alta as palavras com as quais estrearia na turma, no dia seguinte: Rainer Maria Rilke, *Cartas a um jovem poeta*. Deveriam conter o "tam-tam-tam-taaam!" daquela sinfonia. Iria deixá-los boquiabertos, as notas trovejantes do destino deviam assaltá-los: "tam-tam-tam-taaam!" Movia a mão como um regente perdido no poço da orquestra e declamava as palavras que repassaria aos jovens como "programa de vida escolar":

És tão jovem, tão aquém de todo início, e eu gostaria de pedir-te o quanto posso que tenhas paciência com aquilo que ainda não está resolvido em teu coração, e que tentes manter com carinho as perguntas, como quartos fechados e livros escritos em uma língua muito estrangeira. Não busques agora respostas que não podem vir de ti, porque não as poderias viver. E disto se trata: de viver tudo. Vive agora as perguntas. Talvez assim, pouco a pouco, sem notar, tu te aproximes de, em um dia longínquo, viver a resposta.

Estava totalmente absorto na declamação quando alguém bateu com força na parede e gritou para que ele abaixasse o volume. Obedeceu, pensando nos bíceps de Sancho. Assim ele e Stella tinham apelidado o vizinho: cerveja, futebol e raspadinha.

O destino com seu "tam-tam-tam-taaam!" se extinguiu e Stella, como sempre, intrometeu-se em seus pensamentos e os aqueceu como o sol que se filtra entre as nuvens de um dia cinzento.

Ele escovou os dentes e passou várias vezes a língua por cima, para sentir a superfície deles. Apagou a luz depois de ler alguns versos de Rimbaud e, na semivigília, o velho celular se iluminou. No visor, marcado por uma rachadura, em preto sobre verde destacava-se um "Amanhã, no local de sempre. Quero lhe dizer uma coisa importante. Leve o coração e a cabeça. Nos vemos lá. Te amo. S".

"Tudo bem", respondeu o professor, mas ninguém podia ver a inquietação que percorria seus dedos. Uma coisa importante, para uma mulher, é uma declaração de guerra. Teve medo e, inconscientemente defendeu-se: não escreveu "eu também", como costumava fazer (nem sequer considerou a hipótese de escrever "te amo", seria dizer sim de olhos fechados). Demorou a adormecer. Perguntava-se por que o amor, tão simples em poesia, é tão difícil e arriscado na vida. No escuro da noite e dos seus pensamentos, interrogava seus escritores, sem encontrar resposta alguma, e se sentia como Balzac, que já no fim da vida pedia socorro ao único doutor em quem confiava: um de seus personagens. E assim morreu.

Aquela mesma noite envolvia os pensamentos de Margherita, como uma aranha que tece a teia em torno de sua vítima. Faltavam poucas horas para o início do ano letivo. Ela era uma equilibrista suspensa a um milhão de metros da terra. Sem nenhuma rede de proteção.

Detalhes submersos como corais se elevavam do poço da memória e referiam-se todos a seu pai. A memória das mulheres não está na cabeça, mas no corpo, por toda parte. Em uma mulher, alma e corpo são mais unidos, e cada parte do corpo recorda, sobretudo após perder a mão que acariciava, os braços que soerguiam, os lábios que beijavam. Reviu o sorriso do pai quando ela lhe perguntara por que, no circo, havia sempre aquela rede tão grande.

– Os trapezistas também perdem o equilíbrio. Mas, se caírem, a rede está ali, e eles não se machucam. O circo é um jogo, Margherita.

Mas a vida não. Do lado de fora da janela, as pessoas circulavam no escuro, como se tudo estivesse em ordem. No entanto, ela via uma multidão de equilibristas sem rede, sobre os fios frágeis e emaranhados da vida.

Enquanto todos os seus colegas estavam escolhendo as roupas adequadas para cobrir a pele inconsistente da adolescência, Margherita devia escolher a pele a usar, porque já não tinha uma. Estava esfolada pela dor, e ninguém pode se mostrar assim tão nu. Muito menos no primeiro dia de aula.

Quando Eleonora entrou no quarto sem bater, atraída pela réstia de luz embaixo da porta, percebeu no fraco lampejo elétrico o corpo nu e imóvel de Margherita no meio do aposento, de pé.

A mãe se aproximou, e Margherita, quando percebeu, estendeu os braços.

Para afastá-la.

II

5.000.

1.000.

5.

Escreveu isso sem dizer uma palavra, depois se sentou atrás da mesa e começou a fitá-los um a um, como se aquele silêncio pudesse revelar a verdadeira face deles.

Abriu o diário de classe e começou a pronunciar os sobrenomes dos jovens com solenidade excessiva.

Depois de cada sobrenome, parava e fitava aquele que, timidamente ou com atrevimento, dependendo da máscara mais tranquilizadora, erguia a mão ou pronunciava atestados de presença menos ou mais convictos. Fitava-os nos olhos e não se dava conta de que aumentava o já incontrolado medo deles. Não queria que se tratasse da costumeira chamada de uma aula de italiano que acabaria dali a uma hora e seria esquecida. Entre aquelas paredes, sentia-se invencível, podia preencher o espaço com personagens vindos das páginas dos livros e colocá-los em diálogo com aqueles jovens, que ele via mais como personagens que como pessoas. Ao olhá-los, comparava-os às criaturas conhecidas nos romances: o rapazinho com cara de criança se assemelhava a Oliver Twist, a mocinha de bochechas vermelhas parecia saída de *Alice no País das Maravilhas*, e aquela de olhar tímido, dirigido para baixo, era igual a Nausícaa.

Terminada aquela ladainha terrificante, feita de sobrenomes e olhares, ele disse:

— De agora em diante, quando eu fizer a chamada, cada um de vocês responderá: *Adsum!* E, se alguém estiver ausente, os outros dirão: *Abest!*

— Por que em inglês? — perguntou um garoto insolente, de juba loura.

— É latim! "Oh, criaturas tolas, quanta ignorância é a que vos ofende!" — respondeu o professor, citando Dante. O garoto ficou roxo de vergonha.

Ninguém dava um pio, mas todos se perguntavam de qual planeta aquele professor tinha fugido. Os outros vinham de Marte, mas aquele ali certamente era de algum planeta perdido e ainda mais distante...

— Responde-se à chamada em latim! A palavra *rispondere* vem do latim *respondeo*, daí também o italiano *responsabilità*. Quando eu os chamar, vocês serão convidados a responder assim: estou aqui.

Um rapazinho alto e magricela, com cara de gato bravo, levantou a mão.

— Como é seu nome? — perguntou o professor.

— Aldo Cecchi.

— *Loquere.*

— Não, não é Luca, é Aldo! — reagiu o outro.

— O que eu lhe disse foi "fale", em latim, imperativo.

— Maneiro 'ste latim! Por que aqueles números? O senhor não dá aula de italiano e latim?

O professor fitou o teto e exalou um suspiro para o alto.

— Vamos esclarecer logo algumas coisas. Para começar, o vocábulo "maneiro" e seus derivados estão banidos desta sala! Aqui se usam adjetivos castiços e se busca o mais adequado ao matiz que se deseja atribuir à palavra: belo, interessante, fascinante, notável, agradável, ameno, gracioso, elegante, harmonioso, equilibrado, singular, estimulante, intrigante, fascinante, apaixonante, curioso, nobre, digno, ilustre, valioso, admirável... e assim por diante! E também usamos o adjetivo demonstrativo completo: *este latim*, não *'ste latim*. Fui claro, Aldo?!

– Eu só queria saber por que o senhor escreveu aqueles números no quadro...

O professor foi até o quadro e, ao lado de 5.000, escreveu: "horas". Em seguida, ao lado de 1.000: "dias". Por fim, junto ao 5: "anos".

– Este é o tempo que a história de amor de vocês vai durar.

Todos caíram na risada, ou quase. Margherita permaneceu séria.

– O que começa hoje, com esta aula, é uma história de cinco anos, feita desses números aí. Cada ano letivo se constitui de duzentos dias e mil horas. Conseguem imaginar? Cinco mil horas, mil dias, cinco anos. É o tempo que vocês passarão no liceu, exceto imprevistos para aqueles que se apaixonarem excessivamente por algumas matérias e quiserem repeti-las... Todo esse tempo deverá lhes servir para alguma coisa. Do contrário, o objetivo se reduzirá a cumprir uma tarefa. Vocês já não têm idade para fazer as coisas simplesmente porque seus pais mandaram. Até hoje, foram eles que decidiram tudo. Agora, chegou o momento de vocês tomarem suas próprias decisões. Para isso servem os cinco anos de liceu. "Pois perder tempo desagrada a quem mais sabe."

Observou-os para descobrir se alguém tinha notado a citação de Dante, mas o vazio se refletia nas faces de todos. Continuou:

– Um tempo mágico, no qual vocês poderão se dedicar a coisas que provavelmente nunca mais farão na vida. Um tempo para descobrir quem são e que história vieram contar nesta Terra. Eu não suporto ver jovens que terminam a escola e não sabem se vão trabalhar ou se fazem um curso universitário, ou qual deles escolher. Significa que jogaram fora aquelas cinco mil horas, aqueles mil dias. O único modo de que dispomos para descobrir nossa história é conhecer as dos outros: reais e inventadas. E nós faremos isso com a literatura. Somente quem lê e escuta histórias encontra a sua. Portanto, o que começa hoje é uma viagem com essas coordenadas temporais e esse mar a navegar. Estarei com vocês somente este ano, a não ser que me confirmem no próximo. Seja como for, vamos nos empenhar totalmente, como se faz em um navio, onde cada qual tem sua função. Por isso, farei a chamada, a cada aula. Para saber se vocês aceitam o desafio, se vão zarpar junto comigo.

Ele permaneceu em silêncio, enquanto passeava entre as carteiras e olhava seus alunos um a um.

Depois, voltou à mesa, pegou o diário de classe e disse:

– Cinco mil horas, mil dias, cinco anos para encontrar a própria história na idade adequada para isso. Aceitam?

O silêncio havia baixado sobre a classe. Ninguém ousava perguntar se aquilo era uma piada ou um jogo. Tal mistura entre rigor e fascinação provoca um efeito ambíguo em jovens ainda incapazes de dar forma à vida.

O professor se aproximou do quadro e escreveu:

Inde quippe animus pascitur, unde laetatur.

– Admirável! – disse Aldo, com a coerência de garoto esperto.

A turma esboçou uma risada coletiva, contida. O professor a ignorou.

– Sabem o que significa?

Uma jovenzinha coberta de sardas balançou escancaradamente a cabeça, dando uma face à desorientação geral. Aquele professor era estranho, mas pelo menos interessante.

– Significa: "Só nutre a mente aquilo que a alegra." E essa será nossa máxima.

– O que significa? – perguntou candidamente a garota.

– Acabei de dizer – respondeu o professor, meio irritado.

– Não, não em latim, em italiano... – acrescentou ela, toda ruborizada.

– Significa que aqui apenas estudaremos aquilo que alegrar nosso coração e nossa mente. O único modo de aprender é alegrando-se. É assim que acontece com os livros. Quais deles mais empolgaram vocês? Seguramente, são aqueles com os quais vocês mais aprenderam e de que se recordam melhor. Você, por exemplo? Elisa Sebastiani, certo? Qual é seu livro preferido? – perguntou ele à garota sardenta.

As manchas de rubor se espalharam também pelo pescoço.

– *Harry Potter.*

O professor ergueu o olhar para o teto pela segunda vez, e a garota estava prestes a chorar.

– E o que a impressionou mais? – quis saber o professor.

– Eu gostei...

– De quê?

– Não sei... A história... Os personagens...

– Pronto, viram? A história, os personagens! Muito bem, Elisa!

A garota sorriu, aliviada.

– E você, Aldo?

– A biografia de Gattuso.

– Quem é?

– Um jogador de futebol.

– E por que o impressionou? – perguntou o professor, tentando conter a própria decepção, enquanto atormentava o giz e sujava as mãos com pó branco.

– É um herói, não se rende nunca.

– Um herói! Interessante... – comentou o professor, levando a mão à boca, mas era claro que não estava sendo sincero. Uma risca branca permaneceu em sua bochecha, mas ele não percebeu.

– Nós também vamos estudar heróis que não se rendem nunca!

– De outros times? – animou-se Aldo.

O professor não respondeu e o incinerou com um olhar.

– E você? – perguntou a Margherita, refugiada na última carteira e protegida pelos cabelos negros, que lhe cobriam parcialmente o rosto.

Margherita fingiu não ter compreendido.

– Falei com você, como é seu nome?

Margherita sentiu ondular perigosamente o fio sob seus pés de equilibrista.

– Margherita – respondeu, fitando-o dissimuladamente, um olho coberto pelos cabelos e o outro congelado pelo embaraço.

Com voz grave e solene, o professor disse:

– No nome, temos nosso destino. "Aldo" significa "velho" e, portanto, "sábio, experiente", ou pelo menos deveria ser assim... – disse, dirigindo-se ao garoto extrovertido, e, em seguida, à turma toda. Os alunos arregalavam os olhos, curiosos pelo destino que o nome lhes reservava.

– Margherita é um nome lindo. Vem do latim e significa...

– ... pérola – interrompeu-o Margherita, com frieza.

– Muito bem. Vem de uma antiga raiz indo-europeia que quer dizer "polir" e, portanto, "ornar, embelezar"...

– E o que isso tem a ver com a margarida? – perguntou uma garota com cabelos curtíssimos, de cor entre o vermelho e o laranja.

– Uma flor delicada, simples, que servia para ornamentar as casas. Mas, originariamente, o nome se referia à pérola que nasce dentro da ostra...

– Supermaneiro! – exclamou a garota, e logo se arrependeu, levando a mão à boca e acrescentando em um sussurro: – Desculpe, foi sem querer...

O professor sorriu. Os jovens o fitavam com pupilas dilatadas. As pupilas se abrem quando os olhos têm fome, como a boca. Querem comer mais. Ver mais. Aqueles jovens tinham fome. Os olhos deles tinham fome.

– Os antigos acreditavam que a pérola nascia de uma gota de orvalho caída do céu, que se depositava dentro da concha aberta no período da fecundação.

Aldo sorriu. Elisa corou.

– A gota de orvalho celeste permanecia encerrada na concha como no ventre de uma mãe, e dela nascia a pérola, a qual assumia a cor do céu que a gota havia registrado ao se depositar. Os antigos tinham uma história para tudo: uma pérola negra nascia de uma tempestade e era mais rara que as brancas, nascidas em dias e horas luminosas. Essa, porém, é uma versão meio romântica...

– Intrigante! – disse Aldo, que havia memorizado pelo menos metade dos adjetivos usados anteriormente pelo professor como sinônimos aceitáveis de *maneiro*, mais cômodo. Margherita escutava, aliviada por não ter que falar. O professor continuou, enfadado com aquele garoto extrovertido demais.

– Na realidade, um predador, quando entra na concha, na tentativa de devorar o conteúdo, mas não consegue, deixa dentro uma parte de si que fere e irrita a carne do molusco. A ostra se fecha de novo e é obrigada a lidar com aquele inimigo, com o estranho.

Então, o molusco passa a lançar em torno do intruso camadas de si mesmo, como se fossem lágrimas: a madrepérola. Em um período de quatro ou cinco anos, constrói em círculos concêntricos uma pérola de características únicas e irrepetíveis. O que, no início, servia para livrar e defender a concha daquilo que a irritava e a destruía se torna ornamento, joia preciosa e inimitável. Assim é a beleza: esconde histórias, muitas vezes, dolorosas. Mas apenas as histórias tornam interessantes as coisas...

O professor se deteve, consciente do poder que exercia sobre os olhos hipnotizados daqueles jovens.

— Como é que o senhor sabe? — perguntou Margherita.

O professor exibiu no rosto uma expressão interrogativa, apertando o olho direito mais do que o esquerdo, como fazem nos *westerns* antes de disparar. Aquela era uma garota difícil.

— São coisas que todos sabem — respondeu, com uma ponta de dureza, e acrescentou: — Margherita, qual é o seu livro preferido?

— Eu não perguntei sobre a pérola, mas sobre o motivo pelo qual a beleza esconde histórias dolorosas.

— Seria uma explicação longa demais... Fica para outra hora. E então, o seu livro? — disse o professor, esquivando-se à pergunta: não tinha uma resposta.

— A dor é feia. Não pode ser bonita.

— Você nunca leu nada? — insistiu ele, secamente.

Margherita sentiu que todos a observavam e fechou a boca como uma concha. Essa reação lhe conferiu imediatamente o título de "esquisita" perante os colegas: uma rival a menos, aos olhos das outras garotas.

— Todos fogem.

— De quem é? Não conheço...

– Todos fogem diante das perguntas verdadeiras – completou Margherita, ostentando uma frieza segura, com a coerência assustadora e a irreverência dos adolescentes em fuga, demasiado rápida para a idade adulta.

A turma ficou em silêncio. Todos se voltaram para Margherita e, em seguida, para o professor, a fim de captar os sentimentos que atravessavam os rostos dos dois. Margherita estava com os lábios trêmulos e pestanejava intensamente. O professor contraía a mandíbula e continha o próprio desapontamento.

– E você, como se chama mesmo...? – perguntou o professor, para mudar de assunto, apontando um garoto salpicado de espinhas e um tanto gorducho.

– Geronimo Stilton.

A turma explodiu em uma fragorosa gargalhada.

– Isto é, não, Federico Ricci, quero dizer. *Geronimo Stilton* é meu livro preferido.

O professor não se alterou.

– E quem é?

– Um rato – respondeu o garoto, que já começara a transpirar.

– Vejo que há muito trabalho a desenvolver aqui. Mas nós faremos milagres!

Os jovens começavam a se divertir com aquele alienígena que tentava ensinar a própria língua.

O professor voltou à mesa, pegou uns papéis e distribuiu algumas xerox com as palavras de Rilke, que ele declamou solenemente.

– Para amanhã, escrevam três folhas sobre este trecho.

Margherita pediu:

– Posso ir ao banheiro?

– Mas o horário nem terminou e você já me pede para ir ao banheiro? – irritou-se o professor, na realidade sem esperar resposta: era uma daquelas típicas perguntas de professores, que repreendem os alunos sem lhes dar a mínima possibilidade de se explicar, até porque já compreenderam tudo, antes e melhor.

Margherita se levantou e começou a caminhar.

— Ei, escute! Aonde vai? Não lhe dei permissão nenhuma!!!

— Não me interessa uma aula na qual não recebo respostas às perguntas — replicou ela, quase sem refletir.

O professor abaixou o olhar para as palavras de Rilke que havia distribuído — "Vive agora as perguntas" —, e elas lhe pareceram um enorme castelo de areia. Ergueu a vista. Margherita estava parada na porta e o fitava, suplicante. Ele viu os olhos úmidos e a sombra de tristeza que os marcava, o rosto vermelho de vergonha.

— Tudo bem, pode ir... Mas, na próxima vez, espere o fim da aula.

Margherita saiu e, só depois de fechar a porta, sentiu que sua pele parara de arder.

O professor olhou seus alunos, dobrando para baixo os cantos da boca em forma de "bah", e se perguntou desconsolado por que às vezes a escola se esforça tanto por se assemelhar à vida, com seus imprevistos e suas desordens, em vez de seguir a lição certinha e organizada dos livros.

Margherita entrou no banheiro: já chegara ao fim da linha, não havia nenhuma viagem a começar. Estava farta de palavras, porque os homens, com as palavras, dizem mentiras. Dizem "eu te amo", dizem "tudo vai correr bem", mas depois vão embora. O problema das palavras é que são só palavras, você pode fazê-las nascer até quando já estão mortas. Não queria mais mentiras, não queria mais confiar em nenhuma promessa. Fechou-se no banheiro.

Sua barriga se contraiu violentamente à caça do inimigo e ela vomitou toda a dor que conseguiu encontrar.

* * *

Naquele mesmo banheiro, separado de Margherita por uma fina divisória de gesso, Giulio, já entediado pelas primeiras horas do primeiro dia de aula, estava terminando um cigarro. Ia à escola por hábito e porque conseguia facilmente dinheiro e garotas. Usava uma camiseta preta com a silhueta branca dos protagonistas de *Laranja mecânica* e, embaixo, a frase: "O homem deve poder escolher entre bem e mal, mesmo que escolha o mal. Se essa escolha lhe for tirada, ele já não é um homem, mas uma laranja mecânica." *S. Kubrick*. Lia os grafites nas paredes do banheiro, que elogiavam times de futebol, exaltavam anatomias femininas, denegriam identidades professorais. Puxou do bolso uma caneta preta e escreveu: "O primeiro passo para a vida eterna é que você deve morrer." Isso lhe era claro pelo menos quanto a Tyler Durden, o protagonista de *Clube da luta*: achava importante lembrá-lo à massa de palermas que andava para lá e para cá no banheiro escrevendo novas mensagens sobre os mesmos três assuntos babacas.

Para viver, não bastam a escola, o futebol e os amigos; é preciso atravessar todas as camadas do medo para não o sentir mais. Levar o corpo ao limite da adrenalina, até controlar inclusive o instinto de sobrevivência e escolher, com perfeito cálculo, tudo o que o contradiz. Uma vida que não atravessa o medo não existe, é uma máscara, é fingida. E ele levava isso a sério. Não por comodidade ou por dinheiro. Conseguia dinheiro sem problemas. Era uma questão de escolhas. Ele não era como todos aqueles frouxos conformistas, que fingiam ser bons garotos e depois topavam qualquer coisa ou pagavam às garotas. Mantinham-se dentro das regras e as infringiam às escondidas, que é o modo mais enviesado de aceitá-las. Para Giulio, as regras não existiam e pronto. Quem havia decidido que ele devia ter boas notas? Ser julgado? Escolher uma carreira? A vida é anarquia pura, e o instinto de sobrevivência é a única ordem aceitável imposta ao caos das coisas.

A solidão o estimulava e ele a degustava entre espirais de fumaça. No lugar da pele, tinha uma couraça de ferro. Sua pele havia desaparecido havia muito, em uma noite sem tempo, como aquela em que o Pequeno Polegar é deixado no bosque e precisa encontrar sozinho a estrada. E a encontra tornando-se mais esperto e mais forte que a noite. O segredo para vencer a noite é tornar a própria pele e o coração mais duros que ela.

Giulio era dotado de uma inteligência extraordinária: bastava-lhe escutar e já compreendia o que seria dito cinco minutos depois. Até sua beleza era fora do comum. A beleza de uma estrela muito distante e inalcançável, fria e nervosa, e por isso ainda mais sedutora. Aquela luz, ele a trazia nos olhos, brilhantes como estrelas de inverno. Olhos azuis, quase brancos, cabelos negros, lisos e finos como os de um deus da noite. A natureza lhe dera outro dom: as mãos. Para ele, as mãos não tinham segredos, nem as suas, capazes de qualquer ilusão, nem as dos outros, sinalizadoras infalíveis da verdade e da mentira. Soprou a última nuvem de fumaça, expulsando os poucos gramas de alma que lhe restavam, e, ao sair do banheiro, deteve-se para fitar no espelho o mais forte dos Pequenos Polegares.

A campainha soou. O primeiro intervalo do primeiro ano de liceu, quinze minutos nos quais se arrisca praticamente tudo. Tenta-se agradar quem se deverá suportar por cinco anos. Os grupos se formam como pequenos *bunkers*, para se defender da timidez que impossibilita ser você mesmo. Margherita queria enfiar a cabeça em um saco plástico e se esgueirar, invisível, ao longo daqueles quinze minutos.

O banheiro feminino, espargido de gritos de dor e de amor, é o lugar mais verdadeiro e seguro da escola inteira, o lugar onde você pode dizer o que pensa e comunicá-lo aos outros sem ser suspenso. Mas Margherita não podia ficar fechada no banheiro para sempre. Saiu e viu-se cara a cara com dois olhos azuis, quase brancos, estrelas de uma galáxia perdida. Como um marinheiro sob o manto noturno do céu, imergiu naqueles olhos e viu algo parecido com ela. Giulio, surpreendido por aquelas duas feridas verdes e melancólicas, fitou-a de volta, tempo suficiente para um poeta receber inspiração. Pupilas nas pupilas, tiveram a sensação de quem, através de uma fissura, debruça-se sobre um abismo até ser tomado por uma inebriante e sagrada vertigem. Para não cair, precisaram desviar o olhar. Ele deslizou o seu ao longo dos braços dela e observou-lhe as mãos finas, afuseladas, movediças: era como se tivesse encontrado a absolvição de que precisava e que não sabia estar buscando. Virou-se e se encaminhou para o outro lado do corredor, de costas nuas, sem armadura. Pela primeira vez em sua vida, teve medo: o que ele queria, talvez sem nem sequer saber, aparecera-lhe na coisa mais frágil que já vira. Ele, criatura invencível do escuro, deixara-se encantar por um minúsculo e insignificante vaga-lume esvoaçante em uma noite de verão.

Os corredores estavam cheios de garotos altíssimos e belíssimas garotas, que se cumprimentavam, alguns até se abraçando. Os rostos bronzeados deixavam transparecer pouco do que eles eram verdadeiramente. Um jovem louro, alto e robusto dirigia-se sorrindo para Margherita, tentando interceptar seu olhar. Ela, ainda atordoada pelo encontro na saída do banheiro, não percebeu nada, até que o louro lhe tocou o braço, exclamando em voz alta:

— Prima! — e beijou-a na face.

– Oi – respondeu Margherita, focalizando seu primo Giovanni e, ao mesmo tempo, tentando perceber se algum dos colegas a estava olhando, a fim de recuperar um pouco da credibilidade perdida durante o horário precedente. Mas no corredor não havia nenhum deles. Em sua maioria, os jovens do primeiro ano ficavam entocados na sala, como filhotes à espera de comida.

– A gente se vê por aí – concluiu rapidamente o primo, e Margherita o viu desaparecer abraçado com uma garota duas vezes mais alta que ela, linda como uma modelo da *Flair* e circundada por um halo de "Love", de Chloé. Jamais exalaria um aroma tão sedutor, nunca chegaria à altura da perfeição: não estava nem no início da escala. Era uma priminha irrelevante, ainda imatura e invisível, boa para suscitar risadas e dar vexames. E agora sem pai.

Por um instante, lembrou-se do olhar de Luca, que lhe dissera na praia: "Você é bonitinha." Ela se agarrara àquele adjetivo como a uma tábua de salvação e o repetira para si mesma sempre que podia, porque, para as mulheres, as palavras têm peso, não são leves como para os homens. Uma mulher acredita nas palavras, sobretudo quando é um homem que as pronuncia, e apenas para ela.

Retornou à sala. Os colegas se voltaram quase ao mesmo tempo e a fitaram. Margherita manteve o olhar na ponta das sapatilhas e foi para seu lugar: pegou a agenda e começou a desenhar figuras abstratas. Ninguém a perturbou, ainda que ela desejasse muito que alguém lhe dissesse qualquer coisa, para ter certeza de que seu corpo ocupava um pouco de espaço, de que não era um fantasma inconsistente. Somente uma garota rodeada por um grupinho sussurrante a levou em consideração: ela podia ouvi-las, embora fingisse não escutar. As mulheres ouvem tudo, simultaneamente, e sabem distinguir as vozes individuais, sobretudo as más. A garota falava dela: "Aquela lá é bem esquisita." As outras riam, sem crueldade, mas com toda a fragilidade de quem precisa se proteger sob um lugar-comum e enfileirar-se contra alguém para se sentir protegido da pequenez da própria identidade. A garota no centro da rodinha petulante tinha um corpo cheio de curvas, com o ombro à mostra na camisa grande, apertada na cintura por um cinto que evidenciava um quadril perfeito, do qual partiam pernas intoleravelmente longas. Uma echarpe leve lhe destacava o colo, cabelos louros lhe caíam pelas costas em uma cascata de luz, e olhos azuis desfechavam certezas à direita e à esquerda. Somente os belos podem se permitir uma identidade. Qualquer um gostaria de ser amigo daquela garota, mas, para Margherita, já era tarde demais. E talvez não tivesse mais esperanças, ela tão delgada e desgraciosa, em suas sapatilhas sem graça, a camiseta anônima, os jeans inexpressivos.

Os garotos se mantinham todos a um canto e pareciam repugnantes. Alguns tinham pernas compridas e peitoral pequeno, outros, ainda, não tomavam banho todos os dias, outros não tinham nenhum pelo, nem um pouco de acne no rosto: pareciam recém-saídos do primeiro segmento do fundamental, ainda envolvidos com as tabuadas, e transportados de repente para um mundo grande demais, feito de integrais e derivadas. Falavam de futebol. Isso era tudo: uma massa indistinta com uma vaga compreensão daquilo que eram, que dirá daquilo que os circundava. Por um instante, Margherita desejou ser um menino: veria um terço da realidade e sentiria um décimo das emoções, mas teria que jogar futebol, e isso ela não podia sequer imaginar...

Estava sozinha, no meio de muitas pessoas. Gostaria de encontrar assuntos para compartilhar: esmaltes, cintos e sapatos; mas só lhe ocorria sua estorvante dor.

– Oi, eu sou Marta. – Uma voz estridente explodiu de repente junto a seu ouvido, como quando uma canção começa e o volume está alto demais.

Margherita se sobressaltou e, sem dizer nada, esquadrinhou o rosto que estava a seu lado. Um aparelho tornava o sorriso meio metálico, mas aquela garota não sorria tanto com a boca quanto com os olhos redondos, azul-petróleo. Uma cascata de cabelos vermelhos ondulados e retorcidos esguichava em todas as direções, como se na cabeça lhe tivesse explodido um fogo de artifício.

– Qual é o seu signo? – perguntou a garota, repentinamente séria.

Margherita não respondeu. Marta ficou ainda mais séria.

– Por que você chorou? – perguntou em seguida, com voz mais afetuosa, demonstrando que um sorriso pode ter graus de intensidade insuspeitados.

Margherita a fitou dentro dos olhos: eram bons, além de extravagantes.

– De medo – respondeu.

Marta lhe deu um beijo na bochecha e se afastou. Pegou a mochila e foi se instalar ao lado de Margherita, que ficara isolada no fundo da sala.

– Eu sou de Aquário.

Margherita permaneceu impassível.

– Sabia que ninguém consegue lamber o cotovelo? – insistiu Marta e, para demonstrá-lo, fez a tentativa, contorcendo a língua na direção do cotovelo direito. – Viu?

Margherita caiu na risada.

– Tem um monte de coisas que ninguém sabe – disse Marta, fingidamente séria, e depois começou a rir com vontade, deixando cintilarem aparelho, olhos e cabelos.

A garota loura e suas amigas caíram em um silêncio atônito e depreciativo, ao passo que os meninos não tinham percebido nada.

As horas foram passando. Margherita relembrava os olhos azuis, quase brancos, daquele garoto, e tinha vontade de chorar. Eram lágrimas diferentes: provinham daquele pedaço de alma que, se for mantido intacto e limpo, e talvez se for ouvido, a gente salva.

Só que a gente se apressa a enxugar as lágrimas. As lágrimas, um luxo que só os fracos podem se conceder.

III

Abriu a carteira. Dentro, havia dez euros e um documento com o rosto incomum de um menino. Sorriu com desprezo e jogou a carteira em uma cesta de lixo, com naturalidade estudada.

Bater carteiras no tumulto da saída era um passe de mágica com uma só mão: um treinamento para furtos mais complexos. Ele não roubava, era um requinte de habilidade. Com um aluno de primeiro ano, bastava se aproximar por trás e lhe surrupiar a carteira que brotava do bolso da calça de cintura baixa. Olhou ao redor, ninguém havia percebido nada. Sentiu-se vivo.

Ainda não tinha saído e acendeu um cigarro. Encostou-se ao muro da entrada da escola, aquele que, no início de todo ano, era caiado para eliminar as frases dos grafiteiros, que marcavam território como gatos. Seus olhos frios investigaram entre os estudantes em busca dos olhos que lhe haviam roubado alguma coisa sem que ele se desse conta.

Um garoto que ele conhecia já estava encostado ao mesmo muro, a mão com o cigarro erguida acima da cabeça, em uma pose artificial para ressaltar o bíceps esculpido em horas de academia. Uma garota passava a mão nos longos cabelos para ajeitá-los, mas, na realidade, a tensão dos dedos manifestava o desejo inquieto de que alguém a notasse. Um professor mantinha a cabeça baixa e, com a mão direita, atormentava os cabelos ralos, enxotando sombras impalpáveis demais para serem desencavadas pelos dedos. Giulio observava as mãos e os gestos das pessoas com a minuciosidade de um cientista. Sabia muito bem que o corpo não pode mentir, que noventa por cento da linguagem é não verbal e que os gestos espontâneos sempre dizem a verdade, à diferença das palavras. Quando alguém mentia, bastava atentar para as mãos ou para alguns mínimos vincos do rosto.

A nicotina, penetrando no sangue, misturava-se ao tédio que o invadira naquelas primeiras horas de escola. O rapaz que fumava junto dele usava uma camiseta colada aos abdominais. Os dois não se encaravam.

– Viu a loura da primeira série? – perguntou o outro.

Giulio o ignorou. Não falava das garotas como fazem os meninos do fundamental.

Enquanto isso, um enxame de estudantes saía pelo portão da escola. Os da primeira série eram reconhecíveis pelo entusiasmo com que moviam as mãos e pelos sorrisos abertos e despreocupados, ainda sugestionados pelo primeiro dia de aula. As garotas levavam a mão à boca para cochichar à colega como era bonito certo garoto, como se nunca tivessem visto um. Era ridículo: nos olhos daqueles jovens, brilhava a esperança de qualquer mudança em suas vidas, enquanto nas mãos se agitava o frenesi de agarrar algo que não existe. Pareciam pugilistas lutando contra o ar. Tinham entrado naquele ringue artificial que é a escola, e suas energias seriam sugadas por arguições, tarefas, exercícios... Um compromisso capaz de encher suas cabecinhas, criando a ilusão de que poderiam dar um sentido às suas pequeníssimas vidas, ao passo que eles não eram mais que instrumentos inconscientes a serviço da autoestima ferida de adultos falhos, que esperavam poder se vangloriar ao menos das notas dos filhos. Que satisfação! Liceu, universidade, trabalho, família, filhos, velhice, túmulo.

Um percurso linear, decidido não se sabe por quem, e que para todos acabará do mesmo modo: cinzas.

"Você não é o seu trabalho, não é a quantidade de dinheiro que tem no banco, não é o carro que dirige, nem o conteúdo de sua carteira, não é suas roupas de grife, você é a cantarolante e dançante merda do mundo!", diria Tyler Durden, e Giulio estava de acordo. Aqueles rapazes não sabiam nada da vida, contentavam-se com aflorar até a superfície. Ele não. Ia até o fundo e encontrava sempre a mesma placa enferrujada: fim da linha. Última parada, desembarque. A morte. Não há mais nada. Por isso ele gostava tanto dos cemitérios. Se você parte da consciência de que a meta é um fim de linha, todo o resto se torna impiedosamente claro. Não vale a pena se afanar, a natureza vai adiante muitíssimo bem sem você, não está nem aí para você. Com a férrea lei do mais forte e aquela, cínica, da autoconservação, ambas inexoráveis, o destino de tudo e de todos se cumpre. A única liberdade concedida é a de resistir com dignidade até a parada final, jogando tal qual o gato com o rato, mas consciente de ser o rato, não o gato, e de não ter escapatória. Tentar se divertir, pelo menos. E depois desembarcar, satisfeito. Ao menos um pouco. Parada final.

— Viu aquela ali? Parece saída da escola primária...

Giulio não respondeu, mas ergueu o olhar. Era ela, a garota que ele havia encontrado ao sair do banheiro.

— Provavelmente, o papaizinho veio buscá-la — gracejou o outro garoto, enquanto lançava a guimba ali perto.

Giulio seguiu os movimentos da garota, que, com a mochila grudada ao ombro direito e a cabeça inclinada para baixo, boiava à deriva naquele mar tumultuoso de esperanças. Uma das mãos segurava a alça da mochila, a outra estava contraída em punho ao longo do corpo, pronta a desfigurar a vida se ela tivesse um rosto. Ele a viu se afastar sozinha.

Gostaria de enxergar os pensamentos daquela garota. Um só pensamento lhe bastaria. Queria a confirmação do aroma que havia sentido. O aroma da dor muda.

— Giulio!

Mas o que todos queriam com ele? Quanto mais tentava ficar sozinho, mais os outros grudavam nele, como se invejassem quem sabe ficar sozinho consigo mesmo. Procurou a origem daquela voz que o chamava, e eram cabelos negros, olhos negros, gola ondulante, pele de porcelana.

Giulio a fitou, sério. Ela aproximou os lábios da orelha dele, tocou-lhe o lóbulo e sussurrou:

— Quero você.

Giulio apoiou o rosto contra o dela e farejou, em busca de uma ternura que jamais havia recebido de nenhuma garota. Aquela pele lisa, aquele perfume leve dissolviam um pouco da dor que o impregnava, mas nunca alcançavam o esconderijo onde aquela dor se entocava. Para chegar até ali, seria necessária a ternura de uma mãe, e, em cada mulher que tocava, Giulio buscava a pele de sua mãe, sem jamais a encontrar.

Os lábios deles se devoraram, e o perfume úmido das superfícies lavou um pouco da tristeza. O outro rapaz, mais invejoso que curioso, interrompeu-os.

— Viu aquele fodido de bicicleta?

Os dois se separaram e viram passar, em meio à balbúrdia de carros, scooters e corpos, uma bicicleta preta, que rangia penosamente, com o farol pendurado de um lado, desprovido de vidro. Uma bicicleta vesga.

— Quem é? — perguntou, displicente, a garota de gola ondulante.

– Deve ser um suplente, é jovem demais para ser titular... –
O rapaz riu.

O professor levava uma bolsa de lona a tiracolo, as quinas visíveis
deixavam intuir o conteúdo. A barba apenas sugerida sobre os
maxilares contraídos no esforço da pedalada e o olhar perdido
sabe-se lá onde davam-lhe o ar de um homem que um dia seria
maduro.

– Vai ser comido vivo – acrescentou ela.

Giulio seguia a bicicleta com os olhos, perguntando-se quais
seriam os segredos daquele homem, mas ele já estava de costas e
apenas a bolsa cheia de livros traía sua alma feita de páginas.

– Um fodido – repetiu o outro rapaz.

Giulio, surpreendido por um desejo repentino, começou a procurar entre as costas dos estudantes, mas aquela que ele procurava
havia desaparecido.

– Vamos – disse, seguro de si, fitando os olhos da garota, sem
saber para onde.

O professor atravessava a cidade na hora do almoço, e aromas
esboçados e incertos lhe chegavam naquele tépido setembro. As
rodas acariciavam o asfalto sem dificuldade. As pessoas ainda estavam felizes por terem recomeçado a trabalhar, mas bastaria uma
semana para que a rotina do trabalho alimentasse uma pungente
saudade das férias.

A corrente da bicicleta, lubrificada para a ocasião, deslizava sobre
a catraca como um romance de engrenagem perfeita. Ele não pertencia àquela multidão. Pertencia à multidão de seus autores, pertencia às páginas deles, nas quais não havia espaço para o tédio,
para o anonimato, para a rotina. Nas páginas, tudo é sempre novo:
gera-se continuamente, enganchando-se à catraca da imaginação

em um abraço perfeito, fazendo girarem as coisas do mundo no ritmo certo. Nas histórias, existe a vida sem os momentos de tédio, e ele pedalava em um mundo que sua imaginação tornara perfeito, e era incapaz de ouvir as buzinas que revelavam a ampla e sorrateira imperfeição da vida.

Esperavam-no as páginas da *Odisseia*, que ele explicaria no dia seguinte. Sentia-se quase culpado por ter deixado Nausícaa atormentando-se em seu sonho e Ulisses adormecido em uma moita da ilha mágica dos feácios.

Antes, porém, havia Stella, com seus olhos a fitar e seu temível discurso sobre aquela *coisa importante*.

Reduziu e desceu no ato, apoiando primeiro todo o peso sobre um dos pedais, enquanto a bicicleta continuava a avançar, dotada de vida própria. A elegância daquele gesto, tão imprevisível e, ao mesmo tempo, estudado, fazia-o se sentir perfeito. Prendeu a bicicleta em um poste, mais para não a deixar cair que para protegê-la de furto. Na verdade, o cavalete se quebrara havia algum tempo.

O Parnaso Ambulante era uma pequena livraria de duas vitrines, com uma área encantadora dedicada aos usados e um furgãozinho que se transformava em banca nas praças ou nas vielas. Uma livraria de gestão familiar, onde os livros eram parte da família. Atravessou a soleira para se conceder o odor das novidades e o olhar das capas: eram elas que o observavam. Os livros eram crianças: cada um tinha seu cheiro bom, seus olhos e suas manhas. Gostava de ler as tramas, muitas vezes nem sequer por inteiro, nas orelhas dos volumes, e de fantasiar depois sobre a continuação, misturando-a à do livro seguinte.

Uma capa o encarava com a expressão de um menino vestido de adulto, o olhar para o alto, amedrontado e surpreso. Enquanto o professor o fitava, quase hipnotizado, uma voz brincalhona o chamou:

– Prof?

Ergueu a vista da capa para encontrar os olhos da cor de glicínias de uma mulher pouco mais jovem que ele, que o fitava com um misto de ironia e ternura.

– E você, o que está fazendo aqui? – perguntou o professor, sorrindo.

– Procurando um livro...

Sempre que precisavam se dizer alguma coisa, eles o faziam através de um livro, que no título, na capa, na chamada ou na história escondia uma mensagem, como garrafas no oceano. Stella era filha dos proprietários e os ajudava na gestão. Tinha entrado na vida do professor como acontece com os livros pelos quais a gente sente uma atração imediata, como um pedaço de alma fugida para longe em um tempo esquecido. Tudo havia começado três anos antes, quando ele, ao circular por aquela livraria vizinha à escola na qual assumira o posto naquele ano, pedira:

– Estou procurando *A voz a ti devida*, de Pedro Salinas.

Enquanto buscava entre as prateleiras, ela havia murmurado de si para si: "*Cuando tú me elegiste/ – el amor eligió –/ salí del gran anónimo/ de todos, de la nada...* Quando tu me escolheste/ – o amor escolheu –/ saí do grande anonimato/ de todos, do nada."

– Como disse? – perguntara ele.

– Oh, nada. Ficaram em minha memória uns versos dele... – respondera ela, apontando o livro como se ele fosse uma pessoa.

O sorriso com o qual ela acompanhara aquelas palavras tinha sido uma rima perfeita em seu rosto. Os deuses dão só o primeiro verso, depois a tarefa dos poetas é estar à altura nos seguintes, e assim é o amor: acontece como um dom do céu e depois o testemunho passa a nós, pedindo-nos a coragem e o afã de dei-xá-lo acontecer, sem medo de nossa inadequação.

– Como vai? – começou ele.

– Como um belo livro na página cinquenta... – respondeu ela, recorrendo a um expediente que os dois tinham inventado para descrever os sentimentos: neste caso, uma alegria desconhecida, mas segura. Um livro abandonado na página dez indicava uma dor forte; um livro interrompido na penúltima página, o auge do desejo ou o medo de que algo acabe depressa demais.

– E você, como está? – acrescentou Stella.

– Tenho uma turma interessante, vou fazer um ótimo trabalho – respondeu ele.

– Perguntei como você está, não o que tem feito.

O professor abaixou o olhar para a capa do livro que ainda tinha nas mãos, procurando a resposta nos olhos de papel do menino e defendendo-se dos de carne que investigavam dentro dos seus. Em seguida, ela disse:

– Pensou bem?

– Em quê?

– No que eu queria lhe dizer...

– Como eu podia pensar, se não sei do que se trata?

Ela apoiou as mãos nos lados do rosto dele e balançou a cabeça:

– Como você é árido! As mulheres gostam de um pensamento sem contornos...

– E qual é? – ele a interrompeu, impaciente, mas Stella o ignorou.

– As mulheres gostam de se extasiar na expectativa... Para depois poderem recordar melhor aquele momento, registrando cada detalhe, cada sinal no rosto do outro, cada cor e perfume...

– E daí?

– Nós, mulheres, gostamos de ser intuídas, adivinhadas e às vezes até inventadas... E nos enlouquece descobrir que o homem que temos ao nosso lado vê em nós coisas que nem sabemos... – disse ela, fazendo charme com os olhos e brincando com a ponta dos cabelos.

– Então me dê algum indício...

– Que dia é hoje?

– Segunda-feira.

– Não, seu bobo. – Ela riu. – Hoje é aniversário de nosso primeiro encontro. Lembra?

– Sim, claro... – respondeu ele, olhando encabulado o relógio. Jamais recordava uma data ou um aniversário.

– Hoje faz três anos exatos, querido fessor. Eu me lembro daqueles quatro segundos... Se você encanta uma mulher por quatro segundos seguidos, sem a entediar, ela está perdida...

– Temos que comemorar! – exclamou ele, deixando transparecer a esperança de que aquela fosse a coisa importante.

– Espere... Não é isso que eu queria lhe dizer. Não desconfia de nada?

O professor ficou sombrio, esperou que algum cliente entrasse, mas seu silêncio ribombou dentro do pequeno local e os livros pareciam testemunhas a esperar, trepidantes.

Ela riu para desdramatizar, conhecia bem demais os modos pelos quais ele se defendia. Desapareceu entre as prateleiras, que a engoliram.

Voltou com um livro e o levantou diante do rosto dele, para que lesse bem o título, e espichou sobre a capa seu olhar entretecido de linhas azuis e violeta, *Do que estamos falando, quando falamos de amor?* * Sorriu.

Ele permanecia sério, em busca de uma saída para aquela adivinhação.

— Desde quando estou com você, me tornei uma pessoa melhor. E você também, professor. Juntos, somos melhores que individualmente: somos mais reais. Claro, não somos perfeitos, mas a perfeição, como você sabe, está sempre a um degrau de distância e nós a deixamos para os outros. Eu gosto da sacrossanta e intensa imperfeição da vida...

— Sim. Entendo.

— Você sabe do que eu estou falando, fessor. Quero continuar crescendo com você.

— Eu também.

— Mas quero lhe dar uma oportunidade de fazer isso mais depressa...

— Qual? — perguntou ele, evasivo.

— Vivermos juntos!

— Você sabe que lá em casa não há espaço — defendeu-se ele.

Ela abaixou o livro:

— Não era o que eu tinha em mente. Tenho muito mais conforto em minha casa, se é por isso. O que eu quero é vivermos juntos, em uma casa nova.

— Juntos — repetiu ele, com um eco inexpressivo.

— Juntos: você sabe, quando duas pessoas se amam, não?

— O que acontece? — fez ele, fingindo ignorância.

— Acontece que se casam, vão viver juntos, montam casa e a enchem de livros e... de filhos.

---

* Coletânea de contos do americano Raymond Carver (1938-1988). (N.T.)

Ela sorriu, e a luz lhe encheu os olhos a tal ponto que se poderia pensar que luz e amor são a mesma coisa, a prirneira para os olhos e o segundo para o coração. Stella repetiu:

— Filhos.

Ele ficou sério. Desconfiava de algo do gênero, mas não que as coisas pudessem se precipitar daquele jeito. Nos livros, as coisas têm os momentos certos. A vida, porém, está sempre com muita pressa, primeiro seria preciso descobri-la um pouco melhor, aprender a viver. Ele fitava Stella no silêncio da livraria, ainda muito vazia, e ela a iluminava toda com sua claridade solar.

— Fessor, eu amo você — sussurrou ela. — E fui uma boba em lhe dizer isso tão pouco. Talvez, se tivesse dito mais vezes, agora você acreditasse... Amo você — disse, apontando o título do livro que ainda segurava.

Entre as palavras dela e o olhar dele, estava a bancada dos lançamentos, como um rio que corre entre dois amantes, sem uma ponte ou pelo menos um banco de areia para o atravessar. Ele baixou os olhos sobre os títulos e leu alguns atabalhoadamente, misturando-os, na esperança de encontrar uma frase adequada e uma saída. Mas, na realidade, os diálogos nunca funcionam: nos livros, os personagens têm a resposta certa, mesmo quando é equivocada; na realidade, porém, as pessoas, quando se trata da verdade, nunca sabem o que dizer.

Depois, ele ergueu o livro que havia observado primeiro e se deu conta de que era *Toda a vida pela frente*.* Os lábios se curvaram em um sorriso ferido, os olhos se fecharam por um instante pouco

---

* Romance do escritor francês de origem lituana Romain Gary (1914-1980), que o publicou sob o pseudônimo de Émile Ajar. A imagem do "menino vestido de adulto", mencionada há pouco, é capa da edição italiana. (N.T.)

mais longo que um bater de cílios, defesa tênue demais para excluir o mundo exterior. Ficou em silêncio, fitando-a: nos olhos violeta nos quais se perdera tantas vezes, vislumbrava os reflexos de um vinho impregnado de sol e um mar a atravessar, com a promessa de um porto longínquo. Quem saberia quantas coisas aquelas águas escondiam, quantas tempestades e quantos ventos propícios, quantos tesouros e quantas criaturas submersas... Ao êxtase, acrescentou-se de imediato outro sentimento, que já era sombra do primeiro, sósia, máscara: o medo de ser inadequado, de se extinguir, de se habituar. O medo de não sentir mais o sabor daquele vinho e de não conseguir confiar naquele mar, com o passar dos dias, dos meses, dos anos.

— "Diz-me, Louco, o que é Amor?" — ela o instigou, citando versos que ele conhecia bem, na tentativa de abrir a primeira das correntes que prendia seu coração amedrontado.

— "Amor é aquilo que escraviza os livres e liberta os escravos"* — respondeu ele instintivamente, enganado por um jogo ao qual não sabia resistir e cujas regras ela conhecia como ninguém mais. Depois, arrancando-o da fresta que se abrira na parede de sua autodefesa, o medo, com suas garras, lançou-o de volta no escuro.

— Mas, Stella, nós estamos juntos e somos livres. Estamos tão bem... Por que você quer arruinar tudo?

E, sem esperar resposta, saiu. As rodas da bicicleta se moveram com dificuldade, ele parecia ter que empurrar o caminho, não os pedais.

Ela, imóvel entre seus livros silenciosos, deixou fugir o sorriso, como uma máscara mal-aplicada.

---

* Versos do catalão Ramón Llull (c. 1232-c. 1315), também conhecido como Raimundo Lúlio. (N.T.)

O sol de setembro que penetrava pela vitrine se fragmentou em pequenos estilhaços úmidos que lhe caíam das faces. Sentiu-se sozinha no meio de todos aqueles poetas e escritores. As lágrimas molharam o livro que ela ainda segurava. Disso falamos, quando falamos de amor: de lágrimas.

Talvez as do amor ferido, recolhidas todas juntas, formem um oceano mais vasto que as brotadas do amor correspondido. Talvez umas e outras se equilibrem, como as subidas e as descidas.

São coisas que ninguém sabe.

Margherita não voltou para casa na hora do almoço: refugiou-se na da avó, que morava perto da escola. Não queria arriscar ver-se sozinha com a mãe, que talvez, justamente naquele dia, houvesse tido a ideia genial de ir para casa primeiro, para lhe fazer companhia e saber como havia sido o primeiro dia de aula. Andrea saía à tarde, e Margherita precisava ver a avó depois de um início tão desastroso.

Quando entrou, o perfume de jasmim lhe encheu as narinas. As flores boiavam no centro de uma tigelinha de vidro, sobre a mesa da cozinha.

– Quer comer? – perguntou a avó, sem sequer lhe dar tempo de saudá-la.

– Estou sem fome.

Como todos os sicilianos, a avó manifestava o afeto por meio de calorias. Margherita se sentou à mesa e se debruçou para cheirar os jasmins, que a avó cultivava na sacada.

Teresa pegou uma panela, encheu-a de água e colocou-a no fogo. No nariz de Margherita, desencadearam-se todos os odores possíveis, mesmo que apenas recordados: o aroma dos espaguetes furadinhos com sardinhas, farinha de rosca, funcho, pinhão e uva-passa, a fragrância dos *anelletti* ao forno, crocantes, com ragu, queijo e berinjela... A avó se sentou diante de Margherita, com os braços cruzados. Os bons olhos cinza-azulados traziam os sinais de uma dor antiga, depositada lá no fundo, ou apenas o cansaço de uma vida.

— Sua mãe me telefonou.

Margherita baixou a cabeça sobre a mesa e escondeu o rosto entre as mãos. O corpo se sobressaltava em soluços violentos.

— *I guai d'a pignata i sapi u cucchiaru che l'arrimina.* Todos na família choram do mesmo modo... — constatou a avó, comparando os segredos de família a uma colher que, por mexer o conteúdo da panela, conhece-lhe os problemas.

Margherita tirou as mãos do rosto e o ergueu. Era como se seus traços tivessem ficado presos às mãos e fosse possível enxergar dentro dela.

— Você fala como se chorar fosse uma coisa boa, mas não há nada de bom, vovó.

— E o que você sabe? Já eu devo saber alguma coisa, aos 80 anos... — respondeu a avó, em tom seguro.

— O que há de bom nisso?

— Que, quando você acaba, se sente melhor. Sobretudo se alguém a tiver visto chorar.

— O que a mamãe lhe disse?

— Que precisa da sua ajuda...

— E a mim, quem ajuda?

— Eu.

A avó se levantou para conferir a água, que já começava a tremular antes de ferver.

— Massa curta ou longa?

— Eu quero que o papai volte.

— Então lhe diga isso. Curta ou longa?

— Curta... Dizer a quem?

— Ao seu pai.

Margherita se petrificou. A dor lhe escondera a possibilidade mais óbvia.

— Nem sei onde ele está...

— Isso não é problema. Basta ligar para ele e perguntar.

A avó abriu o pacote das *pennette* e jogou pelo menos duzentos gramas na panela.

— É demais, vovó! Não estou com fome, já falei.

— Calada, senhorita. Eu cozinhei a vida inteira e sei de quantos gramas de massa precisa um coração rompido. — Falou, com aquele *r* rolado e impronunciável para quem não o tiver escutado desde criança. Escutar aquele som fazia parecer que o coração estava realmente rompido.

Margherita riu e, se pudesse olhar-se no espelho, talvez descobrisse que era bonita. Assim como o amor depois de uma briga, o sorriso depois de um pranto é o melhor espetáculo que uma mulher sabe exibir.

— E se ele não atender?

— Tente de novo.

— Tenho muito medo de que ele não atenda.

— Então, mantenha o medo e fique com a dúvida.

Margherita apertou os lábios e quase recomeçou a chorar: ter medo e esperança são os dois ingredientes inextricavelmente fundidos naquele sentimento que chamamos, mais simplesmente, de *saudade*. Era o que ela estava sentindo.

— Você pode ligar para ele?

— Não, Margherita. Isso cabe a você. *Diu a cu'voli beni manna cruci e peni.*

— O que você disse? Não fale em árabe...

— Deus, a quem quer bem, manda cruzes e penas. Atrás de cada dor, há uma bênção...

A avó deixou a frase em suspenso, como se estivesse focalizando uma lembrança. Depois, abriu a geladeira e ficou olhando, em busca de alguma coisa que ela já não sabia qual era. Margherita intuiu o motivo daquela hesitação, levantou-se, pegou o potinho de molho de tomate fresco, que a avó chamava *salsa* e no qual todo dia colocava uma folha verde de manjericão. Entregou-o a ela.

— Obrigada, minha joia. Sou uma *stolita*, uma tonta...

— Não estou aguentando, vovó. Não aguento.

— Margherita, a vida é como os doces. Você pode ter todos os ingredientes e as instruções da receita, mas não é suficiente para que fiquem bons.

— Como assim?

— Para cem vezes em que eu fazia direito um doce, outras cem não davam certo: solado, *'nguttumato*, insosso, muito *chiummuso*, pesado...

— E o que você havia errado? — perguntou Margherita, sem ter compreendido direito.

— Nada.

— Como, nada?

— Na confecção, nada.

— E então?

— Eu não tinha envolvido o coração naquilo. — A avó pronunciava o *o* tão aberto que a vogal parecia ecoar dentro da palavra.

— Como assim?

— Estava pensando em outras coisas, seguia as regras, mas pensava em outras coisas...

— E o que isso tem a ver comigo?

— Se você não envolver *u sangu e u cori*, o sangue e o coração, nas coisas que tem à sua frente, a vida não dá certo. Você tem que amar aquilo que faz. Cada doce tem sua história: a pessoa para quem você o prepara, os sentimentos que tem enquanto o prepara... Todas as coisas entram nas mãos e, enquanto as mistura, você pensa com as mãos e cria com as mãos. Consegui fazer os doces mais gostosos quando pensava prepará-los para seu avô. Inclusive agora, quando ele já não está conosco...

Margherita escutava a sabedoria da mãe de sua mãe. Vovó Teresa estava certa de que não bastava conhecer as coisas para fazê-las direito: além disso, é preciso saber quem você é e a quem ama.

— Você deve procurar seu pai e lhe pedir que volte. E, se ele não quiser voltar, vá buscá-lo. Você não é mais uma menina, minha joia. *O ri lignu o ri nuci ogni casa avi a so' cruci...* De madeira ou de noz, toda casa tem sua cruz. — Virou-se e provou a massa, levando à boca uma *pennetta* muito quente, sem fazer nem sequer uma careta. Acrescentou um pouco de sal e misturou tudo, superando mais uma vez as regras com o sabor da vida.

Margherita se perdera em novos pensamentos. Semelhantes às tortas da avó: simples mas intensos, como as flores de sua terra.

— Farei isso — sentenciou Margherita, após um longo silêncio, e seu rosto era o de uma mulher-feita.

A avó escorreu a massa, colocou-a em uma tigela, acrescentou o molho e, em seguida, pegou uma flor do jasmim e acomodou-a na borda do prato, depois de esfregá-la de leve. O vapor das *pennette* ao *sugo* misturou-se ao aroma intenso do jasmim esmagado.

O estômago da neta, seduzido por aqueles aromas, abriu-se, e ela começou a comer, primeiro com lentidão, depois com interesse crescente. Enquanto comia, olhava, encarava a avó. E ela lhe sorria.

— Minha joia.

O molho contornou de vermelho os lábios de Margherita.

A avó caiu na risada.

— O que foi? — perguntou Margherita.

A avó ria ainda mais, seu peito subia e descia e os olhos azulados e bons se umedeceram.

Margherita compreendeu, pegou uma *pennetta* cheia de molho e passou-a no rosto, no nariz e nas bochechas, como fazia quando criança para enfurecer a mãe.

A avó já não conseguia se conter. Margherita se aproximou e beijou-a no rosto, enquanto a avó se defendia inutilmente.

Riam, riam e riam da maneira mais simples que a vida tem, quando deixamos de levá-la tão a sério.

Durante a tarde, Teresa e Margherita foram buscar Andrea no jardim de infância.

O menino parecia empolgado com sua vida pré-escolar e mergulhou de imediato naquilo que ele chamava de deveres de casa, na única época da existência em que fazer esses deveres significa imaginar, inventar e criar. De tanta concentração, prendia a língua entre os dentes. Seus cabelos eram claros e os olhos azuis, tão bizarros quanto suas criações.

Ariel nadava na água recém-trocada, uma tarefa que Margherita assumia quando estava ali, porque a avó se esquecia, a água ficava amarelada e então Ariel se debatia sem parar, como se estivesse bêbado. Abria e fechava a boca ritmicamente e, de vez em quando, soltava uma bolha. Depois, agitava a cauda, sinal de que havia esquecido sua vida precedente e de que voltava a se espantar com o vaso de vidro como com um oceano jamais visto. Margherita o observava sem dizer nada e desejava uma vida como aquela. Esqueceria arguições e espinhas no nariz, mas a dor... talvez.

O oceano em miniatura de Ariel lhe recordou as brincadeiras na praia com o pai. Sozinha, não conseguia construir nada, tudo o que ela fazia desabava. Então, vinha ele e construía desde os alicerces um castelo indestrutível, com elegantes ameias, portas e até janelas. Agora, sua vida lhe parecia areia que se desfaz ao primeiro toque.

A avó, que nunca se habituara ao frio daquela cidade, e que estava tricotando um de seus suéteres tipo Polo Norte, interrompeu o fio dos devaneios de Margherita:

— Seu avô sempre me contava histórias, sabia centenas delas. Ele me via fazendo os doces e dizia que as histórias são a massa das coisas. Uma vez, me contou sobre uma ilha cujos habitantes não dividem os objetos e as pessoas em *masculi* e *fimmini*, mas em coisas que vêm do céu e coisas que vêm do mar.

As rugas da avó se relaxavam quando ela lembrava o marido e sua paixão pelas narrativas, que ele lhe deixara como herança.

— "O que vem do céu?", eu perguntava, mesmo já sabendo a resposta. E ele, com um sorriso: "O amor."

— Por quê? — quis saber Margherita.

— Porque vem do céu e ao céu retorna...

— O amor entre papai e mamãe acabou embaixo da terra... — sussurrou Margherita.

A avó não fez comentários.

— Seu avô também dizia que a dor vem do céu... — acrescentou para si mesma, como que ferida por uma lembrança inconfessável ou dolorosa demais.

— Por quê?

— Porque vem do céu e ao céu retorna.

— Como o amor?

— Como o amor.

— E qual é a diferença? — perguntou Margherita.

— Eu também perguntava. Ele pensava um instante e depois dava uma de suas explicações de mestre-escola. Dizia que *paixão* significa tanto "amar" quanto "padecer"... Ter paixão é sentir amor e dor ao mesmo tempo: é *na fevre ca trase 'nta l'ossa*, uma febre que entra nos ossos... "Você é minha paixão, Teresa, a única paixão verdadeira", dizia.

O rosto de Teresa se transformou em um mapa geográfico cheio de etapas, partidas e chegadas.

— E você?

— E eu, o quê?

— O que respondia?

— Ficava calada.

— E ele?

— Ele me dava um beijo.

— Como era?

— Isto é assunto meu!

— Você ficou encabulada... — disse Margherita, apontando-a e dando uma risadinha.

— Não, é que *u picciriddu* está aí — respondeu a avó, referindo-se a Andrea.

— Eu não sou um *picciriddo*. Sou um menino — rebelou-se ele, ofendido.

— Minha joia — disse Margherita, imitando a avó.

Margherita e a avó começaram a rir, e Andrea não entendeu o motivo. Não entendia muitas coisas que os grandes faziam. Por isso desenhava. Conseguia enfileirar a realidade na ponta de seus lápis coloridos, sonhando sempre com o estojo enorme que havia visto em uma loja: um estojo de mais de cem lápis, de todos os matizes. Mas eram muito caros, dizia a mãe, e ele precisaria esperar até crescer um pouco mais.

— Deixe-me *taliare* esse desenho, quero ver — pediu a avó.

Pequenas figuras passeavam, todas concentradas no espaço à esquerda, por uma estrada azul longuíssima que se contorcia como um novelo, um fio que se desenredava e se entrelaçava à maneira de um labirinto. O restante do papel estava em branco: ninguém sabia a quem pertencia aquele espaço vazio.

— Esta estrada parece um dos meus novelos, todos *inturciuniati*... Por que você não desenha aqui umas árvores, umas flores, o céu? — perguntou a avó, apontando aquele vazio branco.

Andrea respondeu com o olhar ignaro e sincero de quem fez uma coisa sem pensar muito.

— Existem as árvores, existem as flores... — acrescentou a avó, quase derrotada.

— Mas eu não tenho as cores, só servem as do estojo grande — respondeu Andrea.

— *Cori forti consuma a cattiva sorti*, coração forte destrói a má sorte — comentou a avó, olhando o novelo e o espaço em branco.

Margherita observou, curiosa, aquele espaço branco no qual se perdia o longo fio retorcido: viu escondido ali um telefone que toca, mas ninguém o escuta.

IV

A cidade rumorejava em um de seus sobressaltos típicos do meio da tarde, quando homens e mulheres saem do trabalho e congestionam as ruas em busca de afetos, vitrines ou programas esportivos, na tentativa de diluir sua fadiga cotidiana. Os rapazes que acabaram de fazer as tarefas nesse horário percorrem os caminhos em sentido inverso, abandonam o porto que os mantém prisioneiros e saem ao largo, lançam-se no ventre do desconhecido para fugir do tédio, na esperança de que, lá fora, haja realmente algo novo. As moças usam roupas leves, como se o dia estivesse começando, e gostam de ser vistas, mais do que olhadas.

A jovem fumava lentamente no peitoril, usando apenas uma camiseta. Atrás dela, Giulio estava deitado em silêncio em um sofá em desordem e respondia a uma mensagem. Tinha se voltado para o outro lado a fim de esconder a solidão que acompanhava aqueles êxtases. A cada vez, parecia-lhe tocar o céu, mas, depois, inexoravelmente, ele caía de alturas vertiginosas de volta à Terra, despedaçando a alma em minúsculos cacos de vidro. O amor não oferecia o consolo prometido. Nenhum abraço, nenhum beijo, nenhuma carícia, nada era capaz de curar a ferida. Esparadrapos. Um em cima do outro, uma montanha, sobre um corte que jamais havia sido limpo e desinfetado.

Nas paredes, as prateleiras estavam cheias de romances, DVDs e CDs. As pessoas leem romances de amor, assistem a comédias românticas, escutam canções sentimentais. E pensam que o amor preenche o vazio da própria solidão. Mas ninguém pode preencher aquilo que não tem fundo. Sua alma era como um poço e ele, na tentativa de enchê-lo, não parava de jogar pedras dentro, mas elas não afloravam nunca: desapareciam no vazio, e ele não tinha coragem de se debruçar para olhar lá embaixo. Não queria beber aquela água envenenada, queria apenas fechar o buraco de uma vez por todas.

Desde pequeno, tinha um sonho frequente: era um cavaleiro dotado de uma armadura indestrutível, forjada especialmente para ele, em viagem aos confins de um reino ameaçado pelo Grande Dragão. Procurava-o em bosques, montanhas, cavernas. Sem resultado. Ia até as praias extremas do reino e, ao se aproximar, achava-o à beira-mar. Junto com um filhote. Fitavam-se demoradamente e, depois, o Grande Dragão, que na realidade era uma mãe, avançava e o acometia com sua couraça, despedaçando-lhe a armadura e talvez até o corpo. Mas ele não sentia dor. E, de repente, em vez da armadura e de um cavaleiro, naquela praia só restava um menino que brincava com a areia e ria. Por fim, acordava, quando a ressaca do entardecer chegava a lhe banhar as pernas e ele se via descoberto na cama. Com frio.

Giulio queria brincar, como um menino. Mas não existia uma mãe disposta a vê-lo brincar. Tentava brincar mesmo assim, mas sua brincadeira era cheia de tristeza e raiva. Brincava com aquela moça, com a escola, com o risco, com a vida e até com a morte.

Pegou a camisa.

— Aonde você vai? — perguntou a jovem.

— Assunto meu.

– Por que não fica mais um pouco? A gente pode comer alguma coisa, ver um filme e conversar – propôs ela, acariciando-lhe os cabelos.

– Sobre o quê? – perguntou ele, afastando-se.

– Sobre nós – respondeu ela. E se iluminou.

– Nós trepamos, não conversamos – disse ele, lançando-lhe um olhar frio. Beijou-a no rosto e saiu.

Seguiu a pé ao longo do parque, onde algum dono tomava conta de seu cão e algum menino tropeçava atrás de uma bola grande demais, enquanto uma baby-sitter indolente gritava para a criança, sem se mover. Aproximou-se de um banco onde um casal de jovens trocava carícias efusivas, pegou a bolsa da garota e se afastou, silencioso como um gato, os olhos reduzidos a duas fissuras. Jogou a bolsa em uma cesta de lixo pouco adiante, depois de tirar de dentro um *foulard* ainda com a etiqueta. Um menino com uma bola na mão o olhava, em busca de um companheiro de jogo, e Giulio lhe sorriu. Encorajado, o menino jogou a bola, que Giulio devolveu com uma cabeçada.

– Você é bom mesmo! – gritou-lhe o menino.

– Não, que é isso! – exclamou ele, afastando-se e deixando o menino a olhá-lo, decepcionado.

Depois, viu uma moça com um cachorro, vindo em sua direção. Aquela era sua especialidade. Fitou-a nos olhos.

– Posso dar uma palavrinha com o cachorro? – perguntou, inclinando-se para acariciá-lo.

– Mas claro! – respondeu ela, emocionada.

– Você tem uma linda dona!

A jovem enrubesceu. Giulio, então, aproximou-se e começou a lhe fazer perguntas, sempre fitando-a nos olhos, e se aproximando cada vez mais. Movia as mãos como um prestidigitador.

— Qual é seu nome?

— Sara.

— Belo nome, Sara.

— Obrigada.

— Vamos trocar os números de nossos celulares?

— Perfeito!

Era nesses momentos que Giulio realizava suas pequenas obras-primas. Ficando bem pertinho com a desculpa de conferir se a jovem estava digitando o número certo, mantinha a boca junto da orelha dela, a fim de distraí-la, e, enquanto isso, deslizava a mão para dentro da bolsa.

— Até breve.

— Tchau — respondeu ela, encantada.

— E o cão, como se chama?

— Argos.

— Como o de Ulisses?

— Não sei... Quem escolheu foi meu pai...

— Tchau, Argos. Tchau, Sara.

Virou-lhe as costas, deixando-a para trás, embevecida. Passada uma curva, abriu a mão e encontrou um batom novinho em folha. Meteu-o na mochila e prosseguiu. Era imbatível, não errava um só golpe.

Não sabendo o que fazer, entrou na igreja ao lado do parque. Gostava do silêncio das igrejas, como o dos cemitérios. Sentou-se em um banco ao fundo e largou a mochila no chão, diante do genu-flexório. Frescor e penumbra. Um grupo de velhas à sua frente cantava baixinho alguma coisa, e as pinturas pareciam pouco mais que histórias em quadrinhos naquela nesga de luz. Fitou o afresco que preenchia a capela ao lado do altar: um homem crucificado e uma mãe em lágrimas que tocava os pés dele com os lábios, enquanto um jovem tentava apoiá-la. Ficou um minuto olhando a pintura. Pensou que não tinha sequer uma mãe para chorar por ele. Onde estava sua mãe? Onde vivia? O que estava vendo naquele momento? Pensava nele de vez em quando? Nunca saberia. Esse era o pacto. Tudo o que ele sabia era que ela engravidara durante o liceu. De quem, afinal? Tinha entrado no mundo órfão de pai, antes mesmo de nascer. Mas não se deixaria crucificar pela vida, teria sua desforra.

Saiu da igreja e entrou em um local pouco distante, um daqueles bares de happy hour a oito euros. Sentou-se e enviou uma mensagem. A garçonete se aproximou: tinha se esquecido de depilar os braços, dedicara todas as suas atenções ao esmalte roxo. Giulio pediu uma cerveja, a mais forte e amarga, e saboreou-a lentamente, abandonando-se a seu passatempo preferido: observar as pessoas, perscrutar seus gestos.

Um homem tentava confundir uma loura de cabelo escorrido contando alguma coisa, mas o modo como arqueava as sobrancelhas e protegia a boca com a mão revelava que ele estava mentindo. Ela, lábios dobrados em um sorrisinho irônico, não escondia que estava percebendo, mas aceitava o jogo e se deixava enganar de bom grado por aquelas palavras tão sedutoras.

Duas jovens conversavam entre si, e a aparente curiosidade de uma das duas era apenas uma profunda inveja, como sugeria a mão contraída sobre o copo, apesar dos olhos arregalados, fingindo surpresa. A outra, por sua vez, gesticulava demais, e era óbvio que estava ampliando os contornos de alguma aventura sentimental.

Giulio descobria a mentira por toda parte. Os gestos dos homens e das mulheres revelavam sempre as intenções ocultas deles. Desde quando era menino, aprendera a não confiar em ninguém.

Habituara-se a reconhecer, pelos traços do rosto ou pelo movimento das mãos, se alguém queria enganá-lo, seduzi-lo, surrá-lo.

Recordava as narinas daquele animal: alargavam-se ligeiramente quando ele estava para explodir, enquanto as mãos eram percorridas por um tremor e as pontas dos dedos tamborilavam sobre a mesa. Logo depois, o homem se levantava e espancava, na sequência, a mulher e a ele, Giulio. O casal tinha já três filhos e assumira sua guarda a fim de receber o auxílio econômico destinado à família custodiante. O sujeito bebia. Ela era boa, mas um dia fugiu com os filhos biológicos e não voltou mais. Depois disso, Giulio havia perambulado, por períodos mais ou menos breves, entre outras famílias, mas ninguém queria um menino tão grande. Ninguém queria um garoto como ele. Um garoto que encara você sem falar, com olhos gélidos, de demônio. Que desaparece sem dizer nada. Assim, fora parar em um centro de acolhimento familiar, e o tempo de suas jornadas se tornara o meio de que ele dispunha para se manter o mais longe possível daquela toca. Mas, pelo menos, tinha um canto onde dormir.

A entrada de uma moça no bar dissolveu aqueles pensamentos sombrios. Ela parecia um flamingo: magra, esbelta, os pés envoltos em sandálias, uma bolsa pendurada no antebraço, cabelos negros, olhos negros, lábios vermelhos, pele de pêssego. As duas jovens se voltaram para olhá-la, e também o homem com a loura despiu-a com um olhar fugaz, como se desembrulhasse um caramelo. Giulio perscrutou aquelas reações: o homem desejava a moça, as duas jovens a invejavam. Faminto um, homicidas as outras: olhos que comem, olhos que destroem. Ele fingiu não a ter visto e, quando ela se sentou a seu lado, inebriando-o de perfume, puxou a franja negra para o lado, a fim de deixar livres os olhos.

– Estava esperando você – disse, apontando sobre a mesa o batom que surgia de um *foulard* dobrado de maneira caprichada. Ela sorriu, contente por revê-lo depois de muito tempo, e colou os lábios nos dele.

O céu pesava sobre os prédios como um velho exausto e encurvado. Ao longe, algumas nuvens se engrossavam para um temporal noturno, e o odor da chuva inaugurava um ritual antigo. Até a lampadazinha que brilhava na penumbra do quarto, iluminando as linhas de um livro, parecia a lembrança ancestral de noites de fogos, estrelas e narrativas.

O professor lia versos de um poema, para aprender o amor como em um receituário:

Não te expliques teu amor, nem o expliques a mim;
obedece-lhe e basta. Fecha
os olhos, as perguntas, mergulha
em teu querer [...]

Melhor não se amar
fitando-se em espelhos comprazidos,
dissolvendo
essa grande unidade em jogos vãos;
melhor não se amar
com asas, pelo ar,
como as borboletas ou as nuvens,
flutuantes. Busca pesos,
os mais fundos, em ti, que eles te arrastem

a esse grande centro onde te espero.
*Amor total, querer-se como massas.**

Abaixou o livro. Malditas metáforas! O amor precisa ser desmascarado e encarado de frente. Não queria que alguém lhe "entrasse no coração", porque não sabia "onde" ficava, e, na realidade, nem mesmo sabia se existia aquele aposento luminoso. Não queria mais que o coração "tremesse", "se aquecesse", "se despedaçasse", "explodisse", "se dilatasse", "se contraísse", como se seu bombear tivesse a ver com as ilusões das mecânicas da felicidade, como se um coração "cheio" fosse feliz e um "vazio" fosse infeliz.

Há séculos, usamos as mesmas metáforas: da Bíblia a Walt Disney, todos falam de coração, mas ninguém compreendeu como ele funciona.

Somente Psiquê tinha ousado fitar Amor. Mas ficara cega. Talvez por isso a Alma precisasse das metáforas, porque não enxergava diante de Amor. Mas essa também era uma fábula... Agora, ele queria ir além de Psiquê e encarar Amor para compreender-lhe o segredo. Onde está, o que é, quem é? Todos o querem e gritam e se desesperam se não o possuem. "Por quê?", perguntava-se o professor, e era obrigado a buscar entre as coisas, entre as pessoas, a perguntar, a revirar-se na cama. *Diz-me a verdade acerca do amor*, dizia o título de um livro,** mas não continha a resposta, como todos os livros dos poetas, que envolvem as palavras em torno do mistério mais importante sem jamais alcançá-lo. Palavras que prometem,

---

* Versos do espanhol Pedro Salinas (1891-1951), já mencionado no capítulo III. (N.T.)

** *O Tell me The Truth about Love*, do inglês W. H. Auden (1907-1973). (N.T.)

mas escondem. Levantam um véu, dando a embriaguez de ter nas mãos um segredo, mas, de repente, revelam outro, mais denso.

Era preciso renovar as palavras que serviam para definir o amor e liberar a humanidade da escravidão das metáforas. Também ele a cada dia fabricava armaduras para se defender da vida, em vez de tomá-la tal como era, porque não conseguia suportar o odor da vida.

No silêncio do fim de tarde, lembrou-se de uma excursão feita havia muito tempo, quando seu pai era jovem e gostava de levá-lo ao campo onde havia crescido. Ao lado da velha casa rodeada por aveleiras, cerejeiras, pessegueiros e macieiras, como aquelas que o velho Laertes mostra a Ulisses ainda menino, corria uma torrente cujo murmúrio constante acompanhava o silêncio das noites.

Um dia, seu pai o levou ao longo daquele curso d'água, em busca da nascente. Tiveram que escalar por entre densos arbustos e sarças, ramos entrelaçados, pedras polidas pela água e tornadas escorregadias por mucilagens puríssimas. Na torrente, deslizavam girinos transparentes e minúsculos caranguejos esbranquiçados. O som da água se atenuava à medida que eles subiam a montanha. Recordava ter se sentido abraçado por uma força primordial, que lhe sugerira o mistério daquele perpétuo escorrer. Por fim, chegaram à nascente, e era um impregnar-se do terreno e das rochas em um silêncio absoluto, quebrado apenas por um gotejar semelhante ao murmúrio das fontes da cidade nos dias mudos de verão. As gotas que embebiam a grama eram a origem daquilo que corria até o vale. O silêncio da nascente quase decepcionava comparado ao rumor alegre da cascata. A vida é assim: nasce em silêncio, em um esconderijo, e, aos poucos, engrossa-se em seu transcorrer e canta justamente onde encontra um obstáculo.

E agora que o amor impetuoso queria cantar em sua vida, ele resistia. E onde era sua nascente? Teria sido isso que Rimbaud havia procurado, a nascente do amor? Aos 21 anos, compreendera que a poesia não salva a vida e que o amor deve ser todo reinventado. Escrevera aquelas palavras infernais que o professor sabia de cor:

Tentei inventar novas flores, novos astros, novas carnes, novas línguas. Por fim, pedirei perdão por ter-me nutrido de mentira... e me será concedido possuir a verdade em uma alma e em um corpo...

Arthur! Tinha partido para comerciar em mares exóticos, à caça da áspera e inalcançável realidade, que inexoravelmente o alcançara, sim, sob a forma de gangrena no joelho, detendo sua corrida. Não havia solução: ou viver na ilusão mentirosa das metáforas ou morrer de gangrena na realidade.

Não voltar atrás. Era o que Stella queria, fechar todas as saídas, até a de segurança. E se a casa pegasse fogo? Ou se simplesmente eles se entediassem? Tinha medo de escolher, sem compreender que isso significava renunciar.

O celular vibrou. Ela havia escutado seus pensamentos, como acontece aos amantes cujos desejos e medos, com o tempo, se misturam.

"Não quero arruinar tudo, pelo contrário: quero que tudo seja ainda maior, mais belo e pleno. Confie, prof, deixe comigo, mas supere seus limites. Você não imagina quanto é bonito amar para além dos próprios medos. Eu conheço os seus e quero fazê-los meus. Amo você."

As palavras da mensagem de Stella se tornaram um estribilho que o acompanhou no sono. Sonhou com terras longínquas e gangrenas e poetas malditos. Enquanto isso, do céu escuro, descia a doçura inquieta da chuva, retida nas nuvens por tempo demais. Alguém se lamentaria disso; alguma coisa, uma flor ressequida, por exemplo, se alegraria. Todos querem a graça, mas nem todos podem acolhê-la no mesmo instante e do mesmo modo. Todos desejam ouvir alguém dizer "amo você", mas nem todos têm a coragem de aceitar que seja um outro a dizer "quero que você exista".

Naquela mesma hora que dá um corpo às coisas invisíveis, sonhos, estrelas, espíritos e amantes, Andrea se enfiou sob o lençol de Margherita e se encolheu contra a irmã. O corpo morno dela o tranquilizou e, após uns minutos de silêncio, ele disse:

— Tenho medo do escuro.

— O escuro não existe, Andrea.

— Existe, sim.

— O escuro é a luz apagada.

— No escuro tem monstros. Com luz, a gente não os vê.

— Você já os viu alguma vez?

— Já.

— E como eram?

— Feios.

— Por quê? O que faziam?

— Davam medo.

— Como?

— Com o escuro: como os monstros fazem. Eles dão medo porque se escondem, mas estão ali.

— Onde se escondem?

— Nos cantos, nos buracos, e saem quando escurece. De dia, eles seguem você pelas costas, não têm coragem de aparecer na sua frente, porque a luz os sopra para trás. Mas copiam tudo o que você faz.

— Por quê?

— São invejosos.

— E fazem mal?

— Sim.

— Como?

— Com o escuro.

— Ah...

— Mas eles também têm um medo.

— Qual?

— Estão sempre sozinhos e atacam quando você também está só.

— E se formos dois?

— Não atacam.

— Por quê?

— Porque, quando somos dois, tem a luz.

— Mas se está tudo escuro!

— Não, tem uma luz que só os monstros veem.

— Que luz?

— A luz que se acende quando duas pessoas estão próximas e se abraçam, como na lâmpada do abajur.

— Como assim?

— Dentro da lâmpada tem aqueles fiozinhos e no meio passa a luz.

— E como é que a gente não a vê?

— Porque é uma luz escondida, só se vê nos desenhos. Quando duas pessoas se querem bem, nenhum monstro pode fazer nada.

— Tem muitos monstros aqui em casa?

— Agora, tem, porque antes a luz do papai e da mamãe os mantinha longe

– E agora?

– A luz queimou. Agora, eles estão todos saindo dos cantos e dos buracos. E têm fome.

– O que eles comem?

– O sono.

– O sono?

– Sim, mantêm a pessoa acordada e sugam todo o seu sono.

– E o que fazem com ele?

– Crescem, ficam cada vez maiores.

– E depois?

– Depois, não cabem mais nos buracos e nos cantos e aí ficam em todos os lugares.

– Hummm...

– A gente precisa matá-los de fome...

– Como?

Andrea abraçou a irmã. Agarrou-se a Margherita como se ela fosse um salva-vidas e começou a boiar no sono, poucos segundos depois. Margherita não conseguia dormir, mas, pelo menos, naquela noite os monstros deixariam seu irmão em paz e só devorariam o sono dela. Quem tem um amor em vigília pode dormir sonos tranquilos.

Mas o amor às vezes queima: porque, pouco a pouco, o filamento se afina por causa daquele mesmo calor que o acende.

V

O primeiro tempo é o mais difícil, porque contém passado e futuro juntos. O passado de um leito confortável e de um lençol capaz de proteger você do ataque da realidade se mistura com o futuro de uma jornada de aulas e tarefas. O primeiro tempo é feito de nostalgia e desespero, um concentrado homicida para qualquer um, particularmente aos 14 anos, quando o simples pensamento das "primeiras vezes" é suficiente para nos abater. Que dirá então quando elas se tornam realidade, como a primeira prova.

Diante do portão da escola, onde haviam marcado encontro, ao lado das caçambas de lixo, Marta havia estreitado Margherita com um abraço e depois a obrigara a escutar um horóscopo muito original, ao qual era afeiçoada. Imprimia-o todas as manhãs, antes de escolher as roupas para usar, conservando-o no bolso por todo o dia. Aos 14 anos, toda crença funciona para se defender da realidade, e funciona ainda mais se for portátil. O horóscopo de Marta levantava possibilidades insuspeitadas e matava a sede de histórias nas quais ela pudesse imergir para ter certeza de que sua própria história não era de todo insignificante.

Margherita era de Leão, e, naquele dia, seu horóscopo falava claramente: "Metade da vitória é o conhecimento do inimigo. Evite qualquer inimigo desconhecido e, se isso não for possível, considere a retirada como uma vitória."

Marta riu depois de lê-lo para a amiga, a qual, ao contrário, sentiu a ansiedade de um desastre iminente.

* * *

A professora de matemática entrou com dez minutos de atraso, reclamando dos transportes públicos, da lei financeira e do aquecimento global, o que não deixava pressagiar nada de bom. Era uma mulher em torno dos 50 anos, vestida de jeans, apesar das dimensões do traseiro, e carregada de sacolas nas quais cenouras e cachos de uva acabavam se misturando às tarefas de matemática. Depois de uma chamada apressada, durante a qual pulou ao menos metade dos alunos, começou:

– Hoje, precisamos rever umas coisinhas... Vamos ver como estamos... Talvez alguém possa nos ajudar... – A voz era calma, como se ela estivesse lendo a lista do supermercado, o que tornava os rostos dos jovens ainda mais transtornados de medo. Uns encaixavam instintivamente a cabeça entre os ombros, outros de repente achavam interessantes os sapatos do colega, outros, ainda, fingiam indiferença.

– Você! – exclamou a professora, com olhos fulminantes.

Ninguém se moveu, embora um suspiro de alívio coletivo tenha se elevado.

Marta cochichou para Margherita, com um sorriso inconsciente:

– Eu sabia, meu horóscopo não erra nunca.

– E então, como você se chama? – grasnou a professora.

Ninguém respondeu, mas todos fitaram Margherita, que mal sussurrou seu nome.

A professora, que, enquanto isso, havia colocado uns óculos fúcsias, daqueles que a gente compra na farmácia por cinco euros, fitou-a com olhar benévolo:

– Ora, meu anjo... Venha até o quadro: é só uma revisãozinha...

Jamais se deve confiar nos diminutivos e nos termos afetuosos dos professores: eles preludiam desastres dignos do mais cruel pejorativo.

Margherita, lembrada do horóscopo, permaneceu imóvel, como se não fosse com ela. Os colegas estavam divididos entre o desejo de que ela obedecesse, a fim de evitar outros "voluntários" para o massacre, e a esperança de que não se levantasse, a fim de assistir à reação da professora. O bom da escola é isto: conhecer adultos diferentes dos pais que você tem e descobrir que são até piores que eles.

Margherita ficou em silêncio e não se moveu, congelada pelo medo.

A professora arqueou as sobrancelhas e tirou os óculos:

— E então? — insistiu, com voz firme.

Margherita se ergueu sobre as pernas bambas. Dirigiu-se lentamente à frente da sala e, quando ia pegar o giz, teve uma ânsia de vômito e seu café da manhã ficou grudado no quadro.

Os colegas se horrorizaram. A lourinha sibilou:

— Que nojo!

De início, a professora não percebeu o que havia acontecido porque estava folheando o livro à procura da página com os exercícios que havia assinalado para a revisão. Quando se deu conta da situação, levantou-se de chofre e, ultrapassando Margherita, que ficara dobrada em duas pela vergonha, saiu para o corredor e gritou:

— Senhoraaaaa..., venha logo com um pano que a menina vomitou aqui.

A lourinha riu, imitada pelos colegas. Marta ficou séria e esteve prestes a chorar: sentia-se culpada. Margherita saiu da sala sem dizer nada e enveredou pelo corredor em direção ao banheiro, enquanto a professora continuava a chamar a faxineira meio surda. Agora, todo o corredor sabia, e havia material de fofoca para, no mínimo, dois recreios. Em seus ouvidos, ribombava aquela palavra: *menina*. Vomitar era coisa de meninas.

Fechou-se no banheiro e teve vontade de não sair nunca mais. O banheiro era a sucursal do armário. Marta foi resgatá-la no antro escuro.

— Margherita? — chamou. — Sou eu.

Margherita engoliu as palavras.

— Sabia que fizeram um estudo sobre milhares de avestruzes, por dezenas de anos, e nenhum deles jamais escondeu a cabeça embaixo da terra?

Margherita sorriu e mordeu o lábio, porque teve a impressão de ser ainda mais menina em um momento em que convinha se levar a sério.

Uma garota saiu do outro reservado, olhando de esguelha para Marta, que continuou, impávida:

— Sabe quais são os únicos animais que não podem levantar a cabeça para ver o céu?

— Os professores — respondeu Margherita, séria.

— Não! Os porcos! O que dá no mesmo! — respondeu Marta, rindo, e nem mesmo Margherita conseguiu se conter.

A porta do reservado se abriu e Marta pegou-a pela mão. Margherita lavou o rosto, e as duas saíram do banheiro discretamente.

Giulio, que passava mais tempo no corredor que em sala de aula, cruzou com elas. Buscou o olhar de Margherita, mas ela conseguia apenas fitar a própria vergonha, concentrada na ponta dos sapatos marcados por um esguicho sujo. Ele olhou para as mãos dela, em busca de seus pensamentos, e as viu abandonadas, impotentes, sem vida. Aquele corpo não mentia: estava morto.

Quando a viu desaparecer atrás da porta, deteve-se para se perguntar que encantamento se apoderava dele através daquela jovem.

O professor, o sujeito de bicicleta, ultrapassou-o com sua bolsa cheia de palavras e suas mãos cheias de pensamentos, a julgar pela tensão. Giulio voltou à sua sala e escutou, concentrado, a aula de filosofia. Era o único horário em que alguém tentava arrumar o mundo, procurando compreender o homem e a realidade, e ele era tomado por uma saudade repentina de um mundo organizado, no qual as coisas têm um sentido, e as pessoas sorriem, vivem e amam.

Margherita manteve o olhar abaixado até a hora da saída. Ouviu os professores preencherem os minutos com fórmulas e afirmações que nada tinham a ver com sua vergonha. Seu coração estava bloqueado no centro de um intricado e obscuro labirinto, que os pensamentos não conseguiam simplificar e do qual muito menos podiam sair.

Quando a campainha do último tempo tocou, os corpos livres dos jovens correram para fora em busca de suas almas, que haviam voado para longe um tempo antes. A lourinha, impecável com sua calça skinny cinza-azulada, zombava de Margherita e Marta com suas amigas:

— A esquisita e a superesquisita — disse. — Podiam fazer um filme sobre elas. — As outras ensaiaram risadinhas.

Marta se voltou para Margherita, a fim de ver a reação dela, e depois disse:

— Quer ir almoçar lá em casa?

— Se vocês não forem canibais...

As duas riram e deixaram para trás aquele terrível dia de aula.

* * *

Setembro, como todos os meses de transição, mantinha-se em cima do muro. Fugia para diante com o vento frio que logo se tornaria de outono, refugiava-se para trás na luz ainda do céu de verão. E cada um podia saborear aquilo que preferia: folhas mais pálidas que começam a desfalecer, nuvens velozes e sem chuva, pedaços de azul entre os prédios cinzentos como as articulações do infinito.

O professor soltou a bicicleta com o cuidado com que soltaria um cavalo a fim de deixá-lo livre para pastar. Dirigiu as rodas para o Parnaso Ambulante. A mensagem de Stella o encorajara. Ela ainda confiava nele, faria qualquer coisa para ficarem juntos e seguramente declinaria daqueles projetos tão apressados. O amor se nutre de distância, mais que de vizinhança, ou melhor, a proximidade excessiva o ofusca e o apaga. Somente quem ainda pode desejar permanece enamorado. Quem possui acaba logo desejando alguma outra coisa... Um amor sonhado é mais feliz que duas escovas de dentes juntas no mesmo copo. Assim, enquanto pedalava, recordava as cenas mágicas de um filme* e relembrava o soneto que John Keats havia composto para sua amada Fanny, e que ele recitaria para Stella a fim de pedir perdão:

Bright star, would I were stedfast as thou art
Not in lone splendour hung aloft the night
Fosse eu imóvel como tu, astro fulgente!
Não suspenso da noite com uma luz deserta,**

---

* Trata-se de *Bright Star* (2009, título brasileiro *Brilho de uma paixão*), filme dirigido por Jane Campion e inspirado na vida do poeta inglês John Keats (1795-1821). (N.T.)

** Nestes e nos versos seguintes, recorremos à tradução de Péricles Eugênio da Silva Ramos (1919-1992). (*Poemas de John Keats*. São Paulo: Art Editora, 1985.) (N.T.)

Keats jamais havia coroado aquele amor que se nutria de cartas manuscritas, da distância e do silêncio, tal como, na juventude, a gente espera as estrelas cadentes nas noites de agosto. As pessoas caminhavam rapidamente pela rua, e as buzinas brigavam nos cruzamentos.

And watching, with eternal lids apart
A contemplar, com a pálpebra imortal aberta

Ele vigiaria eternamente sua estrela na expectativa de conquistá-la, de vê-la cair em seus braços das distâncias escuras do céu. Um carro freou a poucos centímetros do professor, surgido de repente de uma rua lateral, e o motorista não economizou coloridas metáforas para expressar o que pensava dele: é verdade, há poesia em toda parte. Mas o professor estava muito ocupado transformando-se em um

patient, sleepless Eremite
— Monge da natureza, insone e paciente

para se dar conta. E esperaria todo o tempo do mundo, porque só o tempo conhece a fórmula para transmutar os desejos em vida e a vida em desejos... Muitas pessoas estavam sentadas às mesinhas do lado de fora dos bares: bebiam e sorriam, imersas no vaivém. Mas ele seria uma sentinela da manhã e da noite, esperando sempre e para sempre...

Still, still to hear her tender-taken breath,
And so live ever — or else swoon to death.
Para seu meigo respirar ouvir em sorte,
E sempre assim viver, ou desmaiar na morte.

Os versos se misturavam à ordem dos semáforos e à rotação perfeita dos raios das rodas, em harmonia com o ritmo das órbitas celestes. Ele virou na rua da livraria e, ao chegar diante dela, reduziu. Viu o perfil de Stella através dos reflexos da vitrine e não se deteve para enfrentar a realidade, por medo de que, mais uma vez, a vida despedaçasse as rimas de um soneto perfeito. Melhor ficar longe da vida, senão você acaba contraindo o vício da feiura. A vida nunca é em rimas, no máximo concede uma assonância, em geral não faz mais que barulho.

Margherita e Marta desceram do ônibus. Havia um jardim em frente à entrada do prédio de Marta, que se sentou em um banco a fim de descalçar os All Star roxos. Pisou a grama em vez de caminhar pela trilha, onde Margherita permaneceu imóvel, fitando-a. Marta lhe acenou para se aproximar e ela pousou o pé na grama como se aquilo fosse uma camada de gelo muito fina. Marta a deteve, balançando a cabeça, e olhou para os pés dela. Margherita tirou também as sapatilhas azuis e sentiu a grama fresca lhe acariciar as plantas dos pés. Os transeuntes a olhavam, e ela teve a impressão de estar nua no meio da cidade.

Aproximou-se da amiga como se estivesse prestes a se afogar no verde, e Marta, olhos acesos de cumplicidade, conduziu-a até a árvore que ocupava o centro do canteiro. Pararam ali embaixo. Marta ficou em silêncio um pouco e, depois, disse baixinho:

– Eu queria lhe mostrar um milagre.

– Qual? – retrucou Margherita, olhando ao redor.

Marta lhe segurou a mão e apoiou-a na casca da árvore.

– Este.

– Mas é uma árvore! – disse Margherita, puxando encabulada a mão.

— Pois então tente fazer uma! — replicou Marta, e, como uma apaixonada, abraçou o tronco.

Margherita começou a rir.

— Você é bem esquisita...

— Esquisita é você, que não se espanta.

Pegou-lhe de novo a mão e colocou-a sobre o tronco negro, de sulcos profundos. Era reto e elegante, lançava-se em direção ao azul com ramos que começavam bem acima da cabeça das duas e se cobriam de cachos de folhas compridas, lisas em cima e cheias de pelos embaixo. O verde pálido contrastava com o negro rugoso do córtex e o azul perolado do céu. Frutos escuros se escondiam entre as folhas. A árvore tinha pelo menos quinze metros de altura.

— É uma nogueira-negra — disse Marta.

— Uma simples árvore — respondeu Margherita, sem saber se Marta estava levando aquilo a sério.

— Feche os olhos.

Margherita obedeceu. Marta segurou mais uma vez a mão dela e guiou-a lentamente sobre o tronco, como para acariciá-lo e sentir, uma a uma, as rugas, tão semelhantes às de um ser humano.

Durante pelo menos um minuto, Marta obrigou Margherita a acariciar o córtex, e a outra sentiu uma felicidade estranha atravessar-lhe os dedos.

— Não é só uma árvore — disse Marta.

— E é o quê?

— Vida. E você pode tocá-la!

Margherita abriu os olhos e riu, indulgente:

— Você não é apenas esquisita, é uma bobalhona!

— Tchau, minha amiga — disse Marta, dando um tapinha no tronco negro da nogueira.

Na palma de Margherita, ficaram impressas aquelas rugas de madeira, como se sua mão tivesse reencontrado recordações esquecidas. A jovem sentiu que, da superfície da pele, transpirava o sentido profundo da vida que acabava de tocar. A vida não dependia dela, era grande demais. E ela era tão frágil dentro da vida, pendurada em um fio.

As duas garotas se calçaram de novo e só então Margherita percebeu que o tênis direito de Marta tinha cadarço branco e o esquerdo, amarelo. Dirigiram-se ao portão e Margherita teve medo de enfrentar estranhos. Deveria dizer coisas, mas o quê? A isso se acrescentava certo embaraço: não tinha sido convidada oficialmente para almoçar, e não sabia o que sua mãe iria lhe dizer na volta. Essas coisas não se fazem.

A porta se abriu e uma senhora, que, mais que cabelos, tinha na cabeça uma explosão de cachos luminosos, acolheu-a com uma pirueta, fazendo inflar a saia em forma de sino de um curioso vestido de cor laranja.

Margherita gostaria de fugir. Não sairia viva daquela casa: gente que fala com árvores, dança quando abre a porta para você e se veste como as princesas nas fábulas.

— Mamãe, esta é Margherita. Vai almoçar hoje com a gente.

— Ótima ideia! Assim, teremos mais uma testemunha da minha culinária irresistível! Viu o vestido que costurei para a personagem de Miranda? Consegue imaginá-la naquela praia branca, com este vestido?

Marta girou em torno da mãe, tocando o tecido, e depois levou a mão à boca.

— Também quero para mim!

– Mas é para a comédia, Marta.

– E minha vida é o quê? Uma tragédia?

As duas riram com gosto, enquanto Margherita continuava na soleira, olhando-as. Marina, a mãe de Marta, dirigiu-lhe um grande sorriso e apontou a casa com um gesto do braço que se abria em leque. Tinha olhos castanhos, luminosos como os da filha, lábios finos e pele clara como marfim.

– Obrigada, senhora, desculpe se não avisamos... mas... – disse Margherita.

Marina nem teve tempo de responder, porque, na sala de estar, um garotinho de não mais de 11 anos surgiu correndo em uma patinete vermelha.

– Quem é você? – perguntou ele a Margherita.

– Uma colega de Marta.

– Como é o seu nome? – interrogou-a o garoto, por trás de seus óculos redondos.

– Margherita.

– Você é simpática, mas parece meio esquisita.

Margherita ficou atônita: como assim a esquisita era ela...

Marina desarrumou os cabelos já despenteados de seu filho:

– Ele sempre diz o que pensa... Tenha paciência, você vai ter que se habituar.

– Eu sou Marco. Sabia que uma barata pode viver até nove dias sem a cabeça?

– E depois morre? – perguntou Marta, curiosa.

– De fome – respondeu Marco, muito sério.

– Quer dizer que, se eu arrancar sua cabeça, você ainda pode durar nove dias?! – disse Marta, decepcionada.

– Você está simplesmente com inveja, porque não sabe as coisas que ninguém sabe... – respondeu Marco, fechando os olhos, inclinando a cabeça para a esquerda e cruzando os braços. – Ignorante – acrescentou, dando meia-volta e impelindo seu meio de locomoção.

– Marco é o maior especialista em coisas que ninguém sabe – explicou Marta a Margherita, que gostaria de fugir daquele circo. Sua vida, naquele momento, já estava muito cheia de variáveis imprevistas para ainda acrescentar mais caos.

Para piorar a situação, enquanto Marta se dirigia a seu quarto e Marina desaparecia na cozinha, materializou-se no corredor uma dupla de meninas idênticas, inclusive nas roupas, ocupadas em improvisar estranhas coreografias sobre a melodia de uma música pop estilo Lady Gaga. Com as mãos plantadas nos quadris, balançavam as cabecinhas louras, guarnecidas por tranças que giravam. Marta se inseriu na dança, e as duas irmãs se grudaram a ela como se a rainha do espetáculo tivesse chegado. Aplaudiram-na e ficaram olhando seus movimentos, tentando imitá-la. Marta era excelente, movia-se como Shakira. Margherita, petrificada, assistia à cena. As meninas perceberam e tomaram-na pela mão, uma de um lado e outra do outro.

– Você sabe dançar? – perguntou Paola.

– Sabe dançar? – perguntou Elisabetta.

– Não muito bem... – respondeu Margherita.

– Então, a gente ensina – disse Elisabetta.

– Sim, a gente ensina – ecoou Paola.

– Faça como a gente – disse Elisabetta.

– Como a gente – reforçou Paola.

As duas se plantaram uma diante da outra, cruzaram as mãos atrás da cabeça, com os cotovelos abertos, e começaram a rebolar de maneira provocante, como se fossem dançarinas do ventre de apenas 6 anos. Carente de apoio, com o olhar, Margherita procurou Marta, que continuava dançando, divertida. Então tentou se abandonar àquele vórtice de música e começou a se mover o melhor que podia. Marco atravessou a dança duas ou três vezes em sua patinete, com a expressão enfadada de quem pensa que as mulheres ocupam o primeiro lugar das coisas que ninguém sabe.

Aos poucos, Margherita foi perdendo a vergonha, afinal eram todos malucos, e sentiu a alegria se apoderar de suas pernas. Agora, dançavam em duplas, embora Margherita não soubesse dizer qual das gêmeas lhe coubera. Não importava, ela queria rir e dançar.

A música acabou.

— Você foi ótima — disse Elisabetta.

— Sim, foi ótima — repetiu Paola.

— Dança com a gente hoje à tarde? — pediu Elisabetta.

— Dança com a gente? — pediu Paola.

— Mas vocês têm que fazer os deveres, meninas! — disse Marta.

— Já fizemos todos.

— Todos.

— Quando? — perguntou Marta.

Nenhuma das duas respondeu. Entreolharam-se e depois fitaram os pés uma da outra.

— Ainda não fizeram... — disse Marta.

— São pouquíssimos. Quando terminarmos, vamos dançar? — pediu Paola.

— Pouquississímos. Vamos dançar, quando terminarmos loguíssimo? — reiterou Elisabetta.

— Sim, quando vocês terminarem, a gente dança — prometeu Marta. — Agora, eu e minha amiga vamos para o meu quarto.

Marta e Margherita dirigiram-se ao quarto da primeira como sobreviventes de uma longa viagem. Margherita imaginava que, naquela casa, era impossível sentir-se só, e preferiria viver ali, não dentro de um armário.

O quarto de Marta era cheio de fotografias de lugares estranhos e de rostos em primeiro plano, com expressões ainda mais estranhas. Margherita ficou olhando-as. Sentiu-se curiosa pelo rosto de um rapaz com os cabelos espetados como alfinetes e uma bola de neve que se esmagava contra sua face.

— Esse aí é Fabrizio — disse Marta. — O hobby de meu pai é fotografia, e nossos quartos são cheios dos experimentos dele.

— Quem é Fabrizio? — perguntou Margherita.

— Meu irmão — respondeu Marta.

— Mais um? — reagiu Margherita, instintivamente.

— Como assim? — perguntou Marta.

— Não, nada. É que vocês são muitos... — disse Margherita.

— Sim, isto aqui é sempre uma bagunça... Fabrizio é o mais velho, tem 16 anos. Depois, venho eu, depois Marco e depois as gêmeas.

— Cinco... E a mãe... é a mesma? Quer dizer, a sua mãe?

— Sim. Minha mãe trabalha com teatro. Faz os figurinos e os cenários, é supercompetente. Viu aquele vestido que ela estava usando? É para uma coisa de Shakespeare. Conheceu o papai durante um musical para o qual fazia os figurinos. O papai a viu no final do espetáculo, quando ela, também chamada para receber os aplausos, se inclinou e sorriu. E resolveu que ela seria sua mulher.

— Como é que você sabe? — perguntou Margherita.

— O papai me contou.

— Ele conta essas coisas para você?

Marta não entendeu a pergunta e assentiu.

— Imagine que nunca fez uma foto dela, logo ele, que tem essa mania!

— Por quê? — perguntou Margherita.

— Porque tem medo de arruiná-la.

— Arruiná-la? — intrigou-se Margherita, aproximando-se de uma foto que mostrava as gêmeas de costas, inclinadas com a cabeça entre as pernas, como bonecas que a perderam.

— Sim. Papai sempre diz que a fotografia tem o poder de captar alguma coisa que, de outro modo, não existirá mais. Com a mamãe, não consegue. Qualquer foto é insuficiente para o que ele gostaria de captar. Meio complicado, não?

— Não, não. Eu entendo. — Margherita ficou triste.

— E seus pais, o que fazem?

— Eles se separaram — respondeu Margherita —, não fazem mais nada.

Marta não sabia o que dizer.

— Meu pai foi embora sem dizer nada. Não sei nem onde ele está — acrescentou Margherita, fitando o rosto sorridente de Marco em uma foto na praia, na qual só a cabeça do menino, sem óculos, brotava de um buraco, fazendo uma careta divertida.

Marta continuou em silêncio.

Margherita verteu algumas lágrimas, enquanto todos aqueles rostos felizes a culpavam por estar triste.

As gêmeas irromperam no quarto, gritando em uníssono:

— Tá na mesaaaaa!

Do quarto em frente, Marco saiu com sua patinete e, atrás dele, vinha um garoto louro, de cabelos espetados e revoltos. Usava bermuda e camiseta. Era magro, olhos acinzentados como o mar ao entardecer, traços ainda infantis. Margherita o observava e ele esboçou um sorriso, mas, quando ela quis se apresentar, o garoto já escapulira, ombros arqueados para a frente e braços grudados ao corpo, escondidos nos bolsos, como se pudessem entrar ali por inteiro.

Parecia um desfile circense: as gêmeas dançantes, Marco e sua patinete, Fabrizio com os cabelos arrepiados, Marta e Margherita, a qual não sabia como enfrentar um almoço como aquele, e com os olhos ainda avermelhados pelo pranto. Perguntou onde era o banheiro e tentou disfarçar as lágrimas lavando o rosto, mas nada mancha mais os olhos que as lágrimas.

Marina pronunciou a bênção da refeição. Margherita se sentiu encabulada e, não sabendo o que fazer, repetiu mecanicamente um amém no final. Enquanto comiam, Marina falava sobre o espetáculo para o qual estava desenhando os figurinos. A ambientação em uma ilha lhe inspirara mil ideias, que fariam as roupas se assemelharem a conchas, corais, algas, espuma... Marta fazia uma pergunta atrás da outra: frequentava um curso de interpretação, e mãe e filha se contagiavam entusiasmando-se reciprocamente.

As gêmeas lançavam bolinhas de pão nos copos dos irmãos.

– Meninas! Parem com isso – repreendeu-as a mãe, que, um instante depois, fez a mesma coisa, acertando o alvo. E caiu na risada.

Marco explicava o experimento que estava levando adiante e recheava a conversa com coisas que ninguém sabe, chegando a afirmar que é impossível espirrar de olhos abertos e que, se você tentar fazer isso, corre o risco de seus olhos saltarem das órbitas.

As gêmeas se impressionaram e soltaram gritinhos, tocando os olhos fechados.

Fabrizio se mantinha em silêncio e observava tudo e todos. Volta e meia, detinha-se em Margherita, para avaliar as reações dela.

— Como se chamam seus pais, Margherita? — perguntou Marina.

— Eleonora e Alessandro.

— E o que fazem?

— Sei lá...

Marta fez uma careta para a mãe, que intuiu ser melhor mudar de assunto.

— Por que vocês duas não vêm assistir hoje ao ensaio do espetáculo? — convidou Marina.

— Temos que estudar — respondeu Marta.

— Seria bonito... — comentou Margherita, quase consigo mesma, alegrando-se com a ideia de que aquela mulher pudesse tornar-se sua mãe, ainda que só por uma tarde. Nunca vira sua mãe trabalhando.

Enquanto a discussão fervia em torno da legítima propriedade de uma bolinha de pão ricocheteante, disputada entre as gêmeas, Fabrizio se levantou para abrir a porta, atrás da qual acabava de chegar o chefe da família. As gêmeas pularam das cadeiras, agarraram-se às pernas do pai e remexeram em seus bolsos, dentro dos quais sempre se escondia uma surpresa para cada uma, segundo um rito consolidado. Uma encontrou uma pulseira de clipes coloridos e outra, uma sombrinha de papel daquelas de aperitivo, e ambas se afastaram para comparar seus tesouros. O pai de Marta se aproximou da mesa e beijou a mulher.

— Hoje temos conosco Margherita — explicou Marina.

— É minha colega de carteira — esclareceu Marta.

O homem, dotado de um belo bigode, longos cabelos negros e olhos castanhos, tirou a máquina fotográfica da bolsa que trazia a tiracolo. Costumava mantê-la consigo, como se ela fosse seu segundo par de óculos.

— Nós também! — berraram as gêmeas, como um ser de duas cabeças.

Lançaram-se sobre Margherita, enquanto Marta lhes abraçava os ombros. Marco e Fabrizio se mantiveram longe da pose.

O pai de Marta clicou. Sorriu e foi lavar as mãos, enquanto Marina lhe fazia o prato.

— Vocês sempre almoçam todos juntos? — perguntou Margherita.

— Quando conseguimos. Nem sempre é possível, mas hoje foi — respondeu Marina.

Naquela família, a televisão não tinha utilidade: durante as refeições, sempre havia alguém que queria contar algo, brigar, rir, chorar. Não eram necessários os ruídos de fundo para preencher os vazios. Todos eram obrigados a escutar e a observar o mundo com os olhos dos outros.

— Como foram as coisas na escola hoje? — perguntou o pai, sentando-se.

— Eu descobri uma coisa que ninguém sabe — informou Marco.

— Não diga... — comentou o homem.

— Quer apostar como você não sabe?

— Apostar o quê?

— Um sorvete! — respondeu Marco.

— Sim, um sorvete — intrometeu-se Paola.

— Eu também! — reforçou Elisabetta.

O pai assentiu, solene. Margherita riu sem nem perceber.

— As borboletas sentem os sabores com os pés — disse, seguro, o pequeno cientista.

— Que nojo! — exclamou uma das gêmeas, e Margherita não saberia dizer qual das duas.

O pai ficou intrigado.

– Arrá! – gritou Marco, sabendo que havia vencido pela enésima vez.

– E vocês? – prosseguiu o pai, voltando-se para Marta e Margherita.

– Matemática, história, desenho e ciências – enumerou Marta.

– Valeu a pena? – perguntou o pai.

– Não – respondeu Marta, muito segura de si. – Nada de interessante, as mesmas coisas que a gente lê nos livros, mesmo sem ninguém mandar.

Margherita ficou impressionada com aquela resposta e, ao mesmo tempo, aliviada, porque Marta não tinha contado o que acontecera na aula de matemática.

– E você, Margherita, de que mais gosta? – perguntou o pai.

– De dançar! – responderam as gêmeas, como se a pergunta se dirigisse a elas. – A gente dançou antes do almoço, ela é ótima!

Margherita riu.

– Não, não sou ótima... – Depois se dirigiu ao homem, encabulada: – Não sei.

– Não há nada que lhe tire o fôlego? Que faça seu coração explodir de alegria? Quando lhe vêm lágrimas e você nem sabe por quê... – perguntou Marina.

Margherita não compreendia em que língua falavam as pessoas naquela casa, mas estava gostando.

– Talvez... se meu pai voltasse – respondeu, séria, com um excesso de confiança que ela nem sabia de onde vinha.

Fabrizio ergueu o olhar e a fitou. As gêmeas não entenderam. Marco permaneceu em silêncio, perguntando-se se aquela era uma coisa digna de entrar na categoria de sua lista de mistérios.

— Sabia que hoje vou levá-los para o ensaio?! — exclamou Marina, para livrar Margherita daquela conversa, que se tornava embaraçosa, a julgar pelos olhos avermelhados da garota.

— Tão menina e já sofrendo... Lamento, Margherita... — disse o pai de Marta, mexendo seus espaguetes.

— Nós também podemos ir? — pediram as gêmeas.

— Desde que se comportem bem e façam os deveres — respondeu o pai.

Marina o encarou com uma expressão de censura, como se dissesse: "E o que é que eu faço?"

— Quem sabe Fabrizio não vai com vocês, e toma conta das gêmeas... — disse o pai, encarando o filho bem nos olhos.

— Tudo bem — concordou este, e rapidamente seu olhar pousou sobre Margherita, quase por engano. Ela se ruborizou.

Marina percebeu e sorriu.

— E o sorvete? — perguntaram as gêmeas, em coro.

A tarde do professor se encheu de fantasmas, impossíveis de expulsar. Como no famoso quadro em que Dom Quixote, sentado no quarto, grita e luta contra suas visões de cavalaria, o professor, na tentativa de preparar a aula do dia seguinte, lutava em vão com palavras que pareciam gigantes: *matrimônio, filhos, pai, família...* Então, ficou de pé sobre a cama, com um livro na mão, repetindo em voz alta versos que deveriam devolver a ordem ao caos. A campainha tocou e despedaçou inclusive essa tentativa. Ele se aproximou da porta, em silêncio, e espiou pelo olho mágico.

— Eu sei que você está aí! — ribombou uma voz que parecia capaz de rachar a porta.

O professor se achatou contra a parede, escondendo o rosto dentro da *Odisseia*.

– Abra, preciso lhe entregar a correspondência. Tem uma carta registrada para assinar – disse a voz.

Era um estratagema, ele sabia, mas devia enfrentar seus Cila e Caribde, reunidos em um monstro apenas. A porta se abriu lentamente.

– Rapaz, pare de bancar o menininho. Tome: um pacote de livros. Assinei por você. Se tem dinheiro para comprar todos esses livros, por que não guarda um pouco para o aluguel? – perguntou, de maneira direta, mas afável, dona Elvira Minerva, zeladora de mil olhos e mil bocas.

O professor pegou o pacote e o colocou sobre a cama. Acariciou-o como a um filhote de bicho.

– Desde quando você não dá uma arrumada nisto aqui, meu rapaz? – perguntou a senhora, consternada diante daquelas pilhas de livros, roupas largadas, talheres e pratos sujos. Tinha cabelos tingidos de vermelho, olhos penetrantes, de coruja e mãos rachadas pelos detergentes com os quais lavava a escada todos os dias.

O professor deu de ombros.

– Você precisa de uma mulher, meu rapaz. Menos livros e mais amor. É disso que você precisa – disse a zeladora, pousando a mão no ombro dele, com um gesto maternal.

Com aquela enésima chamada à realidade, o professor despencou sobre a cama. Segurou a cabeça entre as mãos. Tinha deixado Stella no silêncio, fugindo sem dizer nada. E depois fugira de novo, após a mensagem dela. Ela esperava, e talvez não o esperasse para sempre. Sem ela, ele se perdia, mas Stella queria filhos. Não havia escapatória? A vida é o maior romance policial jamais escrito, e ele nunca havia gostado de romances policiais.

Elvira começou a arrumar.

– Você sabe um monte de coisas, professor, mas de que lhe servem se não é feliz?

O professor não respondeu e começou a ajudá-la a expulsar as hordas de fantasmas que perambulavam em seu conjugado e em sua alma.

Vovó Teresa entrou na cozinha. Suas mãos brancas, sulcadas por veias azuis e pontilhadas por manchinhas marrons, emanavam o perfume de sabonete de lavanda, delicada lembrança de campos ensolarados. Estava com um vestido preto, em sinal de luto, que só usava no dia da semana em que Pietro havia morrido, assim como, às sextas-feiras, só comia peixe. Nos outros dias, usava roupas luminosas e coloridas. Andrea desenhava, e não via a hora de a avó começar a preparar um doce para admirá-la. Naquela cozinha não existiam monstros, mas perfumes e cores, ingredientes gostosos, misturados por mãos antigas, e folhas em branco preenchidas por traços infantis.

– Vai me ajudar hoje, minha joia?

Andrea se iluminou, e seus olhos se encheram de entusiasmo.

– O que vamos preparar, vovó?

Ela permaneceu em silêncio e o encarou, séria, seriíssima, como se estivesse prestes a pronunciar a verdade que resolveria o mistério da criação do mundo:

– Torta de maçã – declarou, solene, levantando as mãos delgadas, que haviam amolgado milhões de coisas, como um regente de orquestra prestes a dar início a uma obra-prima.

– Como é que se faz? – perguntou Andrea.

– Quando abri minha confeitaria, aqui em Milão, esse era o doce mais requisitado. Eu escolhia as maçãs mais adequadas, não muito endurecidas, mas um pouco maduras. A torta de maçã tem um segredo que poucos conhecem.

– Qual?

– *I fimmini quarchi vota dìciunu u veru, ma nun lu dìciunu interu.*

– O quê?

– As mulheres às vezes dizem o verdadeiro, mas não o dizem inteiro, minha joia. Certas coisas não se dizem em voz alta. A gente faz, e pronto.

Andrea a encarou em silêncio, esperando uma espécie de mistério iniciático, constelado por aquelas frases que a avó repetia a intervalos regulares:

– Todo doce tem seu segredo... Tudo está na massa. Se você errar a massa, o doce *unn'arriniesce*, não dá certo. Estamos prontos?

– Prontos! – respondeu o neto.

– As mãos! – disse a avó, séria.

Andrea correu ao banheiro e esfregou as mãos com o sabonete roxo da avó. Apresentou-se mostrando as mãos limpas e perfumadas.

Vovó Teresa começou a dispor os ingredientes. Construiu um vulcão de farinha de trigo e açúcar no centro da bancada de mármore, enquanto Andrea compactava os lados do montinho para que não desabassem.

– Ovos.

Andrea passava os ovos um a um à avó, que, com um leve toque, sem dizer uma palavra, rachava-os e os espalhava sobre o monte de farinha e açúcar, em cujo centro a gema do ovo se depositava como lava em uma cratera. Tudo estava pronto: desceu o silêncio. A avó mantinha as mãos suspensas sobre o vulcão. Andrea a imitou, pronto para participar do milagre.

No silêncio, soou a voz de vovó Teresa:

– Agora! – E, entre risadas, meteu as mãos no monte de farinha, açúcar e ovos, seguida por Andrea, que começou a amassar, com força e suavidade ao mesmo tempo, imitando o movimento sábio da avó: – *Cu'sapi impastari sapi pure amari.* Quem sabe amolgar também sabe amar. — Ficou séria, e seus olhos marejaram, tomados por uma lembrança repentina. Andrea acreditava nela, mesmo sem compreender. — Devagar, devagar, assim...

Vovó Teresa começou a entoar uma canção para ditar o ritmo ao movimento das mãos.

— O que você está cantando?

— Todo doce tem sua massa e toda massa tem sua música — explicou a avó. — Para cada doce, é preciso cantar a canção certa, esse é o segredo da massa certa. Todo doce é feito de um canto.

A avó cantava com uma voz profunda, que não correspondia ao tom sutil de sua fala. O canto parecia brotar de um lugar distante, como um rio que chega à foz carregado de detritos e já viu e tocou tudo, do céu até o mar.

Andrea, em silêncio, escutava aquelas palavras mágicas, enquanto suas mãos afundavam na massa, e parecia que o mundo era um caos do qual apenas ordem pode nascer, graças ao trabalho das mãos.

— *U Signuruzzu i cosi i fici dritte, vinni u diavulu e i sturcìu.**

— O que significa?

— Nada, nada...

— Vovó Teresa, de que cor eram os olhos de vovô Pietro? — perguntou Andrea, que não tinha conhecido o avô e sabia o efeito que aquela pergunta produziria.

Ela se iluminou.

— *Era bieddu... ch'era bieddu!* — suspirou.

E começou a contar que ele tinha grandes olhos tão negros que não dava para distinguir a íris da pupila, e bigodes também

---

* "Nosso Senhorzinho fez as coisas certas, veio o diabo e as torceu." Adiante: "Era belo... como era belo!" (N.T.)

negros, elegantes. Estivera na guerra e pedira Teresa em casamento durante uma licença para a qual havia providenciado uma doença no fígado, comendo quinze ovos de uma vez a fim de ser mandado para casa e poder declarar a ela suas intenções. Era verdade, sim. A avó recordava cada detalhe dele, que, apesar da cara amarela e dos espasmos, dizia, meio ajoelhado: "Senhorita Teresa, vou vencer a guerra e desposá-la."

Não tinha vencido a guerra, mas se casara com ela, o que era mais importante.

— Era um mestre-escola cultíssimo. Lia os livros em voz alta para mim, e até me ensinou a ler.

Seus olhos se umedeciam, e Andrea ficava embasbacado ao contemplar o mistério de um amor que não acaba nunca, mesmo quando parece não existir mais. Encantava-o o rosto de vovó Teresa, perdido no abraço das recordações. Ela sempre parecia contar aquelas histórias pela primeira vez.

Depois de colocarem a torta no forno, Andrea lhe pediu que narrasse uma de suas fábulas, daquelas que Teresa havia escutado no frescor do jardim da velha casa amarela, com vista para o mar, em meio ao perfume dos jasmins e ao rumor das estrelas. No tempo em que não havia televisão e as pessoas se entediavam menos. Andrea adorava a terrível história de Colapesce, meio homem, meio peixe, que imergiu no estreito de Messina e descobriu que a Sicília se apoiava sobre três colunas. Uma delas, porém, estava prestes a desmoronar, e ele ficara no fundo do mar, para sustentá-la.

Andrea arregalava os olhos, encantado, sua alma se alegrava e as imagens se incrustavam em seu coração, como algas sobre os recifes. Assim fazem as histórias: suavizam as arestas das coisas e permitem que você caminhe sobre elas.

As histórias da avó terminavam todas com a mesma frase: "E viveram felizes e contentes, e nós aqui a esfregar os dentes." Na verdade, em vez de *sfregarci,* ela dizia *stricàrici,* desenredar, porque quem conta as histórias engana não só o tempo, que passa mais depressa, mas também a fome, que a gente esquece escutando.

– Assim é minha ilha...

– Assim, como?

– Oscilante...

– Mas tem Colapesce!

– Esperemos que ele resista...

– Quando iremos ver a Sicília, vovó?

– Quando... – Ela nunca terminava a frase e fitava ao longe, os olhos perdidos no passado, velados de melancolia.

Enquanto a avó contava, Andrea desenhava, mas para aquelas histórias as cores não lhe bastavam nunca.

– Vovó, me compra o estojo com todas as cores?

– Quando você crescer.

– E quando vai ser?

– Quando acontecer, você vai perceber por si só – disse a avó, bastante séria, pensando no dia em que isso acontecera a ela.

Personagens e pessoas se misturavam no palco do teatro, sobre o qual os atores da companhia Sem Arte Nem Parte davam vida à peça *A tempestade,* de Shakespeare. Às margens do tablado, sentavam-se Margherita, Marta, as duas gêmeas, com o queixo apoiado nas mãos como bonecas na vitrine, e Fabrizio, dividido entre o espetáculo e alguma outra coisa que o distraía. As gêmeas repetiam murmurando o fim das falas. Marta mal conseguia conter o impulso de entrar em cena. Ela também fazia teatro e seguia o curso organizado por uma pequena companhia chamada Os Eternos Desconhecidos. Marina observava atentamente os movimentos dos personagens e acompanhava os diálogos a fim de ter novas ideias para os figurinos.

Este é o mais estranho labirinto que os homens já percorreram. E, no que aconteceu, há muito mais do que aquilo que provém da natureza. Somente um oráculo poderia iluminar nossa mente.

Assim falava um homem grisalho, com o olhar interrogativo dirigido ao céu. Usava jeans e camiseta preta e tinha os pés descalços, entre uma praia imaginária e a escuridão de uma gruta apenas sonhada. Um rapaz de cabelos louros e lisos lhe respondia, tranquilizando-o:

Senhor, meu soberano, não vos atormenteis pensando ainda na estranheza desses eventos.

Margherita seguia as palavras com absoluta concentração e também se sentia perdida no mais incerto dos labirintos, sem saber se aquelas reviravoltas e aqueles corredores a levariam de fato a algum lugar. Olhava os filhos de Marina. Todos, naquela família, torciam uns pelos outros, para que cada um fosse autêntico. Ela jamais havia visto tanta liberdade junta. À primeira vista, parecia que cada um se ocupava de uma coisa diferente e percorria caminhos solitários, mas, na realidade, todos interpretavam um roteiro somente. E não era importante o papel que cada um havia recebido: o louco, o rei, o soldado ou o ladrão... Cada um podia ser aquilo que era. O importante era *como* interpretavam seus papéis, para que todo o espetáculo funcionasse.

Fabrizio estudava o perfil de Margherita sem se deixar perceber. Mantinha o rosto voltado para os atores, mas de tal modo que a simples rotação dos olhos lhe permitia observar a garota sem movimentar o corpo. Margherita tinha orelhas pequenas e um pouco pontudas, escondidas pelos cabelos escuríssimos que lhe desciam pelos ombros em mil madeixas. Os lábios eram da cor de coral, como o vestido confeccionado por Marina; os olhos, de um verde uniforme e compacto, faziam dela uma criatura dos bosques. As sobrancelhas eram bem-delineadas, sinuosas e, ao mesmo tempo, elegantes, e o nariz pequeno dava simetria a um rosto cuja beleza se completaria com o tempo. Uma sombra de tristeza a recobria inteira, como um véu transparente.

Não vejo a hora de escutar a história de vossa vida: sem dúvida será maravilhosa e estranha.

Disse o homem grisalho, e o jovem, abrindo as mãos com as palmas voltadas para o alto, respondeu:

Vou contá-la toda. Enquanto isso vos prometo mar sereno, ventos favoráveis e uma viagem tão rápida que vos permitirá alcançar vossa frota real, agora distante.

No fim daquela fala, as gêmeas aplaudiram e os atores se inclinaram para elas.

– Nossa mãe é a melhor, quando faz os figurinos – disse Paola.

– A melhorzíssima – reforçou Elisabetta.

Todos riram, inclusive Margherita, que, ao se voltar, cruzou o olhar com o de Fabrizio.

* * *

Depois do ensaio, Marina levou Margherita para casa. No carro, o humor da jovem começou a piorar, quando ela pensou no que a esperava: não tinha atendido às chamadas da mãe. Já era quase hora do jantar. O mundo lá fora escurecia e o anoitecer convidava ao repouso, mas, para Margherita, preparava-se uma batalha, que ela não sentia a menor vontade de enfrentar. Quando a mãe abriu a porta, a fúria do medo, da falência, da exasperação extravasou-se para se abater como um gélido vento sobre a filha.

— Onde você foi parar?

— Em lugar nenhum.

— Em lugar nenhum? Com quem estava?

— Uma colega.

— Quem é?

— Marta.

— Por que não me atendeu?

— Não podia.

— Como assim, "não podia"?

— Estava em um ensaio de teatro.

— Ensaio de quê?

— Não fiz nada errado.

— E não podia me avisar?

— A mãe de Marta desenha e costura figurinos esplêndidos.

— Por que não me avisou?

— Não queria que você arruinasse tudo.

Eleonora teve um sobressalto e desabou sentada, arrasada por aquela frase.

— Por que ele foi embora? — perguntou Margherita.

— Não sei.

— Não sabe? Ninguém nunca sabe nada!

– Tentei chamá-lo... Ele não atendeu.

Margherita viu no rosto da mãe os sinais da impotência e do abandono. Era muito mais parecida com ela que qualquer outra pessoa naquele momento. Gostaria de abraçá-la, beijá-la, acariciá-la, mas uma força cega e sem ternura a bloqueava.

– Diga a verdade.

– Ele não me ama mais.

– E você? Ainda o ama?

– Sim.

– Então, por que o deixou ir embora?

– Ele não me pediu permissão...

– Você não o amava o bastante. Se alguém tem um tesouro, não o perde. Faz um esforço para mantê-lo por perto a qualquer custo: é questão de vida ou morte.

– Quer dizer que a culpa é minha?

– Sim, é sua.

Eleonora apoiou a cabeça sobre os braços cruzados e abandonados sobre a mesa, na qual os pratos vazios esperavam ser cheios por um jantar que não aconteceria.

Andrea entrou na cozinha e encontrou sua mãe encolhida sobre a própria dor. Aproximou-se e abraçou-a, apoiando o rosto entre os cabelos dela, mais ou menos onde havia uma orelha.

– Mamãe, eu gosto de você. Não vou deixar você nunca. Você é a minha mãe mais bonita.

Eleonora ergueu o rosto e viu diante de si um desenho. Havia uma mulher que ocupava toda a altura de uma casa. Um menino e uma menina brincavam dentro da casa e a mulher na soleira esperava imóvel, em frente a um espaço em branco, interrompido apenas por algumas árvores e uma alameda que se perdia no vazio, na margem direita.

Eleonora abraçou o filho e tentou enxugar as lágrimas para que não ficassem muito evidentes, mas uma caiu sobre o papel e criou uma espécie de auréola úmida sobre a mulher à espera. A cor da dor só podia ser aquela. Agora, o desenho estava perfeito.

Abraçou o filho e se perdoou por buscar forças no único homem que lhe restara.

Margherita se deixava polir pela água da banheira, esperando que o calor fizesse evaporarem não só as impurezas que a vida cotidiana deposita sobre e sob a pele, mas também a purificasse do veneno mais sutil que se difundira dentro dela desde quando havia escutado as palavras metálicas do pai. Imergiu a cabeça. A água parecia composta não de hidrogênio e oxigênio, mas dos sentimentos intricados daquele dia: vergonha, euforia, raiva, medo. A água os aumentava e Margherita podia encará-los um a um. Viu o rosto vermelho da professora de matemática que chamava aos gritos a faxineira, a face sorridente de Marta que lia para ela o horóscopo, os luminosos olhos das gêmeas, os misteriosos de Fabrizio e os óculos redondos de Marco, os espaguetes de Marina e a máquina fotográfica do marido, os gestos e as vozes dos atores. Gostaria de ter uma família como aquela de Marta, que aparecera justamente quando a sua se despedaçava, como se a lei do equilíbrio universal, pela qual nada se destrói e tudo se transforma, encontrasse uma confirmação também nas vidas das famílias. Lembrou-se da voz da avó: *A vita è nu filu*. A vida é um fio. Não, pior: a vida é um novelo emaranhado e inextricável. Quem consegue encontrar a ponta da meada é um afortunado. Depois, surgiu o rosto pálido e mágico daquele rapaz de olhos frios e magnéticos.

de cabelos negros e lábios cerrados. Quem saberia o que ele fazia e pensava, que livros lia, que tipo de garota lhe agradava, como movia as mãos e como ria e como mastigava... De repente, àquele rosto se sobrepôs a face cansada da mãe. Então, o tormento se apoderou de novo de Margherita, como se o de sua mãe fosse seu, como se a dor de sua mãe fosse ela mesma. A água deslizava sobre cada uma daquelas imagens, sem conseguir remover da alma a dor, sem conseguir alcançá-la. Faltava um rosto. Ela o procurou e o viu vazio, sem expressão, ausente. Destampou o ralo e gostaria de desaparecer dentro do redemoinho da banheira, junto com a água suja de seus sentimentos.

Demorou-se fitando no espelho as gotas que lhe desciam ao longo do corpo. Seu corpo lhe apareceu tal como era. Desde o momento em que o pai a abandonara, ela estava como esfolada, conseguia ver a própria carne. Antes, estava muito próxima de si mesma para se ver. Agora, a dor havia criado o espaço para se olhar, para se buscar, para ser. Somente o amor consegue fazer isso.

Começou a repetir ritmicamente:

"Eu Margherita, eu Margherita, eu... Margherita."

Com aquela ladainha, tentava fazer a pele aderir de volta à alma, como tentam se fechar as valvas da concha quando o predador vasculha a carne viva do molusco.

Saiu do banho, nua. Foi até o quarto da mãe, abriu as portas do armário e se agachou ali dentro, enquanto toda a dor ainda lhe gotejava em cima. Sabia, melhor que Andrea, que naquele cantinho se entocava um monstro que só esperava sua solidão. Ou aquele monstro feito de escuridão era ela mesma?

O predador a conduzira a um lugar que ela não conhecia, um aposento escuro dentro dela, ocupado por fantasmas e criaturas de pesadelo. Mas, agora que estava dentro, descobria que era um lugar confortável, escondido e quase inalcançável. Daquela fissura, podia ver todas as coisas bonitas que existiam nela, como uma lareira que aquecesse aquele aposento em uma noite de inverno.

Naquela escuridão, encontraria mais amor que havia encontrado na luz fria e enganadora do mundo: ainda podia confiar na vida, na vida que existia nela, e, se alguém a alcançasse ali, provavelmente poderia chamá-la Amor. Tão semelhante ao predador nos modos, mas tão diferente nos efeitos. Um predador misericordioso.

Mordeu as roupas da mãe e gritou ali dentro os próprios sentimentos de culpa. Depois, exausta, adormeceu no ventre de madeira.

VI

Eleonora, marcada por uma noite sem repouso, levantou na cama, mas permaneceu muito tempo sentada, tentando relembrar o que havia acontecido e identificar o que a aguardava. Quando viu os perfis dos escombros que a noite havia escondido por algumas horas, decidiu-se a escalá-los na esperança de um panorama novo, provavelmente decepcionante, mas, pelo menos, diferente: devia isso a seus filhos e, sobretudo, a si mesma. Dirigiu-se ao armário para pegar o robe. Quando o abriu, encontrou a filha encolhida a um canto.

Dormia. Tinham dormido perto uma da outra.

Inclinou-se e acariciou-a. Margherita, ainda inconsciente, abraçou o pescoço da mãe como quando era criança e a mãe a tirava da cama para fazê-la se levantar. Com dificuldade, Eleonora conseguiu carregá-la nos braços. Sentiu que as arestas dos ossos estavam mais evidentes. Margherita não relaxou a pressão em torno do pescoço da mãe, como se o sono que ainda não a abandonara a tornasse autêntica e incapaz de mentir, como os sonhos.

— Eu queria ficar em casa — sussurrou ao ouvido da mãe, que a beijou e a acomodou na cama de casal. O sono retornou rapidamente à garota, defesa provisória e insuficiente contra as arestas que esfolam continuamente a pele muito delicada da vida.

— Eu também — disse a mãe, sem que ninguém pudesse ouvi-la.

Enquanto isso, a luz se alastrava. Giulio esperou Margherita inutilmente. A ele, bastaria vê-la para saber que sua vida ainda podia almejar ordem e beleza. No recreio, procurou-a em vão, e, em seu peito, começou a abrir caminho um sentimento estranho, talvez porque novo: a incompletude, ou, como a chamam as pessoas, a saudade. Podia ter acontecido alguma coisa àquela garota, ou talvez ela estivesse fazendo algo a que, de algum modo, ele teria direito de assistir, em vez de perder tempo com as falas de um roteiro do qual não era o autor. A solidão era sua segurança, mas agora não queria ficar sozinho: queria vê-la, conhecê-la, tocá-la. Ela, porém, não apareceu.

A sala de aula dava para uma longa sacada cujo acesso era vedado aos alunos, como reiterava a grade que cobria pela metade a porta-balcão. Mas as regras não o atingiam. Atravessando a longa sacada decadente, com o piso de tijolos de cerâmica áridos e rachados, refugiou-se sobre o telhado da escola e acendeu um cigarro.

O perfil da cidade era repleto de tetos, chaminés apagadas, antenas e jardins. Jardins. Havia tetos ocupados por repentinos oásis, bosques em miniatura, explosões de vida no meio do cimento. Os prédios pareciam árvores de pedra com uma juba em cima. Ele gostaria de habitar uma cobertura assim, que olha diretamente para o céu e finge que a era das florestas nunca cessou e que ainda existem coisas não construídas pelas mãos dos homens. "Beleza e liberdade são suficientes para viver", diria um dos seus heróis, Alex Supertramp, quando, perdido nas terras extremas, sabia realmente fazer aquelas duas coisas lhe bastarem, sem necessidade das mentiras e da maldade das pessoas, refugiado em um ônibus abandonado no fim da linha, entre os puros gelos do Alasca.

Se tivesse um terraço daqueles, plantaria ali uma grande árvore, cujas raízes se apoderariam pouco a pouco dos andares subjacentes. Gostaria de se esconder na copa daquela árvore, olhar dali o mundo inteiro e se deixar levar pelas correntes que se agitam sobre tudo e todos. Gostaria de uma casa de paredes sólidas e não corroídas pelo mofo e pelo tempo. Gostaria que o mundo fosse um lugar hospitaleiro e que a beleza lhe fosse concedida de uma vez por todas. Gostaria de ter alguém a seu lado.

Ficou sobre o teto até o toque monótono do último sinal. Ninguém o procurou a não ser o vento. Sua liberdade era ser ignorado. Pegou um caderninho preto que sempre levava no bolso, procurou uma página que conhecia bem e leu:

"Oh, vós, ventos leves do sul e do leste,/ vós que vos unis para brincar/ e acariciar-vos sobre minha cabeça, apressai-vos,/ correi sobre a outra ilha!/ Lá encontrareis, sentada à sombra/ de sua árvore preferida,/ aquela que me abandonou./ Dizei-lhe que me vistes em lágrimas." Eram versos que ele escrevia às escondidas. E dos quais se envergonhava.

Apagou o último cigarro, depois de aspirá-lo até o filtro, perguntando a si mesmo se estar descontente significa ser homem. Abriu os braços sobre o telhado manchado de líquens ressequidos e esperou que ao menos um pedaço daquele céu pudesse entrar nele, abrir espaço e durar.

— Como está você? — perguntou Marta, com voz incerta, do outro lado do telefone, enquanto a luz do sol começava a recuar, vencida pelo avanço delicado e inexorável da escuridão de outono.

— Mais ou menos — respondeu Margherita. — Quais são as nossas tarefas para amanhã?

– O professor de italiano e latim é maluco! Hoje, falou mais esquisito do que nunca. Fez a gente descobrir um monte de palavras que vêm do latim e que a gente usa sem saber, por exemplo os dias da semana. Sabia que *mercoledì** se chama assim porque era o dia dedicado a Mercúrio? E *lunedì*, à Lua; *martedì*, a Marte...

– Engraçado... Afinal, na escola os dias são todos iguais, mesmo que os nomes sejam diferentes...

– E também explicou o que significa inteligente! – disse Marta, tentando transpor o muro erguido por Margherita.

– Humm... – grunhiu Margherita, fingindo interesse.

– Vem de *intus* mais *legere*: "ler dentro." A pessoa inteligente é aquela que sabe ver dentro das coisas, dentro das pessoas, dentro dos fatos. Ele disse que não se trata de ter muitas experiências, mas de saber captar o sumo daquelas que a gente tem – explicou Marta.

– Ah...

– E imagine que até Juventus, o time de futebol, é um nome latino que significa "juventude". Os garotos ficaram exaltados, e alguns perguntaram se Inter e Milan também vieram do latim...

– E para amanhã? – perguntou Margherita.

– Temos que descobrir a origem de algumas palavras. Quer que eu dite?

– Pode falar.

– Então: *cattivo, compagno, libero, foresta, classe, studio, ozio*...,** e depois...

– E depois?

———————————

* Quarta-feira. Em seguida, segunda-feira e terça-feira. (N.T.)

** Simplificadamente: mau, companheiro, livre, floresta, classe, estudo, ócio. (N.T.)

— Temos que decorar a primeira declinação: *rosa, rosae.*

— Primeira o quê?

— Pelo livro, você vai entender. Se quiser, depois eu explico.

— Mais alguma tarefa?

— Não, mas lembre-se de levar a *Odisseia*, porque, a partir de amanhã, vamos começar a lê-la. Ele distribuiu os personagens, e convém preparar a leitura em voz alta. Diz que assim a gente aprende a ouvir a voz dos personagens e, através da voz, o coração deles. É verdade, meio como no teatro. Eu gosto desse professor, porque ele acredita nas coisas... Tem paixão... Vou ser Penélope, a mulher de Ulisses. Estou emocionadíssima. Agora vou me preparar!

— Ah... E eu devo fazer alguma coisa? — perguntou Margherita, alarmada.

— Não, mas ele disse que todos terão sua vez e que avaliará a maneira pela qual nós lemos, por isso temos que nos preparar em casa.

— Ah... — respondeu Margherita, que havia começado a enrolar nervosamente os cabelos em torno do dedo.

— Hoje eu vi um garoto lindo na escola! — explodiu Marta.

— Ah... — respondeu Margherita.

— Olhos azuis, claríssimos, quase transparentes. Cabelos pretos, compridos na testa... Lindíssimo. — Marta já ia citando seu horóscopo, que prometia grandes encontros amorosos, mas se conteve, para não renovar lembranças ruins.

Margherita se lembrou do garoto que ela havia encontrado ao sair do banheiro, mas ficou em silêncio.

— Topa sair mais tarde? — perguntou Marta.

— Preciso estudar... Se der tempo, eu ligo — respondeu Margherita, em vez de dizer não.

– Ok.

– Ok... Então, até amanhã – disse a outra, revelando suas verdadeiras intenções.

– ... Até amanhã... – despediu-se Marta. – ... Ou até mais tarde, se você mudar de ideia. Ah..., as gêmeas mandam um beijo e perguntam quando você volta para dançar.

– Logo. Tchau.

– Tchau.

Margherita pegou os livros e o vocabulário de latim. Estava para escrever na primeira página do caderno seu nome e sobrenome, mas se contentou com escrever apenas: *Coisas mortas*.

Eleonora aguardava para falar com Gabriella, a professora de Andrea, uma mulher mais jovem que ela, com um olhar de personagem de fábula medieval. Tinha intenção de lhe explicar o que estava acontecendo em casa. Gabriella a recebeu com um sorriso satisfeito e foi remexer entre os desenhos empilhados sobre uma mesinha. O ambiente era colorido e luminoso, feito para criar. A professora voltou com uma folha na mão.

– Andrea passa a maior parte do tempo desenhando. Diverte-se representando os personagens das histórias que eu conto, mistura-os e os imagina em situações novas: o sapo e o jumento, a borboleta e a raposa... Desenha de maneira diferente das outras crianças, parece capaz de desenhar aquilo que liga as coisas entre si – explicou a professora, com um sorriso orgulhoso.

Eleonora assentia, mas temia que Andrea pudesse usar aquela capacidade para tentar preencher uma ausência. Buscava o momento oportuno para dizer à professora o motivo pelo qual estava ali.

– Mas há uma coisa que me impressionou, e que eu queria lhe dizer. Por esses dias, ele não brincou com as outras crianças. Ficou só desenhando, em silêncio. Hoje, eu dei uma tarefa: desenhar um céu estrelado para responder à seguinte pergunta: "De que são feitas as estrelas?" E aqui está o que Andrea fez. – A professora estendeu o desenho a Eleonora.

A mãe do menino olhou o papel. Havia círculos concêntricos, que se fechavam em espirais sobre pontos luminosos, branquíssimos, e estes emergiam do céu como se estivessem em relevo em relação ao azul.

– Percebe que há algo genial? – indagou a professora, estudando a expressão espantada da mãe. – Sabe como ele desenhou?

Eleonora balançou negativamente a cabeça.

– Todas as outras crianças começaram pelas estrelas: cores luminosas, amarelo, laranja, verde, azul-claro, rosa, como eu também teria feito, para depois imergir aqueles pontos no azul do céu. Mas Andrea começou pelo azul do céu e, de vez em quando, formava círculos concêntricos que deixavam intacto um centro branco, o branco do papel, de dimensões variadas.

De fato, o desenho se apresentava como um campo de pontos luminosos e brancos de diversas dimensões, que brotavam como uma luz no fundo de um túnel.

A professora continuou:

– Andrea apertava os lábios, com a ponta da língua de fora, quando os círculos de azul deviam se restringir até deixar um olho branco perfeito.

Eleonora sabia que aquela língua de fora, nos momentos de esforço e concentração, o menino a herdara do pai: era sua companheira irrenunciável em qualquer atividade manual difícil. Para Andrea, não eram as estrelas que flutuavam no escuro, mas o escuro que cobria, como uma capa esburacada, um enorme espaço branco de luz.

— Veja, Eleonora, as crianças dizem muito mais com sua criatividade que com as palavras. Pela maneira como brincam, a gente intui a atitude delas diante da vida — explicou a professora. Tratava-se de uma verdade simples: o modo pelo qual os homens fazem as coisas revela como eles vivem: pelo modo como fazem amor, revelam, mais que com mil palavras, como amam. Quando desistem, em geral, é porque não amam mais.

Havia algum tempo, Eleonora já não conseguia fazer amor com o marido. Não gostava de que ele a tocasse e se retraía. A alma se escondia em algum lugar e o corpo não a acompanhava. Até que seu marido parou de procurá-la. E, quando ela se aproximou de novo, ele, que sempre fora um amante doce e apaixonado, por sua vez, rejeitou-a.

A cena se repetiu, e ela começou a desconfiar de que, por trás daquele cansaço do corpo, havia outra mulher. Ela já não era bonita, já não era dele.

Por algumas noites, havia preferido dormir no sofá. E sentira repulsa quando ele voltara a procurá-la, mas sem nenhuma ternura e com um ímpeto que os deixara ainda mais sozinhos. Não tinham saído de suas conchas de ferro para alcançar juntos as estrelas; tinham construído mais um círculo de muralhas em torno de seus corações: fazendo amor. Ela se sentira falsa e tivera medo disso. Sentira-se dominada, não amada. Ele parecia ter conseguido o que queria e não sentira necessidade de lhe dizer sequer uma palavra. Depois, quando ela tentara enfrentar o assunto, ele se retraíra, aborrecido. Entre os dois, caíra um silêncio hostil e cheio de sentimentos de culpa. A pele se tornara uma parede sem portas nem janelas.

O desenho de Andrea e as palavras da professora impeliam Eleonora a buscar coragem para enfrentar aquilo que ela havia evitado no momento certo, por medo, por pressa, por hábito, por falta de palavras verdadeiras. Muitas vezes, a coragem chega quando é tarde demais, porque o medo impede de ver adiante e, em vez disso, impele a tentar controlar aquilo que estamos perdendo, porque essa é a solução mais rápida, segura e indolor.

Quando se deu conta da presença da mãe, Andrea se afastou de um grupo de coleguinhas com os quais estava conversando. Apontando o desenho, a professora perguntou a ele, com um grande sorriso:

— De que são feitas as estrelas?

— De luz — respondeu Andrea, seguro, sem sequer compreender o que ele mesmo estava dizendo.

— Por quê? — perguntou a professora, tomada pelo entusiasmo.

Eleonora fitava o filho, que a olhava em busca de uma resposta para uma coisa que ninguém sabe.

— Por que, Andrea? — perguntou Eleonora com doçura.

— Porque a Terra é cheia de escuridão.

As duas mulheres ficaram em silêncio. Depois, Eleonora, sem coragem de falar daquilo que lhe importava, mandou o filho arrumar a pasta e Andrea foi buscar o álbum e o estojo.

Eleonora fez menção de restituir o desenho à professora.

— Fique com ele, senhora — respondeu Gabriella. — E, se precisar de alguma coisa, conte comigo.

Eleonora lhe sorriu, e os olhos traíram o desejo de abraçar aquela mulher e de chorar copiosamente, mas não teve coragem nem para o abraço nem para as lágrimas.

— Obrigada.

Segurou a mão de Andrea, e os dois saíram da escola, enquanto a professora os via se afastarem sem olhar para trás.

Andrea desenhava para não chorar. Isso talvez viesse a torná-lo um artista, mas certamente o tornaria único, porque, onde a dor se esconde, cresce a madrepérola da vida.

A luz da tarde através das cortinas finas se filtrava cremosa, e o odor fumarento da cidade se misturava às flores de setembro, que Eleonora gostava de arrumar em vasos retangulares nos peitoris, como aprendera com a mãe, com aqueles bastõezinhos retos que sustentam as plantas ainda frágeis. Margherita percorria o dicionário em busca de etimologias. Aquela tarefa de latim era mais interessante que o previsto e a distraía de pensamentos mais sombrios.

Cattivo: (do lat. *captivus*: "prisioneiro")...
Libero: (do lat. *liber*: "filho")...

Parecia que tudo provinha do latim e que a origem revelava o contrário das coisas: os *cattivi*, os maus, são prisioneiros, e os filhos são livres. Ela se sentia prisioneira e nem um pouco livre.

Foresta: (do lat. *forum*, "porta", "o que está fora", donde "forasteiro, aquele que vem de fora, inimigo")...

Margherita se perdeu em imagens esquecidas de bosques e florestas, nas quais, sepultada pela vegetação, se escondia toda ameaça: lobos, ogros e bruxas, ruínas, tugúrios e pardieiros... Imergiu naqueles pensamentos selváticos. Alguém interpretaria aquilo como a costumeira incapacidade dos 14 anos para se concentrar, mas era justamente o contrário. Aquilo em que o coração estava concentrado era o que lhe roubava a atenção das distrações provocadas pelo estudo. As distrações, aquelas traídas por olhos perdidos no vazio, são as verdadeiras atenções, e, na realidade, aqueles olhos que parecem não enxergar nada veem tudo.

Começou a procurar uma palavra que não havia sido selecionada.

Felicità (do gr. *phuo*, "gero, produzo", donde o lat. *fertile, feto*: "estado de plenitude")...

Pegou o celular e teclou um número.

— Alô?

— Oi, vovó, aqui é Margherita.

— O que foi? — O tempo verbal usado pela avó era muito oportuno, pelo menos desta vez.

— Como está você? — perguntou Margherita.

— Bem, minha joia. E você?

— O que vovô dizia quando você estava triste?

— Ele me levava para ver o mar.

— Por quê?

— *Biddizzi e dinari 'un si ponnu ammucciari.*

— O quê?

— Beleza e dinheiro não podem ser escondidos. Seu avô dizia que a beleza é a única coisa que nos faz lembrar que vale a pena.

— E você se sentia melhor?

— Sim: diante do mar e ao lado dele... O mar se mantinha sempre ali, bonito e quieto, parado, esperando e repetindo que tudo ia ficar bem. Depois, seu avô procurava alguma coisa que a maré tivesse deixado na praia, entre as algas ressequidas pelo sol, como um presente. Ele me fazia fechar os olhos, pousava aquilo dentro de minha mão e, ao tocá-lo, eu devia compreender não só o que era, mas também o que seu avô sentia por mim, como se estivesse *ammucciatu* dentro daquela coisa.

— Como assim?

— Uma vez, ele me presenteou com uma pedra redonda e lisa. Era seu afeto simples, sem surpresas, sólido... Outra vez, me colocou na mão um pedaço de vidro colorido, daqueles alisados pelo mar...

— E o que significava?

— Talvez que até as coisas cortantes se suavizam com o tempo, que o amor transforma um pedaço de garrafa em uma pedra preciosa, e que eu estava fazendo isso com ele.

— Por que "talvez"?

— Porque ele não me explicava o significado. Ele me abraçava, me beijava... Era passional...

Silêncio nas duas extremidades do telefone. A avó se perdia na recordação e Margherita, na esperança.

— Ah, minha *picciridda*! Quanta vida havia naquele amor... Uma vida enorme... Era como o pão feito em casa, não acabava nunca. Nós nos amávamos e nunca nos cansávamos, *com'u mari*...

— Vovó, eu também quero um amor assim...

— E vai ter, minha joia. Vai ter...

— Tem certeza?

— Toda a certeza. Quando você vem me ver? Já tenho a ricota para os *cannoli*.*

— Logo.

---

* No singular, *cannolo*, espécie de bomba de massa folhada. É um doce típico da Sicília. (N.T.)

– Tchau, meu amor, minha joia.

Vovó Teresa dizia as coisas sem medo, como eram de fato, inclusive ao telefone. Tinha a sinceridade direta daquilo que é antigo e forte: o mar, os recifes, o sol e os provérbios.

Margherita voltou à sua gramática latina e começou a ler em voz alta:

– *Rosa, rosae, rosae...*

Imaginou ter nas mãos o talo espinhoso de uma rosa. Não podia ver as pétalas dispostas segundo o cânon delicado e férreo da proporção divina que as coisas mais belas têm na natureza. Sentia apenas os espinhos, enquanto continuava a recitar:

– *Rosae, rosarum, rosis...*

Somente os espinhos.

O telefone tocou.

Eleonora esperava que fosse o marido. Havia tentado chamá-lo, mas ou ele tinha desligado ou não queria atender. Onde se escondera? E com quem? E se estivesse mal, mas sem coragem de dizer? Para o escritório, ela não se animava a telefonar. Temia o próprio embaraço com a secretária ou o estagiário. Ele não atendia nunca. Se estava sozinho, deixava a secretária eletrônica atender.

– Alô?

– Boa noite, aqui é Marina, a mãe de Marta, colega de Margherita.

– Boa noite, eu sou Eleonora, a mãe de Margherita.

– Marta me disse que Margherita não foi à escola hoje. Ontem, esteve conosco e eu não gostaria que alguma coisa tivesse feito mal a ela...

– Não, não. Simplesmente não se sentia bem. Obrigada.

– Seria ótimo a gente se conhecer. Margherita é uma garota sensacional! Todos simpatizaram logo com ela. Sobretudo as gêmeas bailarinas...

– Quem?

– Ah, desculpe. Podemos nos tratar por você? As gêmeas são as minhas duas caçulas, que passam o dia dançando, talvez por terem crescido em contato com meu trabalho. Eu sou figurinista, sabe? Como ia dizendo, minhas gêmeas, Paola e Elisabetta... Elisabetta saiu primeiro, então é maior..., em suma, envolveram sua filha nas coreografias delas.

– Entendo – respondeu Eleonora, atrapalhada com aquele entusiasmo caótico.

– Bom. Então, espero que a gente se encontre logo. E... eu queria lhe perguntar outra coisa... Você acha que Margherita gostaria de fazer um curso de teatro junto com Marta? Sua filha tem olhos maravilhosos. Com olhos assim, é perfeita para representar.

– Não sei... Estamos no início do ano. Ela deve estudar, e eu não gostaria que tivesse distrações demais...

– Parece correto, mas pense nisso. As duas se divertiriam juntas.

– Bem, obrigada pelo telefonema.

– Desculpe, Eleonora, uma última coisa. Ela não comeu quase nada. Talvez não tenha gostado dos espaguetes, ou então já estava se sentindo mal...

– Não creio.

– Marta me contou que Margherita vomitou durante a aula. Então, achei que as duas coisas estavam ligadas. Sabe como é, preocupação de mãe...

– Como? Ela vomitou? Mas... não me disse nada! – exclamou Eleonora, e sua voz revelava o pesar de uma mãe que sente a filha lhe fugir justamente quando mais precisa de ajuda.

– Talvez quisesse evitar que você se preocupasse.

– Bem..., pode ser – respondeu Eleonora, sem muita convicção.

– De qualquer modo, obrigada por tudo. Inclusive pelo telefonema.

– Até mais ver, Eleonora, e parabéns pela sua linda filha. Você também deve ser linda.

Eleonora permaneceu em silêncio por um segundo, que no telefone é um século, e concluiu:

– Obrigada.

Depois de desligar, Eleonora foi até o quarto de Margherita. Encontrou-a deitada na cama, com um livro abandonado sobre o ventre, e perscrutando o teto, como se fosse um céu estrelado.

– Terminou as tarefas?

– Sim.

– Como você está?

– Bem.

– Quer comer alguma coisa?

– Não.

– Você passou mal na escola?

– Não.

– Hoje comeu o que eu lhe preparei?

– Sim.

– Precisa de alguma coisa?

– Não.

Eleonora se retraiu como quem errou de porta. Foi até a cozinha, abriu a lata de lixo e viu em cima, intacto, o almoço que havia deixado pronto para a filha.

Sentado diante da tela, o professor atualizava o currículo. Estava procurando algum trabalho para complementar o orçamento: traduções, colaborações para uma editora... Fitava as frases que se sucediam embaixo de seu nome e sobrenome em negrito e de seu rosto na foto, sorridente e escanhoado: data de nascimento, de formatura, de habilitação, domicílio legal e residência, estado civil, experiências anteriores de trabalho, idiomas conhecidos, pertencimento a círculos culturais, prêmios de poesia obtidos e várias publicações... Diante dele, sob sua foto com os olhos bem abertos e um sorriso de dar inveja ao futuro, estava a radiografia de sua vida condensada em apenas duas folhas.

Mas, para ser considerado completo, seu currículo mereceria ao menos uma página para cada ano de vida, e, para alguns deles, talvez uma página e meia, como o ano da conclusão do ensino médio, o ano do acidente... No lugar daquele domicílio e daquela residência, deveria e preferiria listar as paisagens que havia visto e tocado, com as correspondentes lembranças: cidades, países, colinas, montanhas, lagos, rios, mares. Aqueles eram seus endereços. Se pudesse, indicaria Dante como pai e Emily Dickinson como mãe. Substituiria a rua onde morava por todas aquelas que havia pisado, inclusive uma sem nome, mas que ele recordava bem. Tinha elaborado a lista dos próprios resultados, ou melhor, dos resultados que outros haviam certificado. Mas onde poderia inserir o que pensava do mundo, dos outros, da felicidade e do amor? E, também, onde estava o espaço para os amigos? E para os sonhos? E para as dores? E, sobretudo, onde poderia contar sobre o tempo transcorrido com Stella? Aquele *solteiro* no item "estado civil" era uma mentira total. Precisaria de muitas páginas para falar dela, de seus olhos, seus lábios, seu vestido de noite verde-mar, seu perfume, seus cabelos. Precisaria de páginas em branco para dizer que não sabia amá-la e que sentia medo de se casar com ela. Como se fossem coisas que não importam para a confiabilidade de um homem...

O que ele tinha diante de si era seu preço, não seu valor. O número dos sapatos, não a terra pisada com aquelas solas.

Deletou tudo, inclusive o nome e o sobrenome. Deixou somente a foto e escreveu embaixo as palavras de um poeta cujo nome ele nem sequer recordava:

Cada árvore é só ela,
*Cada flor ela só.**

Quando clicou para salvar, a luz fria da tela iluminou seus olhos cheios de raiva. Levantou-se e saiu para procurar salvação em outro lugar.

Montou na bicicleta e selecionou a playlist de audiolivros em seu iPod. Aproveitava os trechos em que pedalava para escutar os clássicos que já havia lido. Escutar palavras de que gostava ajudava-o a encarar melhor as coisas, a ter mais perguntas sobre as pessoas. Ver o rosto de uma jovem sorridente enquanto ouvia a descrição de Kitty apaixonada por Lévin, em *Anna Karenina*, tornava aquele rosto mais compreensível. A obsessiva caça do capitão Ahab à baleia transformava em esforço metafísico o retorno do trabalho e o cansaço de um homem. Os versos de Dante faziam da cidade um reino do além, no qual homens redimidos se misturavam a homens condenados. As palavras dos grandes escritores refinavam seus sentidos e construíam um significado ulterior, magnificavam o corriqueiro, arrancando-o à sua rotina, transformavam em poesia a prosa cotidiana.

---

* Versos de Fernando Pessoa (1888-1935). (N.T.)

A cidade era cheia de histórias, as histórias são o currículo das coisas e das pessoas, o currículo verdadeiro. Onde fora parar o fogo em torno do qual os homens e as mulheres permutavam suas memórias e se salvavam do tédio e do anonimato? Onde haviam ido parar as histórias que ajudavam as crianças a não ter medo da morte, da dor, do sangue, do além? Agora era a tevê que contava histórias, as quais, porém, não duravam mais que o tempo gasto para contá-las.

O professor foi ferido por uma inexplicável nostalgia pelas vidas das pessoas por quem passava. Quem saberia o que poderiam lhe contar aquela mulher sem maquiagem e com os cabelos desgrenhados, aquele garoto com o olhar perdido no vazio e aquele menino com os olhos cheios de sua mãe...

A literatura o obrigava a se escutar, como se, em seu íntimo, existisse uma porta atrás da qual alguém murmurava segredos a seu respeito. E ele queria fazer seus alunos descobrirem essa mesma porta. Arrancá-los do vaguear dos pensamentos superficiais, dos pensamentos ditados por efêmeras reações emotivas, para construir um lugar, um aposento, onde o sussurro de si mesmo se torna perceptível, como o mar nas conchas. Mas somente a beleza sabe encontrar o caminho para conduzir você pela mão até aquele lugar onde você fala consigo mesmo e se escuta. A literatura obriga a pessoa a tratar por você os próprios pensamentos e a descobrir se eles realmente lhe pertencem.

Os olhos de Stella também o impeliam à mesma viagem. Stella estava certa: como ele mudara desde que a conhecera! Tinha aprendido a combinar as cores das roupas e a cuidar mais da própria saúde. Mas, sobretudo, finalmente pudera se permitir as próprias inseguranças: ela não apenas as tolerava, como também as acarinhava. Agora, porém, justamente aquelas inseguranças estavam afastando-a, e Stella parecia diferente. Naqueles olhos, aparecera algo que o professor não conhecia. Estavam tão bem do jeito como estavam, por que a pressa? Que necessidade havia de mudar tudo agora, quando ele já enfrentava mil problemas? Quando a vaga de professor fosse sua por tempo indeterminado, então, sim, mudaria tudo, poderia amá-la verdadeiramente em uma casa toda nova. E se, até lá, ela o deixasse? Deu uma pedalada mais forte e dobrou em uma contramão. Relembrou a mensagem de Stella, e isso lhe deu ainda mais determinação e força. Daquela vez, conseguiria. Os pedais o levaram até o prédio dela. Sem desmontar, ele tocou o interfone.

— Sim? — atendeu uma voz vibrante.

— Por um nome, não sei como dizer-te quem sou — respondeu ele, repetindo versos que ambos conheciam.*

Nenhuma resposta do outro lado, apenas uma respiração suspensa entre raiva e desejo.

— Peço desculpas — disse o professor.

Mais silêncio. Depois, emergiram palavras que retomavam o fio do jogo interrompido:

— Como pudeste vir aqui, diz-me, e por quê? Os muros do jardim são difíceis de escalar...

O professor sorriu e respondeu:

— Não há limites de pedra que possam vedar a passagem ao amor: o que o amor pode fazer, o amor ousa tentar...

Silêncio. Algo se desfez no jogo, e a voz se tornou fria:

— Demonstra-me, as palavras não bastam. Nem mesmo as belas. Não é a poesia que faz um amor, professor, mas o contrário!

----

* Frase de Romeu para Julieta, na peça homônima de Shakespeare, Ato II, cena 2. Abaixo, o diálogo continua. (N.T.)

O professor permaneceu calado e, mais uma vez, se deu conta da incongruência entre seus pensamentos e a realidade.

Deu um impulso nos pedais, esperando deixar no chão sua dor. Mas ela se agarra como a sombra à pessoa, mesmo que a pessoa saia correndo.

— Você está aí? — perguntou a boca inexpressiva do interfone.

O professor não estava, havia fugido. Pedalava sem rumo, loucamente apaixonado por Stella, mas incapaz de amá-la.

Giulio entrou de volta entre as paredes anônimas da casa onde dormia. Não havia uma família à sua espera, mas um grupo de jovens como ele e as pessoas que trabalhavam ali: assistentes sociais, alguns voluntários, um psicólogo e um médico. Ele só voltava porque havia uma doutora capaz de escutá-lo e fazê-lo sentir menos dor, ainda que ele se envergonhasse de admitir isso. A mulher tinha cabelos negros, olhos verdes e azuis ao mesmo tempo, dependendo da luz. Assim era: ela não fazia apenas seu trabalho e pronto, como os outros, mas também algo mais.

Àquela hora, o centro de acolhimento ficava bastante animado: uns se ocupavam fazendo o jantar, outros jogavam baralho, outros, PlayStation. Inútil esperar que o deixassem em paz, mas, pelo menos, não havia sombra da gordalhona que o retinha durante horas contando-lhe seus problemas, como se os dele já não fossem suficientes.

— Ei, Poeta, por onde você andava? — perguntou um rapaz cheio de espinhas, ocupado com sua mão de pôquer. Desde o momento em que haviam encontrado o caderno com seus versos, chamavam-no assim.

Giulio nem sequer olhou para ele. Quando entrava naquele lugar, tornava-se uma fortaleza inexpugnável, nunca falava com ninguém. Somente com a doutora, nos dias em que ela estava lá, e aquela era uma de suas tardes.

Um voluntário, Filippo, apelidado Franky por causa de um certo DJ que lhe agradava quando tinha a idade deles, aproximou-se.

— Oi, Giulio, como vai?

Giulio não respondeu, e perguntou:

— E a doutora?

— Precisou sair mais cedo.

Giulio não reagiu.

— Cigarro? — ofereceu o voluntário, em busca de uma fresta.

Ele acenou que sim, as mãos de Filippo pareciam sinceras. O voluntário lhe deu o cigarro e o convidou para irem até a varanda, a fim de fumarem juntos. Giulio o seguiu e, assim que o outro lhe acendeu o cigarro, virou-se para o outro lado e começou a fumar ensimesmado, olhando a rua.

Filippo fumava e, de vez em quando, virava a cabeça em busca de um contato, pelo menos visual. Giulio não lhe dava atenção e deixava que a fumaça enchesse seus pulmões e aquietasse a frustração pela ausência da doutora. E os olhos daquela garota da escola também não o deixavam em paz.

— Se eu fosse o gênio da lâmpada, o que você me pediria, Giulio?

— Para ficar calado.

Permaneceram em silêncio por algumas tragadas, mas Filippo não desistiu.

— Por que a doutora saiu mais cedo? — perguntou Giulio.

— Disse que tinha um compromisso.

— Que compromisso?

— Não sei. O noivo veio buscá-la. Acho que estão às voltas com os preparativos para o casamento...

Giulio não disse nada e o gelo no coração se tornou mais duro. Ele apertou os dentes e os maxilares, depois jogou fora o cigarro fumado só até a metade, que se precipitou em centelhas engolidas pelo vazio. E Giulio também desapareceu.

Filippo continuou ali, em silêncio, olhando a cidade dos homens que deslizava rumo ao crepúsculo.

Durante o jantar, Margherita não falou nada nem tocou em nada.

— Está se sentindo mal?

— Não.

— Por que não come?

— Estou sem fome.

— No almoço, você também não comeu nada.

— Não é verdade.

— Está tudo no lixo.

— Não consigo.

— Por quê?

— Tenho ânsias de vômito. Não depende de mim.

— Quer alguma outra coisa?

— Por que ele foi embora?

— Não sei. Não atende ao telefone.

Margherita se levantou da mesa. Deu dois passos, mas, de repente, teve uma tontura e desabou no chão. Não comia havia mais de 24 horas. Eleonora se lançou sobre a filha, que estava consciente, mas tinha os olhos perdidos e amedrontados.

— Minha filha — disse, estreitando a cabeça dela a seu peito. — Minha filha.

O escuro engolia todas as sombras que a luz havia meticulosamente desenhado durante o dia e cuspia de volta os homens sob a forma de espantalhos. Uma janela da escola se abriu e uma figura deslizou para dentro, como fazem as lagartixas nos buracos.

A escola, tão viva durante o dia, parecia um cemitério no qual estavam sepultadas as inúteis fadigas de estudantes e professores. Tudo se calava, imóvel. O corredor era uma mancha uniforme, à parte as sutis feridas de luz que, da rua, penetravam na sala. Parecia uma pista de aterrissagem. O piso fedia a amoníaco.

Entrou na sala, sentou-se à carteira. Fitando o quadro, perguntava-se como podia desperdiçar tanto tempo naquele lugar, que, no escuro, revelava ainda mais impiedosamente a própria desolação. Nas paredes, intuíam-se os perfis esgarçados dos mapas geográficos da Oceania e da América. O velho quadro de grafite era mais escuro que o escuro da sala, capaz de engolir e inutilizar qualquer esforço humano. Havia gente que, com sua idade, viajara para aqueles continentes recém-descobertos, ao passo que ele ali estava, apodrecendo entre quatro paredes dilapidadas.

Por cima de tudo, havia uma camada de poeira, abandono, sujeira: escondidos pelas trevas, mas perceptíveis ao tato. Uma fina camada de giz que se soltara do quadro e dos apagadores cobria bancos e carteiras, que lembravam os escombros de um terremoto. Era aquilo a escola.

Aquela camada de poeira calcária tinha que ser lavada. Era uma exigência de limpeza, mas, sobretudo, de verdade.

Sem rumor, com a lentidão de um ritual, Giulio se dirigiu ao banheiro do segundo andar, tapou os ralos e abriu as torneiras. Em seguida fez o mesmo no primeiro andar e no térreo. Ficava um momento contemplando a água que saía copiosa das torneiras e que logo invadiria os banheiros, os corredores e se precipitaria pelo vão das escadas em uma cascata purificadora. Era hora de tirar umas férias. No silêncio da noite, ouvia-se apenas o gotejar da água, como vidros que se quebram suavemente.

Rastejou ao longo da janela por onde havia entrado. Ficava escondida atrás das velhas estantes da biblioteca, e ninguém a usava a não ser ele, que pontualmente penetrava ali a fim de roubar um livro para ler quando se refugiava sobre o telhado da escola: pegou de passagem um volume da seção de história dedicada a conquistas e piratas. Organizara para si uma biblioteca bem razoável. Depois de sair, fechou a janela a fim de dar a impressão de que ela jamais deixara de barrar a entrada ao mundo lá de fora, como qualquer janela de qualquer escola que se respeite. Ele era o anjo viajante entre os dois mundos, colocava-os em comunicação e salvava ambos.

Na rua, não havia ninguém. Ninguém podia perceber seu riso satisfeito.

A bicicleta preta do professor, que ainda vagava sem meta, como se ninguém a conduzisse, passou por Giulio. Não se reconheceram, porque a noite os escondia reciprocamente. Bastaria um pouco de luz para que um visse no rosto do outro a mesma fraqueza e a mesma raiva. E talvez se dessem as mãos para quebrar a concha de sua solidão. Mas a luz, quando é necessária, nunca aparece.

Eleonora percorria mecanicamente a agenda do celular, em busca de alguém com quem desabafar e a quem pedir ajuda. Ilaria, não. Vivia avaliando seu marido, e agora ela não tinha vontade de ouvi-la. Anna falaria imediatamente de vestidos em vez de escutá-la. Talvez Enrica, mas não se telefonavam havia algum tempo e lhe parecia indelicado ligar agora para contar problemas. E também não queria que as pessoas conhecidas já ficassem sabendo daquela situação. Isso significaria renunciar à reserva de que ela necessitava. Seria possível que, naquela desgraçada e longuíssima agenda cheia de nomes, não houvesse ninguém capaz de escutá-la? A que ponto havia chegado... Trabalho, família e poucas amizades, superficiais, para dar cor ao tempo livre. Viu sua vida familiar e ela lhe pareceu semelhante a um jantar à base de enlatados: pequena, fechada, concentrada na segurança.

Viu um nome sem sobrenome, *Marina*. Quem era? Depois, lembrou-se da voz cálida da mãe da colega de Margherita. Esquecera que as duas haviam trocado os números dos celulares. Era muito tarde. Marina iria tomá-la por doida. Mas estava sozinha demais e queria ser tomada por aquilo que realmente era.

Ligou.

— Eleonora?

— Desculpe a hora. Preciso de ajuda.

— Diga o que eu posso fazer.

— Não sei — respondeu Eleonora, enquanto as lágrimas lhe enchiam os olhos.

VII

– De novo? – gemeu uma professora.

– De novo! – comemorou um garoto.

Luz e água eram os elementos essenciais daquela manhã. A luz abraçava as esquinas das ruas e brilhava na água que descia em cascata pela fachada da escola. O prédio cinzento do liceu científico, dedicado a um cientista que, para os jovens, poderia até ser um comediante, parecia uma fonte viva graças ao jogo inventado pela água que se precipitava cheia de sol.

Uma multidão de alunos, professores e transeuntes se reunia em semicírculo: todos admiravam boquiabertos, com a descrente abertura da cavidade oral dependendo da idade e da função. Os garotos da primeira série estavam hipnotizados. O vão das escadas da escola era um vórtice de beleza, com a água caindo em precipício em longas cachoeiras. Sobre os degraus, a água saltitava como as corredeiras de uma torrente de montanha. O rumor do gotejar e do fluir tornava a entrada da escola uma espécie de gruta adequada a explorações geológicas.

Os calouros e mais ingênuos imaginavam uma ruptura do encanamento, outros falavam de torneiras deixadas abertas por distração.

O professor de desenho, com a *Gazzetta* aberta, bufava exclamações e, de vez em quando, explodia:

– Alagaram a escola!

Marta confidenciava o horóscopo de Margherita, o qual prometia: "Interessantes novidades choverão do céu, saiba colhê-las."

Margherita assentia, sem escutar. Admirando a água em fuga para além da entrada, lembrou-se do Panteão romano, com aquele enorme buraco no centro da cúpula que, segundo uma lenda, não deixaria passar a água nos dias chuvosos, e, no entanto, pontualmente, permitia que a chuva alagasse o pavimento. Entre os jovens, difundiu-se um burburinho exaltado, em um crescendo semelhante aos ruídos das praias no verão.

Giulio fumava e, mais que todos, admirava a perfeição de sua obra-prima de purificação, ostentando a satisfação do artista.

Do portão, emergiu o inspetor, com compridas botas de borracha, e se aproximou do diretor, que fremia na entrada da escola e tentava não molhar demais os mocassins de couro. Confabularam.

O diretor se voltou e, sem levantar muito a voz, disse aos mais próximos:

— Todos para casa, a escola está alagada.

A notícia se espalhou como uma onda violenta, e, quando alcançava as centenas de alunos reunidos diante do edifício, ricocheteava em novas perguntas ansiosas por confirmação e detalhes. Por fim, um grito de alegria explodiu: era verdade, não haveria aula.

— Beleza e liberdade, isso basta para viver — disse Giulio para si.

O professor de desenho fechou o jornal e foi embora. Margherita, hipnotizada, continuava olhando a fachada que regurgitava água. Giulio a observava de longe. Ela exibia um olhar de menina feliz, com a boca meio aberta pelo estupor, e isso era mérito dele. Sorriu também, satisfeito. Apagou o cigarro e, atravessando a multidão, passou ao lado do jovem professor, que, tomado por algum furor dionisíaco, berrou:

— Alunos da 1ª A, todos ao parque, comigo!

Os estudantes ao redor se voltaram para ele, curiosos. Giulio se deteve. Os dois se fitaram nos olhos, aqueles mesmos que, na noite da véspera, haviam se procurado no escuro, sem saber. Foi um instante, mas os olhos de um penetraram a alma do outro. Giulio se perguntava quem seria aquele rapaz tão louco a ponto de desperdiçar a vida exercendo aquele ofício. O professor se perguntava de onde um garoto extraía segurança para apontar um olhar daqueles sobre um docente. Em seguida, o professor ergueu o braço, segurando na mão a *Odisseia* como se ela fosse um guia turístico, e berrou de novo:

— Pessoal da 1ª A, comigo!

Afastou-se da confusão e uma serpente de jovens o seguiu, todos atônitos pelas incríveis novidades que aquele dia proporcionava tão generosamente quanto a água que escoava sobre a fachada.

— Eu lhe disse! Eu lhe disse! — repetia Marta, saltitando ao lado de Margherita. — Não erra nunca.

— Quem?

— O horóscopo...

— Para onde vamos? — perguntou a lourinha, preocupada por não estar com sapatos adequados a um passeio.

— Para o parque — respondeu o professor, como se aquela fosse a mais óbvia das decisões.

— O parque? — ecoaram vários. — Para fazer o quê?

— Teremos uma aula — anunciou ele.

Os jovens tagarelavam entre si, perguntando-se como tudo aquilo terminaria. Alguns se lamentavam, porque prefeririam voltar imediatamente para casa.

O parque vizinho à escola, com suas cores e a luz que o banhava, era um saco de confetes lançados no azul daquele dia, e o professor conduziu sua turma ao centro de um gramado, onde um enorme carvalho se tornou rapidamente a coxia contra a qual se recortava sua figura. Fez os jovens se sentarem em semicírculo sobre a grama, como se fosse celebrar um antigo rito silvestre. A lourinha procurava um lugar que não sujasse sua calça branca.

— Podem até ficar pronos — disse ele.

— Pronos? — intrigou-se Marta, ignorando o fato de que aquele era o professor de italiano.

— De bruços. Prono ou, ao contrário, supino, de costas... — respondeu o professor, com uma pontinha de ironia, imitando as duas posições com a mão direita.

Os alunos, cada vez mais curiosos com aquela aventura, se acomodaram sobre a grama fresca e macia, mantendo os olhos apontados para o rosto sorridente do professor. A grama, as folhas, a terra pareciam até exalar um perfume.

— Hoje, nada de latim! Vamos nos dedicar a Homero — começou ele, como se falasse de um amigo com quem tivesse tomado uns drinques na véspera.

Um resmungo se espalhou, o jogo havia acabado.

Um transeunte, com seu cachorro, deteve-se para observar aquele grupo de jovens em torno de um carvalho e de um adulto que gesticulava como um jovem. Uma moça com fones de ouvido desacelerou sua corrida matinal e tirou um dos fones para compreender o que estava acontecendo.

— Sabem quem inventou a palavra *escola*? — perguntou o professor, agitando no ar sua *Odisseia*.

Silêncio.

– Homero! – gritou Aldo, com olhos vivazes como os de uma criança.

– Mais ou menos... – sorriu o professor.

Da turma, partiu um aplauso espontâneo, enquanto Aldo erguia os braços como se tivesse marcado um gol no estádio de San Siro. Os jovens sorriam, riam, gargalhavam. Tinham nos olhos a felicidade de quem está colocando amor e conhecimento na ordem certa. Suas pupilas estavam dilatadas, embora ninguém tivesse fumado nada e a erva, ali, servisse apenas de pavimento.

– Os gregos inventaram a palavra *escola*, que vem de *scholé*. Sabem o que significa? – interrogou o mestre.

O transeunte com o cachorro se acomodou no banco mais próximo a fim de escutar, enquanto o animal corria livre e se aproximava dos jovens estirados no chão. A moça começou a fazer exercícios de alongamento ali ao lado, sem incomodar, mas conseguindo escutar. Pronto, a turma estava completa. Que milagres a escola poderia fazer se fosse realmente escola, pensava o professor, no centro de sua liturgia.

– Vamos lá. Ninguém faz ideia do que significa?

– Tédio? – respondeu Aldo, com uma risada.

O professor o encarou, balançando a cabeça, e esperou em silêncio alguma outra tentativa.

– Estudo? – arriscou Gaia, uma garota de cabelos compridíssimos.

O professor balançou a cabeça.

Ninguém tentou mais. A expectativa crescia, e o professor, com atitude teatral, falou sílaba por sílaba:

– Tempo livre!

Os jovens se entreolharam, sem entender.

151

– Sim, pessoal. Os gregos iam à escola no tempo livre! Era o modo pelo qual eles descansavam e se dedicavam àquilo que mais lhes agradava.

– Esses gregos eram malucos – disse Aldo.

– Foi por isso que eu não escolhi o liceu clássico... – acrescentou Daniele, ao lado dele.

– Aqueles delinquentes que alagaram a escola nos deram um presente, sem saber: podemos experimentar desfrutar a escola pelo que ela é verdadeiramente, não por aquela estranha tortura que obriga trinta jovens de 14 anos a se manterem sentados na frente de um retângulo verde durante cinco ou seis horas por dia... Os gregos tinham aula assim: ao ar livre. Observando, escutando, farejando, tocando e tentando responder às perguntas que as coisas suscitavam ou que seus mestres levantavam...

O silêncio estava à altura do interesse dos jovens, que se perguntavam onde iria parar aquele discurso. Os rumores da cidade constituíam um fundo sonoro quase ignorado, como acontece quando a beleza arrebata a alma.

– Se tudo o que vocês estudam em aula não os ajuda a viver melhor, esqueçam – concluiu o professor. – Nós não lemos a *Odisseia* porque devemos conhecê-la, porque está escrito no programa, porque um ministro decidiu assim... Não! Não! Não! Nós a lemos para amar o mundo ainda mais. – Ficou ruborizado.

– Amar? – perguntou a lourinha, encantada.

– Sim, amar. Somente quem sabe ler uma história sabe compreender o que lhe acontece... Somente quem sabe ler um personagem sabe ler as páginas do coração de um amigo, uma amiga, uma namorada, um namorado – disse o professor. E, impressionado pelo que acabava de afirmar, e que não tinha nenhuma confirmação em sua capacidade de compreender Stella, acrescentou de imediato: – Chega de conversa, vamos começar! Abram o livro no início do poema, que diz: "Narra-me, ó Musa, sobre o herói multiforme..."

Margherita se sentia dentro de um sonho: se o mundo pudesse ser de um jeito, deveria ser assim, límpido e sem contusões. Era como ter férias durante o período de aulas. O professor chamou os personagens presentes no primeiro livro, e aqueles que deveriam interpretá-los ergueram a mão.

– Atena? Ok... você é... Anna! Bem – disse o professor à lourinha. – E Telêmaco?

Ninguém respondeu.

– *Abest!* – disse um garoto pálido, de cabelos à escovinha.

– Isso mesmo, *abest*! Mas sem Telêmaco não se vai a lugar nenhum... Quem quer fazer o papel de Telêmaco? – perguntou o professor.

Uma mosca, ou vespa, esvoaçava perto do rosto de Margherita, a qual, na tentativa de afastá-la, ergueu e balançou o braço.

– Tudo bem, faça você... Margherita... Embora ele seja homem, vai funcionar do mesmo jeito – disse sorrindo o professor, tentando secundar o entusiasmo de sua aluna mais difícil.

A lourinha riu, levando o indicador à têmpora e fazendo-o girar, e, ao redor, suas amigas gracejaram.

– Mas, na verdade, eu... – defendeu-se Margherita, que, no entanto, calou-se de imediato, considerando que suas atuações em aula já haviam sido suficientemente desastrosas. Tinha agora uma oportunidade de resgate ou de definitiva relegação à famigerada categoria dos esquisitos.

– Então, o time está completo! Vamos começar. Eu sou Homero e, portanto, vou ler os trechos narrados e vocês, os outros. Atenção...
– Esperou em silêncio pelo menos uns trinta segundos, a fim de

que as palavras viessem do silêncio. As folhas do carvalho sussurraram, como o burburinho do público animado antes que a cortina revele o palco. O professor pigarreou e deu início à magia:

Narra-me, ó Musa, sobre o herói multiforme, que tanto
vagueou, depois que destruiu a fortaleza sagrada de Troia:
de muitos homens viu as cidades e conheceu os pensamentos,
muitas dores sofreu no mar em seu espírito,
a fim de conquistar para si a vida e para os companheiros o retorno.

Assim, sobre aquele retalho de verde, sob a proteção de uma árvore e na luz fresca do início do outono, elevava-se o Olimpo com suas divindades decepcionantes, mas imortais. Ouviu-se o mar bater contra os recifes de Ítaca e Telêmaco abandonado lamentar-se, com a voz de Margherita, três milênios depois:

Minha mãe diz que sou filho dele, mas eu
não sei: porque ninguém sabe de sua própria concepção.

Atena respondeu. Embora a lourinha a interpretasse, Margherita sentiu as palavras da deusa penetrarem-lhe o fundo da alma, enquanto a coragem de Telêmaco despertava e o impelia a ir em busca do pai ausente; e, se este não voltasse, a tornar-se ele mesmo o substituto do pai, a ser ele o pai de quem não se recordava nem do odor nem da cor dos olhos, visto que Ulisses havia partido para a guerra quando ele era apenas um recém-nascido:

Não deves mais
ter os modos de um menino, porque já não o és.

Tu também, meu caro, de fato muito belo e grande te vejo,
sê valoroso, para que te louve algum dos pósteros.

Deves pensar por ti mesmo: ouve-me.

Assim falava a deusa a um jovem sem pai. Assim repetia com voz arrogante a lourinha, que tornava Atena um pouco mais antipática só para ofender Margherita.

Em seguida foi a vez de Homero, isto é, do professor:

Dito isso, Atena de olhos de coruja foi embora,
moveu-se rápida como um pássaro; e a ele deu
força e coragem no ânimo, e suscitou uma lembrança do pai
mais viva do que antes.

Seria possível que aquelas palavras se dirigissem a ela? Que na *Odisseia* estivesse sua própria história? Seria possível que aquela fosse a escola? No filho de Ulisses, Margherita encontrou um amigo capaz de escutar sua dor. Tomado pela saudade do pai, Telêmaco organiza a viagem de busca e, às escondidas da mãe, prepara o navio e parte ao alvorecer do dia seguinte, sozinho, com o mar e sua nostalgia a lhe maltratar o coração. Margherita escutou as palavras finais do primeiro livro e sentiu Telêmaco entrar em seu quarto acompanhado pela velha ama:

Ali, por toda a noite, coberto por uma pele de ovelha,
ele projetava na mente a viagem que Atena havia inspirado.

Sentiu o medo e a esperança de Telêmaco. Sentiu o rapaz lhe entrar na pele. Também ele sem pai, também ele o menino chamado a se tornar adulto. Nada havia mudado ao longo dos séculos. O maior poema já escrito começava com um rapaz que deve procurar seu pai.

Fechou os olhos e se perdeu nas lembranças do pai, na tentativa de chamá-lo e de torná-lo presente, como nos encantamentos. Talvez os deuses estivessem a seu lado...

O professor permaneceu em silêncio. Os alunos se entreolharam, satisfeitos. Passara-se mais ou menos meia hora. Tão pouco? Todos se espantaram. No entanto, tinham visto muitas coisas, estado em muitos lugares e adivinhado o mar, o sangue, a dor, as lágrimas e a música.

— Por hoje, a aula acabou — disse o professor.

— Mas o senhor não vai nos explicar nada? — perguntou candidamente Marta.

— Não há nada a explicar. Já está tudo nas páginas dos livros. Basta abri-los, e, quem sabe, até os ler... — respondeu ele, sardônico. — *Timeo hominem unius libri!* — acrescentou.

— Como assim?

— Temo o homem que lê um só livro.

— *Non multa sed multum!* — respondeu Margherita, deixando-o paralisado.

— Quem lhe disse isso?

— Meu avô dizia sempre.

— O que significa? — perguntou Marta.

— Que o importante não é ler muitas coisas, mas lê-las bem profundamente.

— Por hoje chega, bom-dia — dispensou-os o professor, levemente aborrecido por aquele ponto de vista que contrariava o seu. Em seguida, puxou um livro da bolsa e começou a ler, encostado no carvalho. Os jovens se espalharam, alguns ficaram conversando e fazendo-lhe perguntas espontâneas, solicitadas pela curiosidade.

– Quantos anos tinha Telêmaco?

– Penélope era bonita?

– O que significa *olhos de coruja*?

– O que significa que o destino jaz sobre os joelhos dos deuses?

O professor respondia pontualmente a todas as perguntas, citando de cor as passagens.

– Afinal, o senhor é noivo? – perguntou a lourinha.

– Não falo dos meus assuntos particulares... – respondeu o professor com um sorriso, mas um pensamento maldisfarçado o obrigou a franzir a testa.

A lourinha corou e logo olhou ao redor para verificar se alguém estava rindo dela.

Aos poucos, todos foram se afastando, com um dia escolar memorável no coração. Anos depois, já não recordariam a quinta declinação latina, a fórmula do nitrato de potássio, a data da batalha de Waterloo ou o nome dos autores da Scapigliatura,* mas na memória permaneceria a dádiva que a água lhes proporcionara: o primeiro livro da *Odisseia* no parque vizinho à escola. Como todos os homens, resgatariam do coração aquilo que nascera de liberdade, doação e paixão, não do simples conhecimento, que, para a memória, não basta. Somente amor e dor nos fazem recordar.

O professor, satisfeito por ter obtido uma aula que jamais poderia dar, mesmo que a preparasse durante um mês, imergiu na leitura

---

* "Desregramento" ou, mais literalmente, "descabelamento". Tendência literária e artística anticonvencionalista surgida no norte da Itália em meados do século XIX. (N.T.)

de Shakespeare. Depois de um quarto de hora, ergueu os olhos para se instalar mais confortavelmente e viu uma garota sentada a poucos metros dele, fitando-o sem dizer nada, braços cruzados em torno dos joelhos. Parecia um bicho-da-seda: encasulada naquela posição, olhava o professor, que assumia todos os rostos dos personagens cujas histórias ele lia. Se antes, durante a leitura de Homero, ela acreditara ver a máscara de um deus grego sorridente, mas terrível, agora via a de um homem qualquer, o rosto de alguém que passa pela rua.

O professor gostaria de fingir indiferença, mas a garota o encarava.

– Margherita!

Ela permaneceu em silêncio.

– O que seu avô fazia?

– Era professor.

– Ah!

Margherita se levantou devagar e se sentou ao lado dele. O vento leve daquela manhã de ar e água lhe espalhava os cabelos sobre os ombros. Encostou-se no mesmo tronco, recolheu as pernas entre os braços e fechou os olhos.

– Precisa de alguma coisa? – perguntou ele, curioso.

Margherita lhe acenou para se calar, levando o dedo à boca, e, em seguida, pediu:

– Quero que você leia em voz alta.

O professor esteve prestes a corrigir aquele tratamento informal, mas se conteve, imaginando que podia ser apenas uma questão de hábito. Recomeçou a ler desde o início em voz alta, tentando modulá-la de acordo com a cor dos personagens.

O parque, por sua vez, mudava as suas, seguindo a dança do sol. O professor lia as palavras de um pai forçosamente separado da filha, com a qual, depois de muitos anos, vê-se conversando, sem a ter reconhecido:

Conta-me tua história; se aquilo que padeceste demonstrar ter sido, após consideração, apenas um milésimo do que eu padeci, pois bem, então és um homem, e eu sofri como uma mocinha; no entanto, tu te assemelhas à Paciência que contempla os túmulos dos reis e desarma a Desventura com um sorriso. Quem eram teus parentes? Qual o teu nome, minha gentil jovem? Conta, eu te suplico. Vem, senta-te junto de mim.

Margherita se perguntou se toda a literatura falava dela. O professor se tornara, inconscientemente, a porta pela qual entram, vindas de um mundo longínquo e mais verdadeiro que o nosso, respostas para coisas que ninguém quer saber. Na vida de todos os dias, ninguém pede a você que conte a história que morde seu coração e o mastiga, e, se alguém pedir, na vida de todos os dias, ninguém consegue contar essa história, porque nunca encontra as palavras adequadas, as esfumaturas certas, a coragem de se mostrar nu, frágil, autêntico. Essa história deve surgir de fora, como quando acontece de os livros nos escolherem e os autores se tornarem nossos amigos, aos quais gostaríamos de telefonar ao término da leitura para perguntar-lhes como fazem para nos conhecer ou onde escutaram nossa história. Essa história é um espelho que surpreende você exclamando: esta é minha, este sou eu, mas não tinha palavras para dizê-lo! E talvez você descubra que não está sozinho, definitivamente sozinho.

Quando o professor concluiu a leitura, Margherita se levantou e, com o rosto marcado pela dor que cada palavra havia despertado nela, disse a si mesma, mais do que a ele, "Palavras", e se afastou com um sorriso de gratidão, impregnado de melancolia. Ela bem sabia que a vida não acaba como Shakespeare quer, com filhas que reencontram pais perdidos.

"Belas...", acrescentou o professor para si mesmo, disposto a penetrar na selva escura da dor somente através dos seus personagens. Achava que a garota que agora lhe dava as costas era verdadeiramente singular, e amedrontava-o a ideia de que, um dia, poderia ter que lidar com uma filha "problemática" como aquela. Procurou na bolsa a carta que havia escrito a Stella na tentativa de quebrar aquele silêncio insuportável. Estava cheia de belas palavras com as quais ele se habituara a recobrir sua falta de coragem. Amassou-a e jogou-a na primeira cesta de lixo que viu.

Um jovem com olhos de gelo havia assistido a tudo, sentado em um banco: a ele bastavam os gestos e as expressões. Seguiu a garota, que se afastava sem se voltar, com a fome do menino que, entre as pessoas em um supermercado, não vê mais sua mãe e a procura desesperado em meio à multidão anônima.

Enquanto isso, a luz chovia do céu em cascatas, lavando coisas e pessoas. Margherita e Giulio, porém, permaneciam opacos, como se tivessem vestido um impermeável contra a luz. Em passos lentos, ela voltava para casa na esperança de que a lentidão desse às coisas o tempo de acontecer e lhe reservasse um encontro inesperado com seu pai. Sabe lá o que ele estaria fazendo naquele instante: talvez estivesse fechado em um aposento, no escuro, pensando na família, ou talvez estivesse com outra mulher em uma ilha tropical, ou viajando para um lugar desconhecido onde pudesse começar outra vida, com uma nova identidade... Desejava um abraço dele, com todas as fibras do corpo. Por que ele não dava sinal de vida, ao menos para ela? Ainda seria seu pai?

* * *

Giulio a seguia de longe. Olhava Margherita ondular ao longo das vias da cidade, em busca de alguma coisa. As mãos dela se estreitavam em forma de punho ou tamborilavam sobre as coxas, depois se escondiam dentro dos bolsos e ela encaixava o peito entre os ombros, como para se proteger de algo que pudesse atacá-la de um momento para outro. O que aquele corpo escondia, que segredo aquele invólucro de pele, tão frágil, prometia?

Margherita viu uma moça fitar, pasmada, o visor do celular, enquanto o rosto parecia se destacar. Seguramente, uma mensagem ruim do namorado, pensou. Via e não podia evitar. Por que tanta dor nas faces? E a alegria como uma flor selvagem e minúscula em uma floresta imensa e labiríntica? Via a casca e a polpa, os rostos e a vida por baixo, a música das coisas e as coisas mudas. Que música era? Seria aquilo a vida?

Giulio viu as mãos da mesma moça tremerem e abandonarem-se aos lados do corpo. Talvez a vida seja isto: amar, sofrer e aquilo que você escolhe fazer no intervalo. Algo o levava a seguir aquela garota, mas ele não ousava dizer a si mesmo que aquele acompanhamento tivesse a ver com o amor. Nem sequer a conhecia. O raio fulminante era coisa de cinema.

Aproximou-se a tal ponto que poderia tocá-la. Gostaria de esconder a face na onda dos cabelos, pousar a mão sobre o ombro dobrado para a frente ou roçar com os lábios o pescoço delgado. Estava a um passo e a fitava como se ela fosse sua, mas logo a ultrapassou. Faltou-lhe coragem. Ele, que roubava sem errar um gesto. Tinha medo de se perder no labirinto e ver-se cara a cara com o Minotauro, medo de se aproximar demais do sol com suas asas de cera. Medo de amar?

Ultrapassou-a e deu-lhe as costas.

* * *

Margherita sentiu a passagem daquele ser mais à vontade em uma fábula noturna que em uma cidade à luz do fim da manhã. Observou os ombros e a figura esbelta: parecia estar prestes a alçar voo. Gostaria de olhar o rosto daquele garoto, mas ele andava depressa e se misturou à multidão, desaparecendo no anonimato de mil outros dorsos.

O professor guardou os livros de volta na bolsa, como um cavaleiro que pousa as armas depois da batalha. Ficara tarde, e seu estômago resmungava. Em torno dele, as pessoas atravessavam o parque, cada uma se dirigindo a algum lugar, onde a vida urgia. As árvores, imóveis e silenciosas, observavam tudo com infinita paciência. Na leitura, ele se sentira renascer, mas, quando olhava as pessoas ao redor, Stella voltava a visitá-lo e a vida, a apavorá-lo.

— Tende misericórdia de mim — disse, recordando Dante acuado entre as feras e a selva. — Tende misericórdia de mim — repetiu, mas não havia nenhum Virgílio disposto a ajudá-lo.

Deixou que o medo o engolisse em seu labirinto e que a selva o digerisse.

O celular de Margherita tocou.

— Quer ir ao curso de teatro comigo? — convidou Marta.

— Não sei representar, tenho vergonha.

— Ora! Hoje temos aula aberta, você vai só experimentar.

— E fazem o quê?

— Movimento no espaço, exercícios de confiança nos outros, impostação da voz, improvisação... Coisas assim.

— De confiança nos outros?

— É complexo demais para explicar. Venha e veja.

– Ok. Passo em sua casa?

– Perfeito! Até daqui a pouco.

Margherita lavou o prato de seu almoço solitário, desligou a televisão e foi até o banheiro escovar os dentes. Enquanto fazia isso e a espuma lhe beliscava a língua e as gengivas, viu a escova de dentes do pai. Ele a tinha esquecido. As cerdas estavam arruinadas. Margherita acariciou-as, como se fossem a pele áspera de seu pai, onde a barba crescia dura e forte. Pegou a escova e guardou-a no bolso. Aquilo lhe daria sorte.

Entrou no quarto. A mochila com os livros jazia inerte sobre a cama. Deveria fazer os deveres de casa. Depois, outra hora... A tarde estava fugindo e ela devia correr atrás. Saiu de novo à luz, dirigindo-se à casa de Marta, e a cidade desenrolou à sua frente novos caminhos, jamais percorridos.

Sobre o parquê, uns doze rapazes e moças, todos descalços, seguiam as instruções de uma mulher de pele claríssima. Convidava os jovens a se moverem livremente no espaço. Margherita começava a descobrir como os pés nus podem ajudar a pisar a terra com mais confiança, ainda que, assim, a gente se machuque mais.

– Abram os sentidos, *listen to your body* – repetia a mulher. Chamava-se Kim e era meio americana.

Margherita buscava o rosto de Marta, querendo explicações, mas Marta estava muito concentrada.

– Parem e mantenham os olhos fechados, balançando-se sobre os pés. Escutem a planta do pé em contato com a madeira. Sintam o cheiro dos objetos presentes na sala e o odor dos colegas ao seu lado. Escutem o fru-fru das roupas e o estalar do piso. *Feel everything you can.*

O exercício durou alguns minutos, e Margherita se espantou com o fato de que o tato e o olfato percebessem tantas coisas e de que ela os usasse tão pouco habitualmente.

– Agora abram bem os olhos e passeiem pelo palco. Fitem nos olhos todos os que vocês encontrarem ao longo do caminho, eles passam depressa. Perguntem-se que história escondem. Vocês estão em uma cidade fria, *very cold*... – disse Kim.

Todos os jovens tentaram então adequar sua caminhada àquela cena imaginária. Depois de tê-la desfrutado atentamente, deviam fazer desaparecer a realidade do momento, ou melhor, imergi-la nos elementos fantásticos que Kim sugeria. Lançavam mão de um recurso escondido e inesgotável, capaz de despertar memórias adormecidas e influenciar os sentidos, como se as coisas imaginadas tivessem realmente contornos, superfícies, odores.

Marta encolheu os ombros, fingindo sentir frio, e cruzou os braços. Um garoto franzino começou a esfregar as mãos e depois levou-as à boca para aquecê-las com o hálito. O parquê se transformara em uma rua acinzentada, com neve nas margens. As pessoas, com frio, tinham pressa de voltar para casa antes que os lampiões de fraca claridade laranja se acendessem.

Margherita se sentia um peixe fora d'água, envergonhava-se de abandonar seu corpo à imaginação. Marta passou por ela e fitou-a nos olhos, sem dar sinal de reconhecê-la, como se a amiga fosse uma desconhecida que circulava pelas ruas invernais de São Petersburgo, Praga ou qualquer outra cidade. Levou as mãos às orelhas, como se lhe doessem de tanto frio. Margherita espirrou, por causa da poeira levantada pelos pés deles sobre o palco.

– *Well done!* Alguém está pegando um resfriado, com este vento frio – comentou Kim.

Margherita sorriu e se deixou levar pelo jogo que, involuntaria-
mente, ela contribuíra para tornar real. Sentiu a embriaguez de se
alhear do mundo.

– Agora, o céu está cada vez mais branco e as nuvens parecem
um teto de gelo. A pele fica vermelha, os olhos começam a lacri-
mejar, o nariz a escorrer. Tentem sentir seu corpo no frio do inverno.
Não há folhas nas árvores. Tudo está petrificado pelo frio. Somente
as pessoas dão calor, nuvens de vapor se elevam de suas cabeças
e bocas.

Os jovens atuavam no ritmo da improvisação, e seus corpos
desgraciosos e imaturos encontravam uma harmonia desconhecida. Apoderavam-se momentaneamente das forças que explodem
na adolescência, e espantavam-se por poder guiá-las para onde pre-
feriam, sem ser subjugados por elas. Magias do teatro.

Margherita levou, como se quisesse cobrir o rubor típico dos
dias invernais, as mãos às bochechas, que lhe coloriam o rosto com
manchas vermelhas perfeitamente redondas, como aquelas dos
cartões japoneses. Viu folhas apodrecidas espalhadas sobre o palco
e sentiu o odor do musgo sobre as pedras enegrecidas pela névoa.
O esqueleto de uma árvore, uma nogueira, tentava arrancar do céu
algum segredo. Espirrou de novo.

Lembrou-se do pai, que lhe ajeitava a echarpe para proteger
também sua boca, em dias como aquele, e segurava suas mãos
dentro das dele para aquecê-la. Seu pai estava ali, com ela, de novo.
Seu corpo se transformou. Ao menos naquele palco, podia ser feliz.
Refugiou-se em um hipotético dia de inverno e na mulher que ela
ainda não era. Uma mulher feliz, em um dia branco de neve.

Certa vez, quando passeava com o pai, em determinado
momento ele se detivera, apontando-lhe os flocos de neve que

165

começavam a cair. Tentando reviver aquele momento, dirigiu o olhar para o alto, onde as luzes e o teto haviam sido substituídos por uma neve densa, que caía devagar. Deteve-se no meio daquele céu e estendeu as mãos em concha para apanhar uns flocos, enquanto, com o olhar, acompanhava-lhes lentamente a queda. Alguns jovens foram atraídos pelo gesto e pararam junto dela, olhando o céu e espantando-se com que estivesse nevando, a primeira neve daquele inverno imaginário.

– Agora, encontrem alguém que vocês conhecem, mas que não viam há muito tempo. A neve tornará esse encontro ainda mais inesperado e caloroso. *Amazing, astonishing...*

Os jovens se espalharam mais pelo pavimento, indo até os cantos. A neve descia cada vez mais copiosa e silenciosa, e o vento havia diminuído.

Margherita avançava lentamente ao longo do caminho, enquanto os flocos lhe pontilhavam as roupas. A lembrança se tornava mais nítida, a memória emergia segura da incerteza do passado e rea-florava como vida presente a si mesma. Por um instante, a jovem fechou os olhos e deixou que seu rosto fosse banhado por aqueles flocos imaginários. Quando os reabriu, um garoto estava à sua frente.

Ele lhe sorriu. Na luz fraca e branca daquele dia, os olhos claros se destacavam por um brilho frio e selvagem.

Margherita retribuiu o sorriso, descobrindo os dentes. Depois ergueu o olhar e, como se lhe seguisse o curso imprevisível, fez planar um floco sobre a ponta do dedo e o provou.

– Tem gosto de quê? – perguntou o garoto. Tinha uma voz clara e aberta que aqueceu o coração de Margherita.

– Nuvens – respondeu ela, depois de pensar um instante, levando o olhar para o alto.

— E como é? – perguntou ele, entrando no jogo.

— Experimente.

O garoto estendeu lentamente a palma para colher um floco. Este quase lhe fugia, então, ele precisou se inclinar e acompanhar aquele movimento aleatório, ao sabor do vento, adequando seu corpo enxuto e forte à levíssima queda. O movimento liberou o perfume dele. O floco se depositou em sua mão pouco antes de tocar o solo. Ele se reergueu e o levou à boca.

Margherita fechou os olhos e logo os reabriu.

— Tem razão – disse ele, a franja negra protegendo os olhos de gelo reluzente. – Como vai? – perguntou em seguida, como se os dois se conhecessem desde sempre.

— Bem. E você? – respondeu ela, paralisada por aqueles olhos, por aquela voz e pela neve que continuava a cair, densa.

— Faz tempo que procuro você – respondeu ele.

— Por quê?

— Você é que deve me explicar.

— Agora, espalhem-se para um novo exercício – gritou Kim.

Todos se afastaram. Margherita ficou no centro do palco, onde havia encontrado Giulio, que lhe deu as costas e desapareceu naquele fingido inverno teatral, até que o escuro dos bastidores o engoliu, como se ele tivesse entrado em um beco, recém-imaginado por ela ou por ele.

— Ei, você, *what's your name, baby?* – perguntou Kim.

— Margherita – respondeu Marta, orgulhosa. – É nova. Veio comigo.

— *Margherita, this is your cup of tea!*

— Marta me pediu para vir, eu avisei que não sou capaz... – defendeu-se Margherita, inconsciente do fato de Kim ter lhe dito justamente o contrário: "Esta é a sua praia", teriam sido suas palavras, se Kim falasse a mesma língua de Margherita.

– Você tem talento. Siga os outros: vamos começar um novo exercício.

Margherita ainda estava arrebatada por aqueles olhos: em um dia frio, uma criatura fantástica descera junto com a neve e lhe falara, e ela não conseguia distinguir entre aquilo que havia imaginado e aquilo que realmente acontecera.

Sentia calafrios. Sim, ele tinha falado com ela. Aparecera como os deuses da *Odisseia*, camuflado de humano. Marta, despertando-a do transe, colocou um braço em torno de seu pescoço.

– Parabéns! Ouviu o que Kim disse?

– Você conhece? – respondeu Margherita, que não estava escutando.

– Kim? Claro, ela é competentíssima... Até fez um monte de musicais!

– Não, aquele garoto...

– Qual? – perguntou Marta, procurando entre os atores.

– Não importa... O que você disse mesmo, sobre Kim?

– Ela é amiga de minha mãe e não erra nunca: disse que você tem talento. Tem certeza de que nunca atuou?

– Nunca. Apenas deixei acontecer.

Como assim?

– Não sei, são coisas que ninguém sabe...

E a única coisa que ela queria saber naquele momento era onde haviam ido parar aqueles dois olhos feitos de sutilíssimos sulcos azuis, semelhantes a rios nascidos de geleiras inalcançáveis, que afundam em um mar negro como uma pérola raríssima. Era insensato, mas sentia falta deles.

VIII

Eleonora também sentia falta de seu homem, quando, cansada após o dia de trabalho, foi buscar Andrea na casa da mãe. Andrea assistia a desenhos animados, e Teresa estava na cozinha. Vivia na cozinha, como se ali pudesse sempre preparar alguma coisa para levar o mundo adiante com a força das mãos. Estava cortando, com dedos leves, cenouras para algum ragu de carne e legumes.

Eleonora havia pousado a bolsa sobre a mesa e observava a mãe trabalhar com aquela sua infinita paciência, que lembrava a da natureza. Sua mãe, quando estava na cozinha, não tinha pressa. *A jatta prisciulusa fici i jattareddi orbi*, "A gata apressada fez os gatinhos cegos": sempre lhe repetia isso, desde que a filha era menina e terminava as tarefas com tanta pressa que elas não ficavam bem-acabadas. Buscava a perfeição entre as panelas e os temperos, os aromas e os gestos. Para Teresa, cozinhar não era questão de necessidade, mas de vida. Não correspondia à natureza, mas à civilização, e que civilização é essa que não tem tempo de cozinhar e compra comida pronta para esquentar no micro-ondas? Para Eleonora, a mãe lembrava a estranha cozinheira de um romance, que usava todas as suas economias a fim de preparar um almoço para os patrões, puritanos, sovinas e carrancudos com os amigos deles. Sua mãe era como aquela mulher: dava seu tempo aos outros, como se já não lhe importasse tê-lo para si ou como se tivesse um estoque infinito dele.

Eleonora seguiu o suave afã das mãos e se acalentou por um instante na lembrança dos *cannoli*, das cassatas, da *martorana*,* do *gelo di anguria*, do *biancomangiare*... que, quando ela era criança, se alternavam sobre a mesa ao longo das semanas, todos os domingos. Seus preferidos eram os *cannoli*: catava as gotas de chocolate na ricota para comê-las todas juntas no final. Era um momento de alegria para todos, despertava a parte divina da vida. Não havia punição mais terrível que ser deixada sem sobremesa: por causa de uma nota baixa, de uma resposta grosseira, de um capricho. Isso lhe dava a impressão de ser privada não de um simples doce, mas da melhor parte de tudo, no melhor dia da semana, o dia sem escola, o dia do passeio com seu pai, Pietro, o das brincadeiras. Aos domingos, em torno daquele doce, todos sorriam. Todos unidos. Era o dia dedicado a Deus, aquele Deus que havia tempos já não tinha lugar na vida de Eleonora, tão estranho e silencioso se tornara para ela.

— Como está, mamãe?

— *Comu voli 'ddio*, como Deus quer. E você, minha filha? — retrucou Teresa, enxugando as mãos no avental e aproximando-se.

— 'Estou preocupada com Margherita.

Teresa a fez sentar-se e colocou sobre a mesa um prato de biscoitos de amêndoa, em forma de S alongado. Sabia que o espírito, quando sofre, se esconde e só pode ser alcançado se você cuidar do corpo para que ele se cole de novo à alma.

Eleonora, reproduzindo um gesto que devia ter aprendido quando menina, pegou um biscoito, rápida como uma ladra,

---

* Docinho siciliano moldado em forma de fruta ou de legume. Adiante, *gelo di anguria*: espécie de pudim de melancia. O *biancomangiare* é um manjar-branco à base de leite de amêndoas ou de vaca. (N.T.)

levou-o inteiro à boca e se distraiu olhando para o vazio. Teresa silenciava. Havia aprendido a esperar. Anos de cozinha e receitas tinham-na ensinado a deixar que as coisas tomassem o próprio curso, que o levedo inflasse a massa no tempo necessário.

– Margherita não fala comigo, me afasta. Não quero perdê-la também, mamãe – disse Eleonora, com uma voz que sumia gradualmente.

– Por que você tem que se molhar antes da chuva? Onde ele está, minha filha? – respondeu Teresa.

– Não sei. Acho que na casa de praia.

– Em Sestri? – perguntou Teresa, arrastando as consoantes.

– Creio que sim.

– Você telefonou?

– Sim. No escritório, só a secretária eletrônica responde. Tentei o número de Sestri e ele atendeu, mas, quando percebeu que era eu..., desligou.

– *È inutili ca'ntrizzi e fai cannola, lu santu è di màrmuru e nun sura* – disse Teresa, quase sem se dar conta: "Não adianta fazer tranças e cachos, o santo é de mármore e não sua." O homem casto é imune às tentações de uma mulher atraénte.

– O que você disse?

– Que seu marido tem outra.

Eleonora ficou sem palavras, mas não conseguia odiar a mãe, ainda que esta tivesse dito a coisa que ela mais temia.

– Do contrário, por que ele deixaria *una biedda comu a tia,* uma mulher bonita como você, minha filha? Onde vai encontrar outra igual? – indagou Teresa, abraçando a filha e beijando-lhe os cabelos. – Por que não vai procurá-lo?

– Ele vai embora sem dizer nada, e, ainda assim, eu vou procurá-lo?

– Quanto orgulho... Se quiser que ele volte, você deve tentar de tudo.

– Não, mamãe. É ele quem deve voltar e pedir desculpas pelo que fez. Imagine se tiver mesmo outra!

– Minha filha, por que você não compreende? – disse Teresa, acariciando-lhe os ombros.

– O que há para entender, mamãe? Ele foi embora sem dizer nada, me deixou sofrendo. Ele me abandonou, mamãe! E, junto comigo, abandonou os filhos!

– Filhinha, você tem razão, mas me escute. Eu fui casada por mais de cinquenta anos e nunca duvidei de meu marido. Sabe por quê?

Eleonora ficou em silêncio.

– Um homem escolhe uma mulher, e vice-versa, na esperança de que, no mundo, exista pelo menos uma pessoa que seja capaz de perdoar tudo que o outro faz, ou que, pelo menos, tente. Existe pelo menos uma pessoa capaz de perdoar a outra. Você não sabe quanto eu sofri em meu casamento, minha filha. Quanto seu pai teve que me perdoar... E quanto eu tive que o perdoar. Pietro era sempre gentil e galante com todos e todas. E eu tinha ciúme, às vezes queria lhe arrancar os olhos. Deviam ser só meus. E também, de vez em quando, ele tinha o vício de jogar baralho, e eu não gostava, sobretudo quando me deixava sozinha à noite. Dessas coisas, eu não sinto a menor falta. É dele que sinto falta. – Fez uma pausa. – Também tive que perdoar isso...

– Como assim, mamãe?

– Depois que ele morreu, durante meses não o perdoei por ter me abandonado, me deixado sozinha. Fiquei *nivura*, roxa de raiva... Não queria nem ver a cara dele, peguei todas as suas fotos, guardei em uma caixa e a joguei no fundo de um armário.

– E depois?

– Depois, um dia, não consegui mais me enfurecer com o homem que amo, a lembrança mais feliz de minha vida. Aquela raiva me deixava ainda pior, mas estava tão no fundo de meu coração que eu não sabia como a expulsar.

– E então?

– Peguei a caixa das fotos e olhei uma a uma, demoradamente...

Eleonora ficou em silêncio. A mãe, sentada diante dela, havia lhe segurado a mão e a acariciava, como se precisasse de ajuda para confidenciar aqueles fatos.

– E quando vi os olhos, os cabelos, os ombros dele... *Ch'era bieddu!* Um cavalheiro, que me tratava como rainha. Lembrei-me de uma vez em que vi um casaco lindíssimo em uma vitrine do centro. Custava 118 mil liras. Fiquei olhando sem parar. Quando contei, ele me disse: "Mas Terè! Por que *nun te l'accattasti*, por que não o comprou?" Era capaz de me presentear o mundo todo, mesmo sem dinheiro. Então, a raiva desapareceu, desabou como a camada de reboco passada sobre a pintura daquela velha igreja rural onde íamos assistir à missa nos domingos de verão... Ao olhar as fotos, senti que a raiva ia embora por conta própria, e recordei cada detalhe: o lugar, o clima, o que ele tinha feito antes, o que eu tinha dito, até *u ciavuru*, o cheiro, das plantas ou dos aposentos... Aqueles momentos permaneciam intactos, e nada, nem mesmo o tempo, podia tirá-los de mim. Ele estava ali comigo e, morrendo antes, havia se poupado de sofrer como eu estava sofrendo. E isso me alegrou, que ele não sofresse como eu. Então, eu o perdoei. Perdoei-o por ter morrido. Bem, são coisas antigas...

– Mamãe, isso se chama elaborar um luto...

– Minha filha, eu não sei como se chama. Sei é que nunca deixei de sofrer pela morte de meu marido. Isso me daria a sensação de estar morta também. A dor foi a forma de amor que me restou. Só agora eu entendi, embora tenha ficado um pouco *stolita*, aboba-lhada...

Eleonora segurou a mão da mãe entre as suas, como uma concha que se fecha delicadamente para se proteger do ataque do predador.

– Está disposta a perdoá-lo, minha filha?

Eleonora fitava a mãe nos olhos e não tinha coragem de dizer nada.

Nesse momento, Andrea entrou na cozinha.

– Acabou o desenho animado.

Eleonora soltou a mão da mãe e acolheu o filho sobre os joelhos. Ele a abraçou.

– E que tal?

– Era bonito, porque o mago que é bom derrota o mago que é mau.

– Por que é mau? – perguntou Eleonora, com a gravidade que os adultos assumem com as crianças quando elas falam sério.

– Porque faz coisas ruins.

– Como assim?

– Não sei. Ele só sabe fazer isso. Talvez a mãe não tenha ensi-nado a ele as coisas boas.

– Tenho um molho fresco, feito com os tomates que a senhora Franca me traz e *u basilico mio*, meu manjericão – disse Teresa, mos-trando à filha um gigantesco frasco de vidro.

– Obrigada, mamãe.

Eleonora a abraçou e se deixou abraçar. São necessários quatro abraços por dia para sobreviver, oito para viver e doze para crescer.

Eleonora so recebera dois, e se sentia melhor, mas ainda não bastavam.

Terminado o ensaio, a tarde ainda reservava algumas surpresas, a julgar pela luz que pintava as fachadas das casas e ricocheteava sobre o teto dos carros. Margherita se despediu de Kim com a promessa de que voltaria. Marta assentia, satisfeita.

– Eu não disse que você ia se divertir?

– Obrigada, Marta. Provavelmente, o horóscopo também dizia...

– Vamos ver se está aqui! – respondeu Marta, mexendo nos bolsos da calça vermelha.

– Deixe, eu estava brincando! – disse Margherita abraçando-a, e sentiu que se encaixavam como uma peça de quebra-cabeça uma na outra. – O que você vai fazer agora? – perguntou, soltando-se do abraço.

– Vou para casa. Termino os deveres e depois tenho que dar uma ajuda com as gêmeas.

– Sorte sua!

– Quer trocar?

– Acho que não lhe convém... – respondeu Margherita, séria.

Ficaram em silêncio. Marta não sabia o que dizer.

– Eu também vou para casa, se é que ainda existe... – disse Margherita.

– Bom, então a gente se vê amanhã. Os ensaios são duas vezes por semana, das três às cinco.

Margherita beijou Marta na bochecha, com um estalido ridículo. Quando se afastava, um inseto pousou em seus lábios semiabertos. Margherita deu um grito de nojo.

Marta caiu na gargalhada e, entre soluços, disse:

— Sabia que, ao longo da vida, uma pessoa engole, em média, dez aranhas e uns setenta insetos?

Margherita cuspia ao redor, esfregando a boca com as costas da mão, como se a peste a tivesse beijado.

— Você se antecipou... — reforçou Marta, entre as lágrimas de riso.

— Idiota! Talvez me dê tétano, sei lá... — E também começou a rir, como se ri nessa idade, até as lágrimas, quando a gente ri por qualquer coisa. Os transeuntes as observavam, intrigados, talvez um pouco invejosos.

Despediram-se de novo.

Margherita estava feliz. Tinha descoberto uma paixão da qual não suspeitava: a paixão pelo teatro. Em apenas duas horas, havia sido capaz de imaginar um mundo em ordem, no qual podia viver e se sentir bem. Havia estreitado a amizade com Marta, que, mais que uma amiga, era a irmã que ela sempre desejara. E também havia fitado nos olhos aquele garoto, que a procurara, seguira, encontrara. Olhou para o céu, e a vida lhe pareceu um estranho equilíbrio entre o que nos tiram e o que nos dão: nada se destrói, tudo se transforma, como aprendera com a professora de ciências no segundo segmento do fundamental. Talvez fosse verdade, quem sabe?

Não queria voltar para casa e remover toda a alegria que se grudara nela, mas, ao mesmo tempo, precisava contá-la a alguém, para poder vigiá-la melhor. Então, mudou de rumo e se dirigiu à casa da avó e, enquanto a luz de fora se misturava à de dentro, repetia para si mesma a frase daquele garoto: "Você é que deve me explicar."

Assim é o amor. Começa com um mistério, e a resposta a dar a esse mistério é o segredo de sua duração. A luz obscura daquele mistério abraçava tudo, e ela, pela primeira vez desde quando o pai fora embora, não se sentiu sozinha.

O professor estacionou a bicicleta sem prendê-la, não havia necessidade. Dona Elvira estava varrendo o pátio.

— Que cara é essa?

— Cansado...

— Cansado — repetiu a Minerva, como costumava fazer quando fingia compartilhar um ponto de vista alheio, esperando invertê-lo na frase seguinte. Apoiou-se na vassoura e acrescentou: — Faz tempo que não vejo Stella. Como vai ela?

— Bem, bem... Anda muito ocupada com a livraria neste período. A senhora sabe, com o início das aulas...

— Sim, é verdade, as aulas... — repetiu ela, e acrescentou: — Mas quando você vai desposá-la?

— Como assim...? Fizeram uma lei que me obriga a me casar? O casamento, afinal, é um tédio...

— Bom, é melhor se entediar acompanhado que sozinho... — respondeu a zeladora, e continuou a varrer.

— Minha joia! — cumprimentou a avó, abrindo a porta para Margherita, que se lançou a seu pescoço e farejou seu perfume antigo e simples.

— Sua mãe acabou de passar por aqui e achava que encontraria você em casa. O que está fazendo aqui? — perguntou Teresa.

— Que em casa, que nada. Hoje não tive escola, porque foi alagada. Então nosso professor de letras deu aula no parque, ao ar livre. E depois fui ao curso de teatro com minha amiga, Marta, e Kim disse que eu sou ótima. Gostei demais. E também, durante o ensaio, aconteceu uma coisa linda... — disse Margherita em um fôlego só, espumando como uma garrafa de champanhe recém-destampada.

– Você está apaixonada – concluiu a avó, sem a deixar terminar a frase e apontando para os biscoitos sobre a bancada, que ainda emanavam o perfume de amêndoa e canela.

– Ora, que é isso... – respondeu Margherita.

– Quando uma mulher diz muitas coisas bonitas ao mesmo tempo, é porque está apaixonada. Eu sei disso... *Nun c'è sàbbatu sinza suli, nun c'è fimmina sinza amuri*: não há sábado sem sol, não há mulher sem amor – reiterou Teresa.

– Não sei. Só sei que, quando fazíamos os exercícios de improvisação, apareceu um garoto lindo, você devia ver que olhos, vovó. Eu o tinha visto na escola no primeiro dia, e hoje ele me disse que estava me procurando havia tempos e queria que eu explicasse por que, mas depois desapareceu – contou Margherita.

– Topa me ajudar a preparar a ricota para os *cannoli*? – perguntou a avó, sabendo que, de certas coisas, a gente consegue falar melhor se as mãos estiverem ocupadas. – Então, me *cunti* como é esse sapo a ser transformado em príncipe... – disse, rindo.

– Tudo bem!

Teresa preparava os ingredientes necessários: ricota fresca, açúcar, lascas de chocolate, e Margherita deslocou do centro da mesa uma baciazinha de vidro cheia de água. Na superfície, boiavam flores alvas que, gradualmente, partindo da borda das pétalas para o centro, tornavam-se de um amarelo-açafrão, como se o sol tivesse se escondido dentro delas.

– *Pomelie*, ou *plumerie*, jasmins-manga, como as chamam aqui no Norte – disse a avó, indicando-as com as sobrancelhas, pois as mãos já estavam muito ocupadas. Eram flores que inebriavam, como a maior parte das coisas que ela contava sobre sua terra.

Teresa abriu no centro da forma de ricota uma cavidade na qual Margherita derramou um pouco de açúcar. A avó misturava aquilo com um garfo, amassando o creme de alto a baixo e deixando que ele fluísse como pétalas brancas através das fissuras do talher.

– Quando eu era menina, ficava *stupitiata*, encantada, ao olhar a árvore da qual vêm estas flores. Tínhamos uma no jardim da casa em frente ao mar, onde nos refrescávamos à tardinha. Era chamada de árvore dos ovos – recordou a avó.

– Por quê?

– *Un' atr' anticchia*, mais um pouquinho – pediu a avó, apontando o açúcar, e Margherita obedeceu. – Chega, agora pegue um garfo e me ajude...

Margherita começou a amassar também.

– Porque a flor era protegida por uma casca de ovo.

– Cresciam cascas de ovos na árvore?

– Não, não, minha joia. Isso era o que eu achava. Na realidade, guardávamos as cascas dos ovos que consumíamos e depois revestíamos o botão ainda tenro com aquela casca, pelo tempo necessário para que crescesse e se fortalecesse, a fim de que o sol e o siroco não o queimassem. Sol e siroco queimam tudo. Depois, a casca se rompia e dela saía uma esplêndida flor perfumadíssima, branca e amarela como os ovos...

– A árvore dos ovos...

– Sim... Eu era *picciridda* e acreditava em tudo. Meu falecido irmão tinha me contado que aquela árvore fazia ovos como as galinhas, mas dos galhos saíam flores, não pintinhos.

– E você acreditou?

– Na minha terra, tudo é possível, sobretudo quando você é *picciriddu*. Quando vejo jasmins-manga no florista, não posso deixar de comprar. É mais forte que eu. Isso me devolve à infância e ao período de noivado com seu avô... Mas, e então, vai me falar desse garoto? Como se chama? – perguntou Teresa, interrompendo o fio das recordações.

– Não sei. Ele não me disse. Mas por que essas flores lhe recordam o noivado com vovô?

– Você se apaixonou sem sequer saber o nome dele. Estamos indo mal. Amasse mais, o açúcar deve desaparecer!

A avó continuava a misturar a ricota com o açúcar, que haviam se transformado em um creme mais homogêneo, mas ainda granuloso.

– Como se faz para reconhecer o amor verdadeiro, vovó?

– Ah... *Na làstima... na fevre... na scossa 'ntu cori...*: uma dor, uma febre, um abalo no coração – suspirou Teresa, e, depois de dar pausa, prosseguiu: – Os homens são como os *melloni* vermelhos. – Pronunciava a palavra com dois *ll* e um *o* arrastado, porque, em sua terra, as pessoas não distinguem entre melancia e melão, mas entre melão vermelho e melão branco.

– E daí? Você não consegue me dar uma resposta sem falar de coisas de comer?

– Senhorita, eu só sei falar *accussì*... – fez a avó, fingindo-se ofendida.

– Tudo bem, fale assim, mas explique!

– Quando você compra um melão, não sabe se está bom, vê apenas a casca verde e o tamanho. Mas existem dois modos para saber se está bom.

– Quais?

– Primeiro, você *tuppulii* em cima.

– O quê?

– Bate nele, dá uns cascudos. Se fizer um belo som, cheio e compacto, então não está esponjoso, que é a pior coisa.

— E o segundo modo?

— Depois, você faz um buraco e tira um pedaço, que vai da casca até o miolo, e experimenta. Isso serve para ver se está doce, porque, depois de um melão esponjoso, não há nada pior que um melão sem sabor. Só serve para lavar a cara com ele, ou então fazer o *gelo*...

— O *gelo*?

— Sim, uma espécie de pudim.

— E o que isso tem a ver com o amor?

— Como assim, *che ci trasi?* Primeiro, você deve ver se uma pessoa *c'ave a testa*, tem cabeça. *Tuppulii* nela e vê se é sólida. Se *c'ave a testa* esponjosa, *lassa pirdiri*, deixe para lá. Depois, deve ver se *c'ave u core*. Tem que fazer um buraco que, da casca, que pode até ser belíssima, mas não basta, chegue ao coração, para descobrir se é doce até o fundo. Existem muitos que têm casca boa, mas coração sem sabor, ou até podre...

— Entendi... E você escolheu o vovô Pietro assim?

— Claro! Melão de primeira qualidade. Cabeça sólida, era inteligentíssimo, e coração doce, como poucos! E também a casca era especial.

Margherita começou a rir.

— Pode pegar a nata que está na geladeira?

— Nata?

— Sim, é o ingrediente secreto. Um pouco de nata torna o creme mais macio e compacto. Evita que fique muito granuloso e que o açúcar se separe da ricota... — respondeu a avó, continuando a trabalhar pacientemente o creme de ricota e açúcar, consciente de que o verdadeiro segredo era aquele movimento infatigável do cotovelo. — Só um longo *travagghio* torna perfeito o creme dos *cannoli*. *Càliti jiunciu ca passa la china.*

– O quê?

– Nada... Inclina-te, junco, que a cheia vem aí... É um modo de dizer que a gente precisa de muita paciência. Sobretudo no amor.

– Mas, e então, vovô e os jasmins-manga?

– Na beira-mar, onde passeávamos até chegar à igreja de Santa Maria dello Spasimo, que parece ter o céu no lugar do teto, tomávamos uma *granita** de limão ou de café, com brioches, e, olhando o mar, nós nos roubávamos uns beijos, mas rápido, hein, porque, do contrário, não ficaria bem. Por ali, passavam vendedores com pequenos ramalhetes, que se chamavam *sponse* e eram de jasmins e jasmins-manga entrelaçados. *U ciavuru*, o cheiro daquela almofadinha branca e amarela entrava nariz adentro. Seu avô me comprou uma *sponsa*. Era o sinal de que um dia ele me desposaria e eu usaria um vestido da cor daquelas flores...

– O que significa *sponsa*?

– Esponja...** As flores eram fixadas em uma esponja úmida que as mantinha frescas e conservava *u ciavuru*.

Margherita cheirou o cálice do jasmim-manga. Por que as flores mais perfumadas são brancas? Naquele perfume, sentia-se o eco da infância da avó e seus sonhos de esposa. Margherita também crescera dentro de uma casca de ovo, que agora se despedaçara, mas muito depressa e violentamente. A flor ficara exposta ao sol e ao siroco, que queimam tudo.

– Bom, mas e esse príncipe misterioso? É um melão de qualidade, ou só serve para fazer *u gelo*?

– Não sei nada. Só sei que ninguém nunca me olhou do jeito como ele me olhou.

---

* Espécie de sorvete granuloso. (N.T.)

** Na verdade, *sponsa* é "esposa" em latim. (N.T.)

– Mau sinal. A situação é *marusa*... – comentou a avó, irônica, comparando o enamoramento ao mar que sobe e desce, como bem quer.

– Por quê? – perguntou Margherita, séria.

– O que derruba a gente é o olhar de um homem.

– Achei que ele via em mim alguma coisa que eu nunca vi.

– Seu umbigo.

– Vovó! Que história é essa? O que o umbigo tem a ver?

– Minha joia, o amor é feito de carne. O homem deseja a mulher e a desperta: ela se sente querida, amada. Quando um homem toca uma mulher, toca-lhe a alma. Nem todos os homens chegam a sentir a alma sob os dedos. Alguns *vastasi*, grosseirões, ficam só na casca. Uma carícia na pele de uma mulher é capaz de lhe alisar a alma, e um tapa, de despedaçá-la... E, também, do umbigo parte aquele fio ao qual está ligada a vida, aquela corda que não se rompe nunca... E um homem sempre se agarra a ela.

Margherita corou. A avó continuava a amassar a ricota.

– Mas, vovó, eu me referia ao fato de que o jeito como ele me olhou era novo. Parecia que estava me vendo além de mim mesma. Como se acreditasse em mim mais do que eu...

– Eu entendi, minha joia. Não sou tão *stunata* assim, tão tonta. Mas os homens são mais simples que as mulheres. Quando têm sorte, encontram a mulher que os faz se tornarem homens.

– De que jeito?

– Faz com que se tornem pais. Dá a eles a possibilidade de... Preciso de uma pitada de canela – disse a avó, depois de provar a ricota.

– A possibilidade de...?

– Não fica bem, Margherita. Você sabe essas coisas... – respondeu a avó.

– Não, ninguém me explica – respondeu Margherita, com uma pontinha de malícia.

– Coisas... coisas... do mundo da lua...

A avó, que usava essa expressão para indicar algo bizarro e inaudito, permaneceu em silêncio, esmagando com mais força o creme dos *cannoli*.

– Como era beijar o vovô?

– Mas que pergunta é essa, minha joia?

– Primeiro você me fala de umbigo e depois... Quero saber! Quando ele a beijou pela primeira vez?

– Durante um passeio no jardim de *zagara*.

– O que é isso?

– Um laranjal. *Zagara* é a flor de laranjeira.

– Como ele fez?

– Você é mesmo impertinente, minha joia...

– Vamos, diga...

– Estávamos andando lado a lado, olhando o caminho à frente. Ele me contava mil histórias. Sabia muitas... De vez em quando, parávamos para falar e, em vez de olhar à frente, nos *taliavamo* nos olhos. As pausas eram mais longas e as palavras, mais raras. Os olhos se procuravam lá dentro, procuravam aquilo que todos os apaixonados procuram e não sabem o que é...

– E depois?

– Depois ele arrancou uma flor de laranjeira e a cheirou. Aproximou-a de minha boca e me fez *ciarare*.

– *Cia*... o quê?

– Cheirar... E depois a enfiou entre meus cabelos. Aproximou-se para cheirar mais e seus lábios me roçaram a testa. Senti o hálito dele sobre a pele. "Como você é *duci*, Teresa...", ele me disse.

– E você?

— Nada. Fiquei *alloccuta*, abobalhada... Ele disse *Teresa* com uma doçura que eu nunca tinha escutado, nem mesmo de meus pais. E depois me beijou.

— E como era?

— Agora chega, que coisas você me faz contar...! Coisas vexaminosas. Se sua mãe souber... — disse a avó, com relutância fingida.

— Dê o chocolate para mim. Coloque uns *pizzuddu* no creme, uns pedacinhos, em vez de comê-lo todo... como sua mãe faz!

Margherita, flagrada dissolvendo as doces lascas entre a língua e o palato, obedeceu. A avó continuava a trabalhar com o pulso e o cotovelo. O creme havia assumido uma consistência nívea e compacta, e a canela o deixara com uma leve cor de âmbar.

— Ora, vovó, vamos, conte... Como é um beijo?

— Minha joia, o que eu sei é que nós buscamos a vida. Nossa respiração não nos basta, e queremos a de outra pessoa. Queremos respirar mais, queremos toda a respiração de toda a vida. Em minha terra, as pessoas que a gente ama chamam isso de *ciatu mio*: meu fôlego. Diz-se que a pessoa certa é aquela que respira no mesmo ritmo que o seu. Assim, os dois podem se beijar e ter mais fôlego...

A avó começou a cantar, tomada por alguma recordação antiga:

Cu' ti lu dissi a tia nicuzza,
*lu cori mi scricchia, a picca a picca a picca a picca.**

---

* Tradicional canção siciliana. "Quem te disse, pequenina, meu coração se aperta aos poucos, aos poucos, aos poucos." Adiante: "Ai, ai, ai, eu morro, morro, morro, morro, hálito de meu coração, meu amor és tu." (N.T.)

– Quero ver sua casa em frente ao mar, vovó. Nas coisas que você conta, tudo parece maior, mais verdadeiro, cheio de sabor...

– Um dia você a verá, agora é muito cedo – respondeu Teresa com um suspiro.

– Por quê?

A avó recomeçou a cantar:

Ahj, ahj, ahj moru moru moru moru,
ciatu di lu me cori l'amuri miu sì tu.

– Afinal, você está me ouvindo? – sussurrou Margherita, e Teresa fingiu que não:

– Mas, enfim, e o príncipe-sapo?

– É estrábico, babão e fedorento.

– Então, você deve mesmo transformá-lo!

Riram.

– Ele tem olhos cheios de coisas, vovó. Dão vontade de ver cidades e paisagens ao mesmo tempo. Tem cabelos negros, longos, que descem pela testa e cobrem uma parte do rosto. A pele é clara, lisa. Tem mãos lindas, elegantes, ágeis, e uma voz... É misterioso, podia falar logo comigo e, no entanto, primeiro me observou, me seguiu e depois me falou sob a neve, recolhendo um floco junto comigo. Imaginou como eu, sentiu o que eu sentia. E depois me fitou, vovó. Mas ele é grande, acho que está no quarto ano. – Margherita não desprezou nenhum detalhe, tão prodigiosa é a memória das mulheres ao recordar as minúcias nas quais o amor se promete.

– Parece um melão de qualidade... – sorriu a avó, sem mais comentários. – Aqui está, prontinho. *Ci vol'assai*, é preciso muito para fazer muito! – sentenciou, satisfeita, estendendo uma colherinha a Margherita, que, no entanto, já mergulhara um dedo inteiro no creme. – Bagunceira! – disse Teresa. Meteu dois dedos no creme e o espalhou no rosto da neta, que caiu na gargalhada, como fazem as crianças.

– Depois, você tem que me contar a primeira vez que... – começou Margherita, entre risos, e ficou vermelha.

– A primeira vez, como assim?

– Aquela coisa...

– Qual?

– Ora, vovó, você entendeu...

– As coisas têm um nome. Você não deve se envergonhar delas. Deus fez somente coisas boas, embora a gente as arruíne...

– Que vocês fizeram amor... – disse Margherita, de um fôlego só.

– Isso é assunto meu. Minha primeira noite de esposa é coisa minha e só minha.

– Ora, vovó, se você não me explicar, a quem eu posso perguntar? À mamãe, não vou perguntar nunca...

– Você está crescendo depressa demais, minha joia... – sorriu a avó, e lhe fez uma carícia.

– Promete?

– O quê?

– Que me conta...

– Agora você tem que ir embora, sua mãe deve estar preocupada...

– Em sua opinião, papai e mamãe tinham a mesma respiração? Ou se enganaram?

– Acho que eles têm. Sempre existem sombras em um casal. Com Pietro, de vez em quando, havia palavras... Mas, quando *scurava*, tudo tinha sumido...

– Quando... o quê?

– Quando escurecia, quando o sol se punha. Agora, talvez a vida seja mais difícil..., sua mãe e seu pai..., a vida os levou a ter ritmos diferentes, e eles já não conseguem respirar juntos...

- E como é que se faz?

– Eles precisariam de um pouco de *svarìo*, de fantasia... Precisam se reencontrar. Recuperar suas respirações... Como quando eram namorados.

– E como é que se faz?

– Faça seu pai voltar, Margherita. Nesse momento, ele precisa mais de você que de sua mãe. Você é a respiração comum deles dois, *tu sì u ciatu*!

Margherita se aproximou da avó e lhe enfiou entre os cabelos prateados o jasmim-manga que havia cheirado antes. Abraçou-a e banhou-lhe as faces de gratidão. E de medo.

No jantar, Margherita engoliu toda a felicidade que havia mastigado e a escondeu no estômago, não deixando espaço para mais nada. Fingiu comer alguma coisa, porque não queria que a mãe estragasse aquele pouco de magia que entrara em sua vida.

– Como foi a aula de teatro?

Margherita a encarou, franzindo a testa:

– Quem lhe contou?

– Dias atrás, falei com a mãe de Marta, e ela me disse que queria lhe sugerir ir junto com a filha...

– E o que você respondeu?

– Que, por mim, tudo bem. Fico contente que você vá – disse Eleonora.

– Ah.

– Mas podia me contar...

– Tive medo de que você não quisesse.

Eleonora se escondeu atrás de um copo d'água.

– O que fizeram?

– Nada importante.

– E você gostou?

– Sim.

– De que, em particular?

– Dos exercícios.

– Exercícios, como?

– Exercícios.

A conversa definhava em monossílabos e impaciência, mas, por sorte, Andrea se intrometeu:

– Mamãe, por que o mar é azul?

– Hein?

– Sempre que eu tenho que desenhar o mar, preciso de muito azul e devo apontar o lápis muitas vezes – acrescentou Andrea, para explicar o motivo de sua busca metafísica. Por muito tempo, estivera convencido de que todas as coisas, das árvores às nuvens, tinham sido feitas pelo avô. Haviam lhe dito que Pietro estava no céu, e ele pensava que o avô dispunha de equipamentos especiais: pincéis, martelos, chaves de fenda enormes. Mas aquela explicação começava a se enfraquecer.

– É azul porque o céu o usa como espelho para se olhar – interveio Margherita.

– Então, quando o céu está de outra cor, eu tenho que fazer o mar dessa cor?

– Sim, um pouco, sim.

– Vamos, Andrea, coma, a carne ainda está toda em seu prato. E você também, Margherita...

– Mamãe, por que o coração bate? – perguntou o menino.

– Que pergunta é essa, meu amor? Ele bate porque deve impelir o sangue por todo o corpo, é como um motor.

– E por que não para nunca?

– Porque senão... – Eleonora procurava a palavra adequada.

– Senão, a gente morre – completou Margherita, seca.

– Por que a pessoa morre? Para onde vai depois?

Eleonora e Margherita ficaram em silêncio, em busca das respostas para aquelas coisas que ninguém sabe, mas que, pelo menos, temos coragem de perguntar quando somos criança.

O silêncio cheio de expectativa foi quebrado mais uma vez por Andrea:

– Por que o papai não volta?

Ninguém respondeu.

Naquele entardecer, Giulio estava amigável como não acontecia havia semanas. Deteve-se para conversar com o voluntário a quem tratara mal na vez anterior.

– Por que você faz isso, Franky?

– Isso o quê?

– Vir aqui, de graça.

– Porque me convém.

– Como é que lhe convém fazer uma coisa de graça?

– Parece um modo de restituir o que eu recebi da vida.

– A vida não está nem aí para você.

– Não é verdade. Quando a vida nos trata bem, nós nos sentimos levados a agradecer, dando um pouco de tempo a quem foi menos afortunado.

– Tipo eu.

— Não foi o que eu quis dizer...

— Mas disse. E é verdade: eu não tive o que todos têm. Por isso, estou aqui. Não tive uma família. Não tive uma mãe que me fizesse um bolo de aniversário. Não tive um pai que me desse a camisa do Inter.

— Bom, essa aí não é grande coisa... — sorriu Filippo, que tinha luminosos olhos claros.

— Mas o problema nem é esse... — respondeu Giulio, ignorando a brincadeira.

— E qual é?

— Não saber *por que* eu não tive tudo isso.

— Você foi desafortunado, Giulio.

— Não, não me venha também com essa conversa! — disse Giulio, levantando a voz, apertando os punhos e socando o ar. — Vocês têm que parar de dizer besteira. Eu não fui *desafortunado*. Eu fui *abandonado*. É diferente. Entende? Um desafortunado perde as coisas por falta de sorte, não por escolha. O desafortunado não tem culpas. Eu, sim.

— E quais seriam? — perguntou Filippo, seco, sem se esquivar.

— Se sua mãe o abandona, é porque você causa aversão. Nenhuma mãe, nem mesmo a mais desesperada, abandona seu filho. Uma mãe é sempre mãe. Você tem mãe?

— Tenho.

— E pai?

— Sim.

— Então, o que sabe sobre mim? Sobre a falta de sorte? Vocês são todos muito competentes para dar lições...

Filippo se aproximou, pousou a mão sobre o braço dele e disse:

— Tem razão, eu não sei nada. Mas estou aqui. Se achar que lhe convém, aceite o que a vida lhe deu. Do contrário, mantenha sua raiva e espalhe-a sobre tudo e todos.

Giulio se soltou e o encarou diretamente, apertando os lábios. Seus olhos brilharam, frios. Filippo o fitava, sem desviar o olhar.

— Quer um cigarro? — ofereceu Filippo.

— Sim.

— Essas conversas são muito chatas sem um pouco de ar fresco — acrescentou Filippo, estendendo-lhe o maço.

Saíram, e Giulio acendeu o cigarro.

— Você pode dar, porque recebeu.

— Você também pode, Giulio.

— Eu só sei tomar, roubar.

— Não é verdade... Mas, da próxima vez que você pegar meu carro, vou lhe dar tantos tapas que sua cara vai ficar vermelha.

— Não tenho nada para dar.

— E esse bate-papo? Não é uma coisa que você está me dando? Você está me dando sua raiva, sua dor.

— Belo presente.

— O mais belo, porque eu sei quanto lhe custa. O que importa na vida é como você convive com a dor, o que faz com ela. E se consegue manter intacto um pedacinho de alma, enquanto luta.

— Por que você se importa comigo? Já fez sua boa ação hoje, Deus lhe quer bem. Agora você pode até ir para casa.

— Você tem mesmo que desconfiar de tudo?

Giulio se calou e observou as mãos de Filippo, que estavam relaxadas: uma segurava o cigarro, enquanto a outra se apoiava na bochecha. Depois acrescentou:

— Desconfiando, a pessoa é menos sacaneada.

– Já se apaixonou alguma vez, Giulio?

Giulio ficou em silêncio e, por um instante, apareceram-lhe os cabelos negros e os olhos verdes de Margherita.

– Quando lhe acontecer, você vai parar de desconfiar.

– Por quê?

– Nem você mesmo saberá a razão, mas confiará em alguém mais que em si mesmo. Escolherá conscientemente correr o risco de ser tapeado, de sair perdendo.

Giulio pensou em Margherita: gostaria de lhe entregar a própria vida, colocá-la nas mãos dela e pedir-lhe que a custodiasse e a levasse aonde quisesse. Sua vida estaria mais segura nas mãos dela.

– Você se engana, se pensa que as alegrias da vida vêm sobretudo das relações entre as pessoas. A felicidade está na solidão. Você confia tanto assim em alguém, a ponto de decidir se deixar tapear? – perguntou Giulio.

– Em minha namorada. Meus pais. Meus irmãos. Deus.

– Deus não existe.

– O que faz você pensar assim?

– Tudo está errado, é um inferno. Se Ele existe, é um Deus sádico...

– Ou fraco.

– Sim, fraco. Que Deus é esse, um Deus fraco?

– Um Deus que deixa a gente livre.

– Eu preferiria um Deus forte, se não for possível dispensá-lo.

– Não sei por que certas coisas acontecem, temos que aceitar os mistérios de Deus. O fato é que os homens são livres, e são eles que escolhem o bem e o mal, com suas ações.

— Conversa fiada para se consolar quando as coisas andam mal. Por que ele me fez nascer se depois eu seria abandonado?

— E você acha que com Cristo as coisas correram melhor?

Giulio se lembrou do afresco da igreja vizinha ao parque. Pelo menos, aquele lá tinha mãe.

— Mas ele não se parece comigo...

— Nem eu. No entanto, outras pessoas aprenderam a amá-lo no lugar de seus pais. Esta é a única regra de Deus: a de que tudo o que nos acontece, bonito ou feio, gera um amor maior, mas isso não cabe a nós decidir.

— Deus nunca me deu a mínima.

— Mas a mim, sim. Fale comigo, e depois eu falo com ele.

— E vai dizer o quê?

— Que você está com raiva dele.

— E ele?

— Ele me escuta.

— Como é que você sabe? Ele lhe manda um e-mail, um torpedo?

— Ele me manda alguém como você...

— Belo presente...

Filippo apoiou a mão no ombro de Giulio.

O rapaz permaneceu um momento com o olhar perdido no vazio e as mãos nos bolsos.

— Você é estranho, Franky... Tem disposição. Mas vem com umas conversas estranhas — disse, pouco depois.

— E você é um cara legal, Giulio. Tem disposição para escutar essas conversas.

*   *   *

Quando a noite já colocara todos na cama e a Terra chamava os filhos para seu berço, Margherita abriu a gaveta onde estava conservado o passado: em uma lata vermelha ficavam as cartas de seus pais, do tempo em que eram namorados. Sua mãe as reunira e guardara todas. E, organizados em caixinhas retangulares, os slides que seu pai gostava de olhar durante os longos serões de verão. Também tirou de uma caixa de papelão o velho projetor Kodak, ligou-o, e um feixe de luz clareou a parede da qual Margherita acabara de remover um quadro que retratava sua mãe. Aquele feixe de luz era acompanhado por um zumbido surdo, a ventoinha que girava para evitar que o projetor esquentasse demais.

Sobre aquela geringonça rouca, uma roda com fissuras para inserir os slides era a perfeita geometria da memória, um recinto que encerrava todas as coisas bonitas e afastava qualquer ameaça, como os círculos mágicos das fábulas. Margherita preencheu a roda com os slides, tirando-os das caixinhas nas quais seu pai havia anotado o local e a data, com sua grafia semelhante a árvores inclinadas pelo vento.

Aquela roda da memória, que o senhor Kodak havia inventado, tentava eternizar o que é efêmero. Parecia uma daquelas girândolas de pétalas coloridas que o vento faz se tornarem brancas. Um quadrilátero branco se projetava sobre a parede, à espera de uma revelação de cores, formas, gestos, atravessados pela graça da luz.

Um clique, e ela se viu de pé sobre um trampolim, pronta para se jogar na água, com boias de braço e uma touca listrada. Gostava da embriaguez do voo e, desde quando descobrira a magia dos mergulhos, tornara-se um perigo para seus pais. Outro clique, e Margherita apareceu com Raposa nos braços, o gato tigrado, preguiçoso como poucos, que eles haviam sido obrigados a dar depois do nascimento de Andrea, alérgico a pelos. Margherita havia insistido muito em chamar o gato assim porque queria domesticá-lo como o Pequeno Príncipe fez com a raposa. O clique seguinte projetou-a vestida de branco, no dia de sua primeira comunhão, com a avó que, orgulhosa, pousava a mão em seu ombro. Aquele passado estava cancelado, a menina e sua alegria de viver não existiam mais. E até Deus, quem saberia onde fora parar?

Outro clique seco fez a roda girar um grau e projetou na parede sua mãe de pé, levemente inclinada sobre ela, pequenina, com um vestido de quadrados pequenos, brancos e azuis. Cabelos curtos e braços estendidos para a frente. Eleonora lhe apoiava as costas, enquanto os braços se jogavam para os do pai, também estendidos. Poucos metros adiante, ele esperava em um abraço os primeiros passos da filha. Os primeiros passos são um daqueles momentos que os pais adoram conservar. Os braços de seu pai se ofereciam como uma promessa invisível, e a menina perdia o medo de se lançar no vazio, sobre o fio da vida, porque sabia que aqueles braços estavam ali para traçar caminhos seguros. A mãe a sustentava e a protegia como faz a terra com seus portos, o pai a atraía como faz o mar com suas rotas, na promessa de outro abraço, adiante. O sorriso seguro do pai, o temor apreensivo da mãe: no rosto da menina, lia-se a perfeita síntese daqueles dois sentimentos. Ela sentiu a vertigem sob os próprios pés, a embriaguez da debilidade de quem perdeu a infância e quer se lançar, tremendo, no vazio incerto do futuro, mas tem muito medo daquilo que esse vazio esconde.

Agora que seu pai estava ausente, aquele abraço se subtraíra era incerto o fio sobre o qual caminhar, a rede havia desaparecido. No rosto da menina, se desenhava a desorientação. Viver parecia uma temeridade. O ruído do projetor destacava um evento do qual Margherita não tinha lembrança. Acariciou o rosto do pai na parede, mas logo se descobriu arranhando a superfície dela com as unhas. Depois, desligou o projetor, arrumou tudo de volta e carregou a caixa de metal com as cartas.

Fechada em seu quarto, acariciava a caixa, mas não tinha coragem de abri-la. Guardou-a embaixo da cama e adormeceu sobre mil promessas quebradas.

IX

A luz da manhã se espalhava por ruas, avenidas e becos, que resistiam em vão. Algumas nuvens sulcavam, nervosas, o puríssimo azul do céu. Até o prédio da escola brilhava. O alagamento havia provocado menos danos que o previsto, e poucos dias tinham bastado para torná-lo novamente viável.

— Muito prazer — respondeu o professor, embaraçado por aquela conversa imprevista.

— Desculpe incomodar — disse Eleonora, com a expressão tensa.

— Não se preocupe, senhora, tenho um horário livre — disse ele, e ficou à espera.

Eleonora interpretou aquele silêncio como pedido de identificação.

— Eu sou a mãe de Margherita Forti, 1ª A. Não sei se o senhor se lembra dela. Margherita se parece mais com o pai que comigo — explicou Eleonora, meio encabulada.

O professor observou-a melhor. Era uma mulher de pele clara, olhos verdes difíceis de decifrar por causa da dor que os ofuscava. Os lábios eram finos e elegantes. Os cabelos negros, embora mais curtos, eram espessos como os da filha, que se parecia com ela mais que a própria mãe acreditava, sobretudo na voz, nos gestos e nos olhos.

— Margherita. Sim, sim. Uma bela menina... — disse o professor, sorrindo com uma ponta de cumplicidade.

– Estou aqui para lhe pedir ajuda – murmurou Eleonora, baixando os olhos.

– Pode falar, senhora – respondeu o professor, ostentando uma segurança sulcada por mais de uma rachadura. Teve a impressão de precisar pescar o enésimo cartãozinho laranja do velho Monopoly: *Imprevistos*.

– Margherita está atravessando um momento difícil em casa, e não creio que esteja concentrada no início desta série escolar. O senhor é o professor com quem os jovens convivem por mais horas, e eu queria que ficasse de olho em minha filha. Ela está muito frágil neste momento. Precisa ser envolvida, atraída, motivada. Seu pai... – Eleonora fez uma pausa e, depois, continuou: – ... Meu marido foi embora. Margherita não é capaz de administrar essa situação. Talvez uma figura masculina adulta de referência, como o senhor, possa ajudá-la... – Ergueu os olhos para o professor, que ficara impressionado pela expressão que ela havia usado. Ele era aquilo mesmo? *Uma figura masculina adulta de referência?* – Não sei se me expliquei bem. Eu faria qualquer coisa pela minha filha, embora não saiba muito bem o quê... – A voz de Eleonora se embargou ligeiramente, mas ela conseguiu se conter. Os olhos, porém, ficaram marejados. Estava maquiada de forma discreta e vestida com uma elegância simples, camiseta branca sobre uma maleável calça cinza.

O professor se sentiu acuado por aquela dor derramada em cima dele sem aviso prévio, no início da jornada de trabalho. Ele, uma figura masculina adulta de referência. Tentou ser compreensivo, mas os braços, cruzando-se sobre o peito, criaram uma defesa entre ele e aquela mulher.

– Eu tinha notado alguma coisa. A senhora fez bem em me procurar. Vou prestar atenção e, se puder ajudar Margherita de algum modo..., farei isso, sem dúvida.

– Peço que o senhor não lhe diga nada. Se ela souber dessa conversa, ficará furiosa. Quer sempre fazer tudo sozinha...

– Não se preocupe, minha senhora.

– O que o senhor faria?

– Como assim? – perguntou o professor, surpreso por aquele excesso de confiança. O que ele sabia daquele assunto? Nem sequer tinha filhos e, de qualquer modo, se fosse o caso, Stella cuidaria disso. Mas a lembrança dela aumentou seu mal-estar.

– Nada, nada. Desculpe. Só lhe peço uma atenção maior à minha filha e, se houver algo para me informar, por favor... Este é meu número de telefone – disse Eleonora, estendendo-lhe o cartão de visita e acrescentando:

– Minha filha come pouco, não conversa comigo...

O professor sorriu, nervoso. Sentiu-se sozinho, sem recursos nem palavras. Sentiu-se como Lord Byron, intocável ícone do fascínio romântico, poeta sublime e homem encantador, mas que, quando abria a boca diante de uma mulher, tinha o defeito de gaguejar.

– Obrigado pela confiança, senhora. Como já lhe disse, vou prestar atenção.

Eleonora pousou as mãos sobre os braços cruzados do professor, que se sentiu invadido por aquela mulher frágil e cansada. Não retribuiu o calor recebido e exibiu um sorriso forçado.

– Obrigada, obrigada..., obrigada – disse ela. – Desculpe, desculpe. Tenha um bom dia, professor, um bom dia.

– A senhora também.

Encaminhou-se para a sala dos professores. Passou pelo sisudo colega de desenho e o cumprimentou, sorridente, mas o outro não respondeu.

O professor se sentou. A mesa estava lotada de livros abandonados sabe-se lá havia quanto tempo, alguns até ainda traziam o preço em liras. Circulares carimbadas e esquecidas se encarquilhavam entre um livro e outro. A vida é mais ou menos assim, pensou. Sem ordem, sem regras. Foge por todos os lados. E é malditamente desprovida de senso estético. Seria preciso ensiná-la a ter um pouco de ordem, a ficar dentro da tela ou dentro da página, a usar as cores e as palavras certas, a parar de inventar, sem respeito àquelas regras precisas e de efeito seguro que garantem a beleza: a unidade do conjunto, a harmonia das partes singulares, a graça do todo.

Assim pensava *a figura masculina adulta de referência.*

A campainha do intervalo soou. Aquele som tinha um significado diferente para cada um: a lourinha estava impaciente para conferir a maquiagem e os cílios, Marta queria contar mil coisas, a professora de matemática precisava ir correndo ao banheiro, Margherita não via a hora de encontrar aquele garoto misterioso, nem que fosse por um instante, depois daqueles dias de fechamento da escola e distância forçada... E se não o agradasse? Se, na hora de falar com ele, suas pernas tremessem, ela começasse a gaguejar e lhe surgissem aquelas terríveis manchas vermelhas no pescoço?

Tinha escolhido as roupas que a faziam se sentir mais bonita: uma regata azul-gelo de ombros fininhos, que destacava o verde de seus olhos, botinhas macias e uma saia-balão. Cabelos soltos sobre os ombros nus. Teve medo de haver imaginado tudo, um delírio de sua fantasia ferida.

– Como você está bem-vestida assim! Eu lhe trouxe uma coisa – disse Marta, radiante, e puxou da agenda um pequeno envelope, no qual, com lápis de cor rosa forte e letras de altura diferente, estava escrito: *para margherita.*

– Da parte das gêmeas – acrescentou Marta.

Margherita abriu o envelope e dentro havia uma daquelas pulseirinhas que se fazem com fios multicoloridos. Marta ajudou-a a amarrar a pulseira em torno do pulso.

– As gêmeas dizem que, depois de atá-la, você não pode tirar, senão dá azar. Ela tem que se desmanchar sozinha e, quando isso acontecer, será realizado o desejo que você fez quando começou a usá-la... – Enquanto informava isso, Marta mostrava a Margherita seu próprio pulso, coberto por uma série de pulseiras coloridíssimas e bastante desfiadas. Com um olhar cúmplice, acrescentou:

– Uma para cada desejo!

– Obrigada, Marta, agradeça a elas com este abraço – respondeu Margherita e estreitou a amiga diante de um grupinho de garotos, que catalogaram o episódio como coisa típica de mulheres.

As duas amigas saíram da aula aventurando-se pelos corredores lotados. Margherita procurava aqueles dois olhos transparentes, mas, quando avistava alguém parecido, esperava que não fosse ele, porque sentia um frio na barriga, os pensamentos ficavam brancos, e ela, sem fala. Não estava preparada. Nunca estaria preparada, nem mesmo com aquelas roupas. Não estava à altura. Desejava falar com ele, talvez não de imediato, mas também não queria esperar que a pulseirinha das gêmeas caísse por conta própria. Seus desejos combatiam um contra o outro, como em uma absurda batalha em que duas fileiras opostas pertencem ao mesmo exército e são abatidas pelo fogo amigo.

E ela o viu. Estava encostado à parede, com a perna dobrada. O tufo de cabelos negros lhe caía de lado e escondia quase totalmente seu perfil de anjo das sombras. Ao lado, havia outro garoto, de cabelos compridos e jeans rasgados. Diante dos dois, Margherita reconheceu a lourinha e outra colega de turma. Margherita foi invadida pelo terror: então era assim que ele agia com todas as primeiranistas, e ela se iludira. O garoto de jeans ria e falava com a lourinha, que mantinha as mãos cruzadas sobre o regaço. O garoto de olhos de vidro sorria. A lourinha, perfeita, usava sutiã pelo menos de tamanho médio e exibia um brilho de passarela. Diante daquela cena, Margherita se sentiu uma menininha vestida pela mamãe para a festa, e esteve prestes a arrancar a pulseira das gêmeas. Quase disse a Marta "é ele", mas as palavras ficaram presas em algum lugar.

Abaixou o olhar e avançou junto com a amiga para o final do corredor. Pobre iludida! Eis o que fazem séculos de amor romântico, beijos de príncipes encantados e bonequinhas de luxo como no filme com Audrey Hepburn. A realidade era outra coisa, Margherita era uma ridícula garota de 14 anos com a cabeça recheada de filmes nos quais basta um raio para as pessoas amarem e serem amadas para sempre, até que a morte as separe. Seguramente, aquele garoto se divertia paquerando todas. E, também, que amigos escolhia? Aquele outro tinha uma cara de idiota completo. Talvez estivessem rindo dela e de Marta, duas alienígenas à espera da próxima espaçonave para retornar a seu planeta. Provavelmente o garoto não era nem um pouco especial como seus olhos prometiam. Pelo contrário, devia ser como todos os outros. Aqueles olhos de cão siberiano não eram tão únicos assim, nem aquela sua cara de anjo maldito. Não basta ter cabelos negros e olhos de Robert Pattinson para ser alguém... De fato, ele não tinha nada de especial. E corria atrás da lourinha como todos os outros.

Quando passou diante do grupinho, Margherita virou o rosto o suficiente para espiar a garota, saracoteante como uma leoa, inacessível, pronta para uma matéria fotográfica sob aquelas roupas justinhas em torno de um corpo perfeito. Abaixou o olhar e, como se levasse uma chicotada, ouviu-a dizer, sarcástica:

— Chama-se Margherita e está sempre com essa outra, também muito esquisita. Acho que são lésbicas. — Jogou a cabeça para trás e cobriu a risada com a mão direita. Nesse momento, Giulio, que havia feito a pergunta, afastou-se da parede, aproximou-se e colocou-se diante de Margherita.

— Aí está você — disse, com olhos de menino.

Margherita os encontrou ali, fixados nos seus, e já mergulhara dentro daquele azul antes mesmo de lhe avaliar a profundidade. Todos os seus medos, suas dúvidas, suas perguntas se volatilizaram.

— Margherita, não é? — acrescentou ele.

— Oi — respondeu ela, mordendo os lábios e torcendo as mãos.

— Oi, eu sou Marta — disse a amiga. — Qual é o seu signo? Vou apostar... Touro!

Giulio a encarou, espantado:

— Então é verdade...

— É verdade o quê? — perguntou Marta.

— Nada, nada. É Touro, sim — sorriu Giulio, entrando no jogo.

Marta soltou um gritinho e deu uma cotovelada em Margherita:

— Eu sabia!

A lourinha assistia à cena, imóvel, incapaz de entender o que estava acontecendo, mas certa de que se tratava de uma cena com final cômico. Quando, porém, Giulio se afastou com aquelas duas, concluiu que o final era trágico. O outro garoto, que não havia parado de esquadrinhá-la um só instante, perguntou:

— Quer sair neste sábado?

A lourinha, recolhendo os cacos da própria alma, acenou que sim, mecanicamente.

* * *

Quando Margherita voltou à sala, a aula já começara havia alguns minutos. O professor de letras já estava ali, de pé entre as carteiras, com sua *Odisseia* amarrotada, cheia de orelhas* e marcadores de todos os tipos: de notas fiscais a bilhetes de ônibus. Era duas vezes mais grossa que as edições novas dos alunos.

— Sabem por que os livros têm orelhas?

— Para marcar trechos — respondeu Gaia.

— Não. Porque nos escutam, e têm ouvidos justamente naquelas páginas que nos escutam mais. Quero que os livros de vocês sejam cheios de marcadores e de orelhas!

Marta riu, divertida. A lourinha não compreendeu.

Margherita, ainda na soleira, sorria como quem desceu de um balão depois de um passeio entre as nuvens.

O professor, desarmado por aquele sorriso que ele via pela primeira vez, acolheu-a bondosamente:

— Vamos lá, Margherita. Ítaca está à sua espera.

— Desculpe, prof — disse ela, continuando a sorrir, sem precisar acrescentar nada.

— Professor, não prof. *Professor* vem do latim *profiteor*, *profiteris*, *professus sum*, *profiteri*, que significa "professar". Um professor é alguém que professa sua matéria como uma religião. Já um prof não sei o que é, parece uma submarca...

— Tudo bem, prof, desculpe — respondeu Margherita, dirigindo-se à sua carteira. O professor bufou, mas resolveu ignorar o enésimo *prof.*

---

* Aqui, cantos de página dobrados. (N.T.)

Marta a esperava já sentada e queria saber tudo o que havia acontecido desde o momento em que Giulio lhe pedira que os deixasse a sós. A lourinha seguiu Margherita com olhos que desfechavam maldições. A inveja lhe devorava o coração e ela dava livre curso àquele vício tão estranho: o único que não dá prazer a quem se abandona a ele com volúpia.

Margherita abriu a *Odisseia* na página indicada por Marta.

— "Minha mãe diz que eu sou filho dele, mas/ não sei: porque ninguém conhece sua própria concepção" — leu o professor em voz baixa, obrigando-os assim a abrirem melhor os ouvidos. — De quem são essas palavras que lemos no parque?

— Telêmaco as disse a Atena, que lhe perguntou se ele é verdadeiramente o filho do grande Ulisses! — respondeu Margherita, segura.

— Muito bem, Margherita! — disse o professor, lembrando-se das palavras da mãe da garota e surpreendendo-se com aquela face tão luminosa.

— Obrigada, prof! — sorriu Margherita, satisfeita. Agora se sentia muito segura de si.

— Professor! Professor! Palavra inteira, assim como eu, que estou aqui inteiro!

— Desculpe, mas é que não me agrada... Parece algo sério demais, assim inteiro. *Prof* é mais simpático.

— Minha tarefa não é ser simpático, mas ensinar italiano e latim a vocês.

— Mas, se ensinar com simpatia, para nós é bom. Todos saímos ganhando... — disse Margherita, candidamente.

O professor ficou intrigado e esteve prestes a sorrir também, mas se conteve e prosseguiu:

– Telêmaco responde com esta frase misteriosa: ninguém conhece a própria estirpe, a própria origem, a própria concepção. Não tinha lembranças do pai, que partira para a Guerra de Troia quando ele ainda era um recém-nascido. Tinham lhe contado que Ulisses tentara fugir da guerra fingindo-se de louco: arava a areia e semeava sal. Mas fora desmascarado por um soldado, que teve a ideia de colocar no percurso dele o menininho Telêmaco. Ulisses, então, desviou o curso do arado. Nem mesmo um louco mataria o filho, imaginem um homem inteligente como Ulisses. Agora, porém, depois de anos e anos de ausência, Telêmaco duvida do pai. Não sabe se pode confiar nele, não sabe se aquele ainda é seu pai... – O professor fez uma pausa, seguro de que os alunos estavam entrando no drama íntimo de Telêmaco, um jovem que duvida do próprio pai, como todo adolescente que se preza. Continuou: – Telêmaco duvida. Um pai que há anos não retorna não pode ser seu verdadeiro pai, ele não sabe se provém daquele pai... Desconfia, não acredita mais nele. Como pode um pai esquecer seu filho?

Margherita deixou que o livro se fechasse de volta, e sua alma se entregou às palavras do professor, que não estava falando da *Odisseia*, mas da história dela. Não de Ulisses, mas de seu pai. Não de Telêmaco, mas dela mesma.

– Atena percebe o medo nos olhos de Telêmaco e o alerta. Sem confiança em quem o gerou, sem um pai, aquele jovem nunca se tornará um homem, nunca será ele mesmo. Então, a deusa lhe diz, sublinhem os versos: "vai em busca do pai ausente,/ talvez alguém te fale dele, ou escutes de Zeus/ a voz que divulga a fama entre os homens." Atena provoca em Telêmaco uma insuportável saudade do pai. Enquanto o pai deve retornar a Ítaca, Telêmaco deve fazer o pai retornar, sobretudo a seu próprio coração. Atena desperta nele a lembrança adormecida. A saudade.

O professor foi até o quadro e escreveu uma palavra estranha.

– Para os gregos, a verdade é *alétheia*, que significa tanto o que não deve permanecer escondido quanto o que não se deve esquecer, aquilo que permanece estável no fluxo do tempo que tudo arrebata. Por isso, os mortos bebem as águas do rio Lete, o rio do esquecimento, antes de entrarem no além, para não deplorarem tudo o que tiveram e perderam. Assim, Telêmaco começa a desejar rever aquele que dizem ser seu pai. A saudade adormecida no sangue desperta, graças a uma deusa que lhe recorda a verdade, aquilo que ele não pode nem deve esconder, tampouco esquecer, senão ao preço de se esconder e se esquecer de si mesmo.

Margherita estava toda arrepiada.

– Atena convida Telêmaco a procurar o pai e, se este estiver morto, a assumir o lugar do pai. Telêmaco não crê nos próprios ouvidos: ele, como seu pai... Precisa saber como era seu pai para ser, para tornar-se como ele.

Hipnotizada pela palavra *pai*, que, cada vez em que era pronunciada, produzia-lhe um abalo, Margherita fitava a boca do professor.

– Assim, Atena pronuncia aquela frase de que eu gosto muito: "não deves mais/ ter os modos de um menino, porque já não o és." Sublinhem também esses versos.

– E depois o senhor vai querer que a gente decore? – perguntou a lourinha.

– Não. Quando quiserem interromper, levantem a mão, por favor. Bom, então a deusa fala assim com Telêmaco, para impeli-lo a empreender a viagem de busca, a deixar Ítaca para encontrar o pai ou alguma notícia dele. Coloca-lhe no coração a coragem que lhe faltava. E como faz isso? Com a simples lembrança do pai. O pai é a coragem do filho.

Margherita sentiu seus olhos marejarem.

– Assim termina o primeiro livro da *Odisseia*, com Telêmaco insone. Ele retorna a seu quarto e passa a noite inteira acordado, projetando "a viagem que Atena lhe havia inspirado".

– É para sublinhar? – quis saber Aldo.

– Sim. Eu já disse, levantem a mão! Telêmaco passa a noite insone, sonhando de olhos abertos com seu pai.

Fez uma pausa e encarou os jovens.

– Quando foi a última vez que vocês perderam o sono pensando na viagem da vida que os espera? Quando? – Como que possuído, sem esperar a resposta, fitando os olhos sedentos dos alunos, acrescentou: – Estamos mal! Vocês devem perder o sono sonhando com o futuro. Nós perdemos o sono porque a vida nos dá medo e, ao mesmo tempo, nos emociona. Queremos agarrá-la e arrancar-lhe suas promessas, mas temos medo. Tememos que ela nos derrube, que as esperanças sejam decepcionadas, que tudo tenha sido apenas fruto da imaginação. Vocês devem perder o sono pensando no futuro. Não tenham medo. É sinal de que estão vivendo, de que a vida está entrando em vocês. – Talvez estivesse dizendo aquelas palavras mais a si mesmo que aos jovens, mas se sabe que cada um fala daquilo que não tem. Observou o rosto de Margherita: estava magnetizado pelo que ele dizia, e aquilo lhe deu novo impulso: talvez estivesse ajudando aquela garota a enfrentar uma dor semelhante. – Então, Telêmaco decide partir. Sem dizer nada à mãe, decide preparar uma nau, com a ajuda de seus homens mais confiáveis, os velhos amigos fiéis ao pai. Mas logo surgem pessoas que o desencorajam, os habituais pusilânimes que põem obstáculos em nossos sonhos.

Gaia levantou a mão:

– Quem são os pusilânimes?

– Os covardes, os medrosos, os desleais, os temerosos, os indolentes, os preguiçosos, os vadios, os apáticos... – E o professor foi adiante com outros dez adjetivos, a fim de espantar aqueles jovens com o número de palavras existentes para expressar as mil variantes e nuances de uma categoria humana bastante concorrida. – Um deles, que na realidade é Atena disfarçada e deseja provocar Telêmaco, diz: "Mas se não fores filho dele e de Penélope,/ então não creio que farás o que dizes./ Porque são poucos os filhos semelhantes ao pai,/ muitos os piores, e poucos os melhores do que o pai." Sublinhem! Atena fere o orgulho de Telêmaco e o estimula a agarrar a vida e a demonstrar de quem é filho, superando o pai. Sugere a ele a lei das gerações, pela qual a seguinte melhora a anterior, ultrapassando os limites e os defeitos dela. A não ser que os filhos se contentem com ser imagens desbotadas dos genitores e com reproduzir os sonhos e as aspirações deles, renunciando à sua própria grandeza pessoal e irrepetível!

Os dorsos dos alunos se tensionaram.

– A coragem cresce dentro de Telêmaco. A saudade do pai se acende e, de saudade do passado que ele não teve, ela transforma em saudade do futuro. Não há nada mais poderoso que a saudade do futuro: é a liberdade que toma posse de você e quer dar início a algo de novo, único e irrepetível. Telêmaco não quer mais permanecer aprisionado em uma ilha devorada pelos pretendentes ao trono. Assim, com a cumplicidade da ama e de seu amigo Mentor, ancião e sábio conselheiro, ele parte. Longe da segurança da própria morada, das cobertas quentinhas, do jantar, longe dos portos conhecidos e protegidos do vento, longe das estradas familiares. Descobre que a salvação está em mar aberto, nas borrascas, com velas desfraldadas, contra a força dos ventos que querem devolvê-lo à sua ilha. A salvação está justamente no perigo, em seu inimigo. Assim, de manhã, antes que o sol nasça, em companhia das estrelas, empreende seu voo pelo mar. E zarpa! Parte! Parte para o mar aberto! – O professor sublinhou as últimas palavras como se as visse e lhes desse forma com as mãos. Marta sorria, sem se dar conta. Margherita chorava, sem se dar conta.

O professor fitou ambas e viu as duas possíveis reações à beleza: a alegria e a dor. Quem está em casa, quem tem saudade dela. Sorriu para ambas e desabou na cadeira, exausto, consciente de haver plantado a fome por aquilo que é grande, de ter poupado muitas banalidades àqueles corações e àquelas mentes. Esperou que a campainha soasse naquele momento. Havia calculado bem o tempo, assim poderia sair com aquela aura de herói épico, de guerreiro beijado pelo sol em sua armadura luzidia de palavras, de esplêndido defensor do segredo da vida.

Margherita se sentia levada ao cume por séculos de homens e de palavras que mudam o mundo e, como Telêmaco, estava pronta a começar a própria viagem, a encontrar uma nau, a reunir toda a coragem que ela não tinha e a enfrentar a grande aventura para que seu pai retornasse. Já não podia se comportar como menina, era ela quem devia sair em busca do pai, tornar-se seu pai e refundar Ítaca. Ficara a tal ponto sugestionada pela narrativa que havia parado de pensar em Giulio. Quando se deu conta disso, sentiu-se meio culpada, mas, não sabendo escolher que futuro abraçar, deixou-se invadir por todo o futuro possível, e a vida lhe pareceu nova. Ela teve a sensação de colocar ambos os pés em uma vida da qual nunca mais quereria retornar.

A campainha não soou, mas, em compensação, ergueu-se uma mão, incerta. O professor fitou Aldo, que a levantara, e se dispôs a satisfazer a sede de mistério que despertara nele. Acenou com a cabeça, fechando os olhos como um sacerdote que concede a um neófito a participação no rito:

— Diga, Aldo.

— Posso ir ao banheiro?

A jornada escolar acabou e o ar de setembro ainda estava quase todo ali, para ser respirado. O professor montou em sua bicicleta, ferozmente orgulhoso por transformar, incontinências à parte, aqueles anônimos jovens de 14 anos em ambiciosos viajantes... E, então, como Hermes, mensageiro divino, decidiu alçar voo rumo a um território que ele conhecia bem e que agora já não podia ter medo de enfrentar.

Cantarolando "Sogna, ragazzo, sogna",* singrava a cidade com a proa de sua bicicleta. Veículos e calçadas desapareciam diante dele como se estivessem pintados no pano de fundo de um espetáculo que está sendo desmontado. Devia contar sobre sua aula, sobre Atena, sobre Margherita... E queria um abraço, um carinho, um beijo. Já imaginava a paixão de Stella e se alimentava dela acariciando a alma com o mais refinado dos prazeres: a expectativa.

Encontrou-a na livraria, contou-lhe tudo, convidou-a para jantar no lugar predileto deles, onde havia livros e música que soava baixinho, dando sentido até às pausas na conversa.

Stella o escutava sorridente, como se nada tivesse dado errado e tudo recomeçasse. Depois, ele se aproximou para beijá-la e ela se retraiu.

---

* "Sonha, garoto, sonha", título de uma canção e de um álbum de Roberto Vecchioni (1943-), famoso cantor, compositor, letrista e escritor italiano. (N.T.)

– Prof, o amor não é um aperitivo ou um jantar fora, mas uma terrível cotidianidade que se torna uma surpresa a cada dia graças ao fato de ser a dois. Você não sabe disso. Você não sabe amar. Exalta-se com seus livros, ama seus livros, não as pessoas. Ama as palavras, não a vida, porque a vida tem sombras e dói. Você fala, fala, mas não escuta. Recebe, recebe, mas não dá.

Naquele momento, entrou um cliente no Parnaso Ambulante. Stella se calou e tentou sorrir para ele. O professor permaneceu imóvel, olhando um livro, sem nem sequer ler o título. Aquelas palavras o tinham confrontado com a verdade, quando a pessoa a escuta toda ao mesmo tempo e não tem forças para acolhê-la. Ele não valia nada e Stella lhe dissera isso sem meios-termos. Nunca seria capaz de construir nada de bom e se tornaria um professor azedo como a pior das solteironas. Figura masculina adulta de referência coisa nenhuma.

– Estou procurando um livro de receitas para dar de presente à minha mulher – disse o homem, que exibia um espesso bigode grisalho.

– O que ela gosta de cozinhar? – perguntou Stella, com um de seus sorrisos luminosos, como se nada tivesse acontecido ou lhe importasse. Não havia livro que ela não tentasse adequar aos rostos dos clientes, às suas histórias, às suas buscas. Esse era o sentido do Parnaso Ambulante.

– Principalmente doces.

– De onde é sua mulher?

– Sicília.

– Então, eu tenho o que vai ser ideal para ela – disse Stella, afastando-se para pegar o volume.

Enquanto esperava, o cliente olhou o professor e lhe sorriu.

– É nosso aniversário de casamento, sabe? O segredo de um casamento feliz está em dois aposentos... O quarto... e a cozinha! – riu, satisfeito com sua filosofia doméstica sobre o amor.

– Eu achava que fosse a livraria... – disse o professor, incomodado por aquela confidência não solicitada. Ele só sabia receber, não dar. Sabia apenas sonhar, não amar.

Stella voltou com o livro e o estendeu ao senhor de bigode: *Guia dos prazeres da Sicília*, que mesclava tradições, histórias e receitas.

O cliente começou a folheá-lo, murmurando apreciações:

– Uau! As cassatas! Agora ela não terá mais desculpas para não as fazer... Ótima ideia! Pode embalar para presente?

Stella se instalou atrás do balcão para embrulhar o volume. O professor folheava outro, sem ler uma linha sequer, enquanto se perguntava como era possível gastar dinheiro com um livro que fala de comida.

– Até logo.

– Até logo! E felicidades para o senhor e sua mulher! Quantos anos são?

– Trinta!

– Parabéns!

– Quem merece parabéns é minha mulher..., que me aguentou esse tempo todo! Obrigado, e felicidades também para a senhorita! – O homem saiu todo contente.

Stella se voltou para o professor como se aquela interrupção não tivesse acontecido.

– Como é que, dessa vez, você não escapuliu? Não adianta se esconder, já percebi que com você não posso construir uma vida. Eu tinha me iludido. Você é como aqueles livros que todo mundo lê porque é preciso, "não se pode deixar de ler!", mas ninguém que tenha chegado ao final tem coragem de dizer, ao preço de fazer má figura: "Não me acrescentou nada." Mas eu lhe digo! Você já não me dá nada!

— Mas eu estou bem com você, Stella.

— Engana-se. Você está bem enquanto brincarmos de namorados. Mas, quando eu lhe peço alguma coisa, você escapa. Se eu lhe peço para mudar de vida junto comigo, você finge que não é nada. Ora, eu quero crescer! Sei muito bem que com você é possível se você não se deixar paralisar por seus medos.

Fitou-o diretamente nos olhos e os viu despedaçarem-se como o gelo fino de uma fonte no inverno. Sabia que aquilo era necessário, embora se sentisse morrer internamente por sua dureza.

— Mas eu amo você — declarou o professor, agarrando-se àquelas palavras mágicas, que, contudo, não produziram o encantamento esperado.

— Não é verdade. Você está parado, professor. Amar é outra coisa: é um verbo, uma ação. Não é assistir a um filme sobre países longínquos, mas de fato ir até lá, a dois: malas, fusos horários, esperas, tudo multiplicado por dois. Toalhas, escovas de dentes, camas multiplicadas por dois. Café, lágrimas, sorrisos, multiplicados por dois. Tudo é em dobro. Enquanto isso, as fadigas vividas junto, compartilhadas lado a lado, se tornam menos que uma.

— Mas eu não estou pronto.

— Ninguém está pronto. A pessoa tem que se jogar. Você fala como um menino que não quer aprender a nadar. Sabe como os patinhos aprendem a nadar? Sabe? A mãe os atira na água e eles... nadam! — Stella gostava de documentários sobre animais tanto quanto de livros.

— A liberdade, Stella...

— Liberdade? Pois fique com sua liberdade. Mas, quando se sentir sozinho com sua liberdade, não venha me procurar. Como um adolescente, você sabe sonhar, mas, como um adolescente, acha que liberdade é fazer o que lhe der na telha e que seus sonhos se realizarão exatamente como você os sonha! Mas e a realidade, onde a colocou? Sonhar dentro da realidade: isso torna os sonhos maiores, verdadeiros, palpáveis! Tornar-se adulto é encontrar a paciência para dar andamento aos próprios sonhos sem renunciar a eles!

Stella esperava uma reação, agora que jogara na cara dele aquela parte que lhe faltava. Mas ele permaneceu em silêncio. Aquelas palavras não lhe restituíram força nem um mínimo de orgulho. Ao contrário, aumentaram seus temores em relação ao futuro. Quem ela viria a se tornar?

— Não estou reconhecendo você, Stella... Não sei o que dizer.

— Não sabe o que dizer? Há dias eu estou desesperada por causa de seu silêncio. Estou tentando de todas as formas, mas você se cala...

O professor continuava a encará-la, sem falar. Quem ela estava se tornando?

— Vá embora. Saia daqui. Cansei de ficar mal por sua causa.

O professor abaixou o olhar e, sem dizer nada, saiu. Afastou-se a pé, deixando diante da livraria a bicicleta, que parecia sua alma, uma sucata abandonada, com o coração enferrujado, o farol quebrado e a corrente que não parava de se soltar.

O quebra-cabeça ali estava, inerte, sobre a escrivaninha. Havia séculos. Ela nem o via mais, a tal ponto se habituara, mas daquela vez o jogo lhe trouxe de volta a lembrança dos serões de verão, passados com a mãe, o pai e Andrea, ocupados em recompor aquela imagem. Uma embarcação com a enorme vela branca suspensa entre céu e mar. Seu pai lhe explicara que o segredo era começar por aquilo que é mais reconhecível nas cores e na forma, neste caso o barco a vela, e, depois, aos poucos, ampliar a construção da figura em sucessivos círculos concêntricos. Mas, ao mesmo tempo, era preciso cuidar da moldura, para poder colocar solidamente, de maneira estável, os pequenos aglomerados de imagens.

Tinha colado o quebra-cabeça com um produto especial e agora ele jazia como uma pele sobre a escrivaninha, um talismã que mantinha tudo unido, uma espécie de tecido de Penélope.

Viu a primeira peça, a que ela escolhera para começar. Acariciou-a com a ponta do indicador e, em seguida, raspou uma borda com a unha a fim de destacá-la. Aquela era ela. A teia começava a se desmanchar. Permaneciam quatro peças com um lado nu, no ponto de onde a sua havia sido removida. Cada peça tinha quatro encaixes. Cada encaixe era uma pessoa. Os encaixes mais próximos eram as pessoas mais ligadas a ela, e, na direção das extremidades do quebra-cabeça, ficavam as pessoas menos próximas, mas nem por isso pouco importantes. Decidiu arrancar três peças, muito vizinhas à sua: Marta. O prof; sim, ele também. E Giulio.

Agora, pertenciam ao quebra-cabeça de sua vida. E os vazios que iam se formando na figura eram, na realidade, o que tornava sua vida um desenho sensato, o arcabouço do qual cada um guardava uma pecinha.

As quatro que circundavam a sua, no centro do desenho, eram a avó, Andrea, seu pai e sua mãe. Arrancou-as e escreveu atrás de cada uma o nome da pessoa à qual esta pertencia.

Na sua, havia escrito *Eu*. Segurou entre os dedos a peça do pai e a sua, uniu-as por um instante e, em seguida, despedaçou o encaixe que a ligava a ele. Seu pai havia levado embora uma parte dela. Sua alma ficara mutilada. Naquele lado, restava um ferimento de papelão rasgado, que nunca poderia cicatrizar perfeitamente.

As coisas são malfeitas, se estragam, se quebram. O abandono as torna inutilizáveis e somente o amor as repara, talvez. O amor, com seus encaixes, dar e receber, torna sensato o quebra-cabeça da vida. Na imagem inteira, já não se distingue quem recebe e quem dá. Mas agora aquela arquitetura estava ameaçada, um predador havia começado a lhe devorar as peças, e, aos poucos, se alguém não desse um jeito, iria esvaziá-la totalmente.

Abriu a *Odisseia*, que deixara sobre a escrivaninha, e destacou em amarelo as palavras finais do primeiro livro, circundando-as de setas e pontos de exclamação: "Ali, durante toda a noite, coberto por uma pele de ovelha,/ ele projetava na mente a viagem que Atena havia inspirado." Ao lado e embaixo, no espaço em branco disponível, escreveu:

Sinto-me como o avião, que caiu. Destruída.
Sinto-me como o deserto, que é monótono. Entediada.
Sinto-me como o piloto, que está ali sozinho. Desesperada.
Sinto-me como o elefante, que foi comido pela serpente. Engolida.
Sinto-me como o menino, que não é levado a sério pelos adultos. Incompreendida.
Sinto-me como a ovelha, que foi desenhada na caixa. Aprisionada.
Sinto-me como o planeta, que está distante. Pequena.
Sinto-me como o pôr do sol, que se tornou hábito. Sem valor.
Sinto-me como o baobá, que é um perigo. Indesejada.
Sinto-me como o vulcão, que está para explodir. Impaciente.
Sinto-me como o rei, que tem expectativas demais. Decepcionada.
Sinto-me como o vaidoso, que gostaria de ser admirado. Insatisfeita.

Sinto-me como o bêbado, que bebe para esquecer. Dependente.

Sinto-me como o homem que acende os lampiões, oprimido pela norma. Esmagada.

Sinto-me como o geógrafo, que quer compreender tudo o que existe. Ignara.

Mas sou também a flor, que ama o Pequeno Príncipe. Sou também o Pequeno Príncipe, que quer domesticar a raposa. Sou a raposa, que consegue confiar em alguém, custe o que custar.

E de mim deve-se receber tudo, o que sou e o que não sou.

Mas tenho um medo enorme da mordida da serpente.

Quatorzeanos – escreveu tudo junto, como se fosse o nome de um personagem – não é uma idade. Não é nada. Não existe a segurança que acende os olhos de Giulio. Não existem as rugas do rosto da vovó. Não existem as reuniões de trabalho do papai. Não existem as roupas femininas da mamãe. Não existe a confiança mágica de Andrea. Não existe harmonia, não existe graça. *Quatorzeanos* é querer tudo e nada ao mesmo tempo. Ter segredos inconfessáveis e perguntas sem resposta. Odiar-se para odiar todos. Ter todos os medos e escondê-los todos, mesmo querendo dizê-los todos juntos, com mil bocas. Ter cem mil máscaras sem mudar nunca a face com que você se vê. Ter um milhão de sentimentos de culpa e precisar escolher a quem os lançar, para não os carregar sozinha. Você quer amar e não sabe como se faz. Quer ser amada e não sabe como se faz. Quer ficar sozinha e não sabe como se faz. Quer um corpo de mulher e não tem, e, se o corpo se torna de mulher, você não o quer mais. *Quatorzeanos* é fragilidade e não saber como se faz. Existem coisas que ninguém explica. Existem coisas que ninguém sabe.

Pegou as três peças do quebra-cabeça, cada qual com um nome atrás – *Marta*, *Giulio*, *Prof* –, e meteu-as em um compartimento da mochila, onde também havia guardado a escova de dentes do pai. Amuletos da sorte, talismãs, equipamentos indispensáveis para a viagem que ela estava projetando.

Eleonora adormeceu pensando no marido. Andrea adormeceu pensando na mãe. Margherita adormeceu pensando em Giulio. O professor adormeceu pensando em Stella. Giulio adormeceu pensando em Margherita. Teresa adormeceu pensando em Pietro. Marta não conseguia adormecer, porque as gêmeas implicavam com ela, pois esse era o modo que tinham de pensar nela. Antes de adormecer e se transformar em sonhos, os pensamentos sofrem a força da gravidade universal, que os poetas chamam amor, que atrai tudo para si, silenciosamente.

E, silenciosamente, a noite caiu sobre todas aquelas vidas, como uma cola que, escondida, as une e as liga. Peças de quebra-cabeça espalhadas pelo mundo construíam um único grande desenho que uma mão compunha, lenta mas segura, preenchendo tudo com uma beleza invisível, porque ainda incompleta. Ou ferida.

X

— Tenho um presente para você — disse Margherita.

Marta se iluminou.

Margherita abriu a mão e mostrou um pedacinho de quebra-cabeça vermelho-mogno, como o casco da embarcação.

Marta a fitou, incerta, e Margherita lhe explicou o grande quebra-cabeça da vida.

— Agora, a minha vida depende também de você.

Marta pegou o pedacinho de alma que lhe era confiado e abraçou Margherita de modo perfeito, justamente como fazem duas peças de quebra-cabeça.

Terminadas as aulas, Margherita foi atrás do professor e pediu para falar com ele em particular. O professor, perdido em algum ponto de seu labirinto, exibia um rosto inexpressivo. Aguardava apenas que o Minotauro o atacasse: não havia nenhuma Ariadne que segurasse a ponta do fio para ele voltar, não havia nenhum Dédalo que lhe construísse um par de asas para fugir.

A garota entregou a ele seu pedaço de vela branca e ficou ruborizada.

O professor gostaria de fugir diante do que talvez fosse uma declaração de amor, mas conseguiu conter o embaraço. Em seguida, Margherita lhe contou a origem e o significado daquele pedaço bobo de papelão, e ele fechou o punho sobre o pedaço da alma de uma aluna que poderia ser sua filha.

— Sabe, prof, o senhor tem razão.

— Sobre o quê? — perguntou ele, sem coragem de corrigi-la.

— Sobre a vida.

— Sobre a vida?

— Vou fazer como Telêmaco. Vou procurar meu pai. Meu pai foi embora e ninguém sabe por quê. Acho que está na casa de veraneio, perto de Gênova.

— E como você fará?

— Como Telêmaco fez. Com uma nau.

— E quem a conduzirá? — quis saber o professor, achando que se tratava de uma metáfora.

— Eu queria que fosse o senhor...

O professor ficou pasmado e, antes que pudesse decepcioná-la com uma expressão de desapontamento ou arrogância, Margherita continuou:

— Pode me acompanhar para procurar meu pai? O senhor disse que precisamos de companheiros para realizar nossos projetos maiores e mais envolventes... Pensei nisso a noite inteira, como Telêmaco: é a mim que cabe fazer essa viagem e trazer meu pai de volta para casa. Sei que posso, sei que devo fazer isso.

O professor teve vontade de rir diante das fantasias desconexas daquela garota, mas havia sido ele a suscitá-las, fazendo-as se passarem por verdades. Com perfeita coerência, a vida saía de um livro e queria viver mais e mais.

— Mas sua mãe sabe? — perguntou ele, tentando desajeitadamente ganhar tempo.

— Ela não pode saber. Do contrário, não vai me deixar ir e arruinará tudo, como sempre. Preciso do senhor, professor. O senhor tem carro?

– Não... não, tenho uma bicicleta... Eu tinha... – gaguejou o professor, procurando desculpas para esconjurar o destino que estava prestes a despencar em cima dele.

– Bom, podíamos pegar o de minha mãe, ou então o senhor pede emprestado o de algum amigo...

– Não estou entendendo, Margherita... O que eu tenho a ver?

Margherita começou a sentir que alguma coisa se rachava.

– O senhor é como Atena, sob a aparência de Mentor. Qualquer outro avisaria à minha mãe. Já o senhor, não, pois sabe como é a história de Ulisses...

O professor não tinha escapatória. Fizera Telêmaco sair das páginas e agora devia lhe fazer companhia. Mas não era possível. Como poderia assumir uma responsabilidade daquelas? E se acontecesse alguma coisa? Eram apenas os sonhos fátuos de uma adolescente. Era só literatura.

– Mas não se pode tomar tudo ao pé da letra, Margherita. A situação é diferente...

– Como assim?

– Você é menor de idade, eu não sou seu parente... Você não faz ideia do que pode acontecer em nossos tempos...

– E Telêmaco não era só um rapazinho? Não saiu mar afora? Podia se afogar, naufragar, se perder... São os riscos da viagem.

– Mas a dele é uma viagem de fantasia...

– Ora, o senhor não disse que ele vai às cidades mais importantes daquela época?!

– Sim, mas não era exatamente a realidade...

– Quer dizer que o senhor conta mentiras?

– Não, não. É que literatura e vida são um pouco diferentes, Margherita. A literatura é uma mentira que serve para dizer a verdade...

– Pois eu acho que o senhor se esconde atrás dessas mentiras para não dizer a verdade: não está presente. Quem não está presente é o senhor. *Abest!* O professor? Aquele que professa? Ausente! – respondeu Margherita, sem se conter.

– Ei, mocinha! Aquilo é literatura, uma fantasia, palavras, papel, ar! Entendeu? Um professor e uma aluna não saem por aí procurando o pai, isso dá a maior confusão! – respondeu o professor, quase enfurecido.

– Mas já deu confusão! O senhor é um mentiroso. Tudo conversa fiada. E eu que pensava ter encontrado um adulto diferente dos outros... Ainda capaz de sonhar e de acreditar na vida. Mas o senhor é só um menino cheio de medos, que brinca de bancar o adulto com os livros. O senhor sonha apenas nos livros. Não tem coragem!

O professor não conseguiu responder à segunda mulher que, em 24 horas, encostava-o à parede.

Margherita lhe deu as costas e foi embora, cheia de raiva. Sua viagem estava decidida e nada poderia detê-la, iria sozinha. Com ou sem nau, com ou sem companheiros de viagem.

O professor ergueu o braço para segurá-la, mas Margherita já desaparecera, e, no punho fechado pela frustração, ele encontrou o pedaço de alma que aquela menina lhe confiara: um pedaço de papelão no qual estava escrito *Prof.* Uma figura masculina adulta de referência ou uma submarca?

Marta a viu escapulir, em prantos. Tentou detê-la, mas Margherita afastou-a com um aceno da mão. O que ela devia fazer, devia fazer sozinha. Nem mesmo Marta poderia ajudá-la. Ela ficou olhando enquanto a amiga ia embora correndo, com os cabelos semelhantes a lágrimas. Existem dores nas quais ninguém pode entrar. Existem coisas que temos que fazer sozinhos.

Sozinha. Começou a separar aquilo de que necessitava para a viagem: colocaria tudo na mochila da escola para não despertar suspeitas. Chegara o momento de lançar mão de suas reservas... Uma caixa colorida, fechada com fita adesiva, e com os dizeres: *em caso de emergência*. Era o momento. Ali, ela guardava os presentes em dinheiro recebidos da avó e mais algumas quantias pequenas: o troco do jornal, que os pais deixavam com ela, e o que sobrava da mesada, quando sobrava... Abriu: havia 38 euros e 25 centavos. Eram suficientes para chegar aonde queria. Pelo menos assim pensava. De que mais precisaria além de uma nau?

Eleonora saiu do escritório para buscar Andrea no jardim de infância. A tarde adulava a luz para que esta se demorasse mais, quando a mulher encontrou um casal de amigos.

– Eleonora! Como vai? Quanto tempo... – disse a esposa, luminosa como pode ser uma mulher ao lado de seu homem.

O marido sorriu, como se tivesse feito a pergunta junto com ela.

– Tudo bem. E vocês?

– Superbem. Tirando certo cansaço, agora que a barriga começa a pesar... – disse a amiga, radiante.

Eleonora observou a barriga da outra e depois fitou-a nos olhos, sorridente.

– Estamos esperando um bebê!

– É uma menina – acrescentou o marido, fingidamente polêmico, acariciando o ventre da esposa.

– Estamos indo comprar o berço.

– E seus filhos? – quis saber ele.

– Margherita começou o liceu recentemente. Andrea está no jardim de infância. Estou indo buscá-lo.

– Seu marido vai bem? – perguntou o amigo.

– Sim – respondeu Eleonora, após um instante de hesitação.

– Um abraço para ele, faz tempo que não nos vemos.

– Por que vocês não vêm jantar conosco uma noite dessas? – acrescentou a mulher.

– Ótimo. Mas agora é um período difícil, com o início da escola... Assim que as coisas se acalmarem um pouco, sem dúvida...

– Tudo bem. Eu lhe telefono daqui a uns dias. Quero que você experimente minha musse de atum...

– Desde quando engravidou, ela está cozinhando melhor... – disse o marido. – É realmente verdade o dito popular: as crianças trazem fortuna, já nascem com um pão embaixo do braço!

– Mas o que isso tem a ver, idiota? – A esposa riu e lhe deu um tapinha no ombro, que ele retribuiu com um beijo.

Eleonora os olhava e tinha a impressão de que seu rosto estava para se despregar de uma hora para outra, a tal ponto lhe pesava a máscara que impede de mostrar as próprias debilidades. Mas o que podia fazer? Começar a chorar diante da alegria daqueles dois?

– Desculpem, preciso ir. Senão, a professora me dá bronca... Até logo – cortou.

– Até logo. E descanse. Você parece cansada...

Alguns metros depois de se afastar, Eleonora se voltou: o marido pousava a mão na cintura da mulher, protegendo a vida que abria espaço dentro dela. Então, imobilizou-se como uma estátua, no meio da calçada.

* * *

Andrea estava desenhando, à espera da mãe. Enchia de verde as copas de uma fileira de árvores e de azul um céu de verão. No centro do papel, um menino de mãos dadas com o pai. Um colega se aproximou e lhe arrancou o papel:

– É meu! – disse, maldoso, com inveja da perícia de Andrea.

– Não, é meu – respondeu Andrea, estendendo as mãos para o papel e conseguindo segurar uma ponta.

O papel se rasgou. O coleguinha fugiu com a metade que lhe restara na mão. Andrea ficou olhando o braço arrancado do menino, ainda preso ao do pai em sua parte do desenho.

Apertava-o no punho como se fosse uma questão de vida ou morte, mas, ao mesmo tempo, com relutância, como se aquilo queimasse.

A professora Gabriella o encontrou assim, com o braço levantado, imóvel. E tomado por um pranto inconsolável.

Teresa tricotava sentada junto à janela. Assim podia ver suas plantas. Fazia isso quando estava sozinha e era invadida pela saudade do marido. Trançar aquele fio, como quem entrelaça trama e urdidura, deixava-a mais calma, recordava-lhe que tudo estava em ordem. Entre seus dedos, despertavam séculos de trabalhos femininos e atividades que, na infância, ela vira sua mãe realizar, quando ainda existiam os teares de madeira. A lã crua, em flocos, jazia em meadas da altura de um homem. A luz entrava pelas janelas e trabalhava-se enquanto as duas existiam, luz e lã. Com a ajuda da roca, uma mulher enrolava a lã entre o indicador e o polegar, transformando-a ora no fio da urdidura, a parte vertical e mais macia do tecido, ora no mais espesso e duro da trama. Este último, guiado pela naveta, atravessava a urdidura na horizontal, para a frente e para trás, compondo trechos e desenhos sempre novos.

A lã da urdidura se assemelhava a uma mulher capaz de acolher, ventre macio e paciente, o fio da trama: o homem, que lhe atravessava a maciez, fecundando-a. Teresa ficava horas olhando, e, gradativamente, emergia um desenho que escondia o esqueleto e os nós do tecido. Como por magia, aquela montanha de lã se transformava em uma colcha decorada para o enxoval de uma moça que ia se casar. E a vida lhe parecia muito semelhante àquele trabalho. Trama e urdidura, sozinhas, de pouco serviam, mas, unidas, criavam um tecido forte, belo, novo.

Agora, o fio da trama havia parado de se entrelaçar ao da urdidura. Pietro não existia mais. Seu fio havia acabado. O entrelaçamento ameaçava se desfiar. Pietro a salvara do abismo, tirara-a do labirinto no qual ela se escondera após os dias da desgraça, que não lhe era possível sequer lembrar sem renovar aquela dor muda. Sem ele, teria permanecido um fio desacompanhado.

Olhava o desenho de sua vida e recordava. Recordava quando o jovem professor palermitano, tendo obtido o emprego na aldeia dela, passava diante da confeitaria Dolce, esse era o sobrenome do proprietário, como se fosse de propósito. Teresa trabalhava ali, acordava às quatro da manhã para enfornar o pão e preparar os doces quentes para o desjejum, e se plantava na soleira, para lançar a ele uma olhada, àquele belo rapaz de bigode, bolsa de couro e chapéu. O senhor Dolce a repreendia pela distração, e alguns a consideravam uma descarada, mas seu coração sabia que *quannu l'amuri tuppulìa, 'un l'ha lassari ammenzu a via*: quando o amor bate, não se deve deixá-lo no meio da rua. Ele, culto, tímido e encabulado, recolhia aquele sorriso cálido e cheio como o odor dos pãezinhos recém-assados e quase o retribuía.

Finalmente, um dia, tinha entrado na confeitaria, pedira uma cassata e a oferecera a ela: dera-lhe um doce que ela mesma havia preparado. Um homem estranho. E ela, que nunca experimentava os próprios doces, achara delicioso o que lhe era trazido pelas mãos daquele homem: a ricota doce no ponto certo e o glacê não muito espesso, mas esfacelando-se, tenro, para não ficar enjoativo. No fundo, a vida de casal é receber-se a si mesmo de um outro, como o mais delicado dos doces. Tinham conversado pouco, mas o suficiente para se escolherem. Existem palavras como as conchas, simples, mas com o mar inteiro dentro.

Haviam tomado a fresca na casa em frente ao mar, sentindo perfumes doces e amargos, trocando olhares furtivos e traindo desejos que os encabulavam. Depois, ele teve que partir para a guerra, e o coração dela se partiu. Mas, ao voltar, ele se apresentou para pedir sua mão aos pais dela, e o coração se recuperou. Naquele mágico jardim de manjericão, menta, sálvia, alecrim, alcaparras, jasmins-manga, jasmins, buganvílias, figueiras-da-índia e o mar que, lá embaixo, batia sem parar e misturava todos aqueles odores ao dele, todas aquelas cores à dele. Os pais e ela haviam se instalado nas cadeiras de madeira. Ele, elegante como um noivo, empertigado, cheio de mesuras e beija-mãos, com aquele seu bigode brilhantinado.

– Eu só posso dar a Teresa esta casa – esclarecera o pai.

– Mas eu não pedi uma casa, pedi Teresa – respondera Pietro. E a coisa se resolvera.

Depois, veio a vida lado a lado. E os dias terríveis da desgraça. Esse simples pensamento fazia tremerem as mãos de Teresa. A decisão de deixar a terra deles e a nova vida longe, no Norte, no Continente, onde o frio era frio de verdade: *s'aggigghiava*, as pessoas gelavam, e não havia o mar. Mas nisso ela não queria pensar, era muita dor. Nós, entrelaçamentos, tropeços: assim era o avesso da vida deles, mas o direito, que desenho maravilhoso! *L'amuri è duluri, ma arricria lu cori...* O amor é dor, mas distrai o coração.

Pietro lhe escrevia cartas durante o namoro, e ela se sentia importante, embora mal soubesse ler e aprendesse aos poucos, graças àquelas linhas, com as quais o senhor Dolce a surpreendia sonhando no horário de trabalho, repreendendo-a com bondade. No início, Pietro a tratava por "senhorita Teresa", como se faz com as pessoas importantes. Contava-lhe sempre as histórias que conhecia, cada carta uma história. Ele gostava das lendas cavalheirescas e dos mitos: o fio de Ariadne, os dois esposos que desejavam morrer juntos e foram contentados pelos deuses, as aventuras de Reinaldo e Rolando, os amores de Angélica... Depois do noivado, ele começara a tratá-la por você e sempre terminava as cartas com as palavras:

"Beijo você nos olhos."

— Por que nos olhos? — perguntou ela certa vez.

E ele, em tom professoral, explicou que nos olhos fica a pupila. *Pupilla*, em latim, significa "menina", *nicariedda*, e ela era sua pupila. Dizia isso como ainda se diz em dialeto a uma bela menina: *sì na pupidda*. Queria *spupazzare* Teresa dos pés à cabeça, acariciar, mas ainda não era o momento. Contentava-se com beijar-lhe os olhos e a tornava menina, esposa e mãe. E Teresa sentia agora o beijo daquele que para ela havia sido filho, marido e pai. E era feliz.

Sozinha. Celular desligado. Refugiada no aposento do coração, antes ocupado por jogos e fantasias, agora por dores e medos. Saiu de casa. Ainda tinha uma peça de quebra-cabeça a entregar antes de partir. Encontraram-se em frente à velha igreja, com o que restava do passado imperial da cidade: uma fileira de colunas erodidas pelo vento, pela água e pela poluição.

Quando chegou, Giulio, sem dizer nada, estendeu-lhe a mão, e Margherita abrigou a sua ali dentro, como fazia com o pai quando deviam atravessar a rua e ele dizia "Mão!", e ela desejava aquele comando como se fosse uma carícia.

Na mão daquele garoto, reconheceu a mesma segurança e soube que podia confiar nele. Giulio percebeu, no aperto de Margherita, uma dor semelhante à sua, porém mais ardente e viva: aquela mão não mentia. Ele não apertava daquele jeito a mão de uma garota desde que... E percebeu que nunca fizera aquilo.

— Fui eu — disse.

— Que fez o quê?

— Aquela bagunça, um dia desses.

— O alagamento da escola?

Giulio assentiu.

— Foi a coisa mais bonita que eu já vi na escola... — disse Margherita, e sorriu.

A face dele se transformou, sua expressão ferina e tensa se relaxou, lembrando um gato que abaixa o pelo e cerra os olhos, sonsamente, depois de escapar de um perigo. Margherita viu naquela expressão uma ternura que talvez nem mesmo ele desconfiasse possuir. Talvez nem quando criança tivesse sorrido assim.

— Aonde você quer ir? — perguntou Giulio.

— Onde houver silêncio — disse ela, estreitando-lhe a mão e apoiando o lado de seu corpo no do rapaz.

O entardecer varria os resíduos de luz como poeira sob um tapete, e a cidade parecia um enorme palco em cujo centro Margherita e Giulio atuavam com arte consumada, enquanto coisas e pessoas se revezavam como desajeitados e evanescentes coadjuvantes. Com uma leveza de passos de dança, um homem e uma mulher avançavam sobre o fio suspenso da vida, um em direção ao outro. Passo após passo, o fio se robustecia e se transformava em corda, tábuas, ponte lançada sobre o abismo.

– Eu sei aonde ir – disse Giulio sem a olhar, mas também sem lhe soltar a mão.

Viram-se em uma rua estreita, sem saída. Contra o muro descascado amontoavam-se caixas de papelão rasgadas e caixotes de madeira. Das janelas saíam vozes, histórias, silêncios. Uma fila de lixeiras para a coleta seletiva parecia uma procissão de bocas esfomeadas, e um odor intenso impregnava as paredes e o asfalto. Margherita teve um sobressalto de medo. Recordou as advertências que, desde sua infância, a mãe lhe repetia: nunca siga ninguém, não aceite nada de desconhecidos.

Giulio conduziu-a para além das lixeiras e lhe apontou uma porta de madeira descascada, da qual vinham vapores densos. Margherita estremeceu e soltou a mão de Giulio, que a fitou magoado, mas não disse nada.

Precedeu-a dentro do vapor, como se entrassem no inferno. Um corredor estreito levava a outra porta, na qual estava escrito *Cozinhas, favor deixar livre a passagem.* Enveredaram pelos degraus que começavam depois daquele corredor e, da entrada, não eram visíveis. Avançavam um atrás do outro, porque não havia espaço para dois na escada, recortada como um poço dentro da construção. Margherita subia sem falar nada, um misto de medo e exaltação se apoderara dela. O odor liberado pelas cozinhas enchia todo o vão, e as paredes pareciam transpirar óleo. Os patamares tinham apenas duas portas, uma ao lado da outra, sem placas com os nomes dos inquilinos. A cada andar, Margherita se detinha para olhar Giulio, que lhe acenava para prosseguir, com os olhos transparentes.

Depois de sabe-se lá quantos lanços de escada (Margherita havia perdido a conta), chegaram, sem fôlego, ao último piso. Diante deles, havia uma porta de ferro cinzenta e meio enferrujada, com toda a aparência de estar emperrada. Com um tranco, Giulio a escancarou. A luz entrou, e a fumaça saiu, sugada pelo ar do mundo. Margherita deu um grito.

– Desculpe. Eu não queria assustar você – disse Giulio. Deteve-se na soleira e deixou que Margherita o ultrapassasse, como se a estivesse introduzindo em sua casa. Estavam na laje de um prédio, um dos mais altos da vizinhança. O chão era coberto por uma camada negra e grudenta de piche, cheia de calombos e pequenas cavidades. Lembrava a superfície de um planeta esquecido: massas de fios o percorriam, afundando no nada, ligando as antenas aos aparelhos. Pencas de parabólicas brancas pareciam árvores do futuro.

O vento fresco, liberado pelo espaço estreito entre os prédios, abraçou o corpo de Margherita, que se sentia a primeira mulher desembarcada em algum lugar semelhante à lua. A um canto, havia uma cadeira de plástico. Giulio tomou-a pela mão e a guiou até o parapeito baixo. Debruçaram-se sobre o vazio e viram os tetos, e a cidade lhes pareceu uma mulher que se volta de repente, mostrando sua verdadeira face. O céu enchia todo o espaço deixado livre por aquilo que as mãos do homem tinham construído.

O panorama, à primeira vista uniforme e plano, na realidade era hirsuto, quase espinhoso: as antenas de centenas de televisores cresciam sobre os tetos, tentando captar as líquidas mensagens dispersas na atmosfera. Sons, imagens, cores transformados em ondas imateriais enchiam o ar e, invisíveis, cascateavam sobre a pele de Margherita e Giulio. No alto das cúpulas e dos campanários de algumas igrejas cresciam cruzes solitárias, semelhantes a antenas ocupadas em traduzir os sinais silenciosos que o céu envia à Terra. A agulha do Duomo,* com a Madonnina, destacava-se acima de tudo, brilhando dourada e solitária.

Os rumores da cidade pareciam abafados.

– Eu venho aqui quando estou precisando – disse Giulio, apontando a cadeira de plástico.

– Quando?

– Sente-se.

Margherita obedeceu.

Giulio pousou os cotovelos no parapeito e, sem olhar para ela, disse:

– Quando preciso não ver nada do que as pessoas fazem.

– Por quê?

– Porque está errado.

– E o que você olha?

– O céu.

– Por quê?

– Ele me salva. Aqui não há nada, mas vejo tudo aquilo de que preciso. Sobretudo quando é noite alta. O escuro destrói a saudade. E os sonhos, eu tiro das estrelas: são a liberdade e a beleza que posso me permitir. Sem dúvida, em outros lugares, existem ocasos mais bonitos, mas daqui a gente vê as estrelas. Estrelas com depósitos, lojas, cozinhas embaixo, é verdade, mas, afinal, são sempre estrelas... E escrevo.

– Escreve o quê?

---

* Nome pelo qual é conhecida a Catedral de Milão. A Madonnina é uma estátua de cobre dourado de N. S. da Assunção. (N.T.)

— Nada, palavras... — Perdeu-se em sua melancolia e se calou. Margherita imaginou um caderno amassado e cheio de palavras semelhantes a conchas para escutar.

— Conte sua primeira lembrança, a coisa mais antiga que você sabe a seu respeito — pediu Giulio.

Ela ficou em silêncio por um instante.

— Eu devia ter uns 4 anos. Caminhava com meu pai ao longo da praia, cheia de algas, pedrinhas e conchas. De vez em quando, alguma água-viva também ia parar na areia e se derretia ao sol. Eu tinha um medo terrível das águas-vivas, pois elas davam choque se você as tocasse, e eu me escondia atrás das pernas de meu pai. Ele encontrou uma concha muito grande, abandonada ali pelas ondas. Mandou que eu a apanhasse. O mar estava parado, o vento também. Eu peguei, dei a ele, ele encostou a concha no meu ouvido e me perguntou, tapando meu outro ouvido: "O que você está escutando?" Ouvia-se um rumor surdo, um murmúrio longínquo, mas constante. Não respondi, porque não sabia com que palavra chamar aquilo. "Sabe o que é?" "Não." "O mar." "O mar?" "Sim, o rumor das ondas fica preso nas conchas, e elas o repetem para sempre." "Para sempre?" "Para sempre." Encostei novamente o ouvido àquela orelha lisa, e o rumor surdo, longínquo, mas constante, ainda estava ali. Guardei a concha. Todas as noites eu a escutava e imaginava que segredos aquele eco escondia. Aquilo me consolava. Não sei por que, mas ele estava sempre ali, mesmo quando não se via mais o mar. E você, qual é sua primeira lembrança?

— Não tenho.

— Ora... impossível!

— Quem não tem pais não recorda nada da própria infância.

— Eles morreram?

— Sim.

— Como?

— Eles me abandonaram.

— E onde estão agora?

— Não sei. Quando eu nasci, eles não me queriam e me deram a outras pessoas.

— Por quê?

— Não sei.

Ficaram em silêncio. Margherita fitava o céu que se acinzentava, já sem sol. Giulio se sentou no parapeito, com as pernas penduradas no ar.

Ficaram em silêncio por um tempo enorme. Depois, Margherita se levantou, cingiu-lhe o peito, abraçando-o por trás, e, como um médico que ausculta o paciente, pousou o ouvido sobre as costas dele. Sentiu os batimentos da vida de Giulio, um ritmo nervoso, como se alguma coisa, a cada giro, emperrasse.

— Tenho uma coisa para lhe dar.

— Que coisa? — perguntou Giulio sem se voltar, fechado em seu novelo de pensamentos, no qual Margherita começava a remexer, em busca da ponta do fio.

Margherita abriu a mão sob os olhos de Giulio e lhe cochichou ao ouvido:

— Embora eu não o conheça, confio em você — esforçando-se por lhe soprar as palavras bem no coração para ele as levar sempre ali dentro.

Giulio pegou a peça de quebra-cabeça com seu nome escrito e apertou-a entre os dedos.

— O que é?

– Uma peça do meu quebra-cabeça.

E, sentada ao lado dele, desafiando a vertigem, explicou-lhe do que se tratava.

Giulio a escutava, olhando o horizonte no qual reluziam as primeiras estrelas. Em silêncio.

Um burburinho atenuado subia da cidade, como de uma imensa concha de cimento. Margherita e Giulio, entre céu e terra, escutavam aquele eco que ascendia até as estrelas, e não sabiam decodificar a mensagem dele.

O que é aquele ruído de fundo, a não ser a mistura de dor e alegria que, no labirinto de casas, no novelo de vidas, dos subterrâneos aos telhados, a vida inteira emana? O que ele diz exatamente ninguém sabe, talvez só o ouvido de Deus.

– Decidi partir – disse Margherita.

– Eu vou com você – declarou Giulio, sem saber para onde, mas seguro de que era o lugar certo.

SEGUNDA PARTE

A madrepérola

Mas ali onde existe o perigo,
também cresce aquilo que salva.

F. HÖLDERLIN, *Patmos*

Os cabelos de Margherita voavam, sugados pela janela do carro. Seus olhos verdes temiam que sinais vermelhos pudessem impedir a corrida pela estrada, que aparecia diante deles e desaparecia embaixo deles. A liberdade e a beleza do céu entravam por aquela janela escancarada, mas o medo do desconhecido descia daquele mesmo céu como um fio branco prestes a envolver o automóvel em sua teia.

Uma das mãos do rapaz lhe roçou o joelho descoberto ao mudar de marcha. Um arrepio subiu por seu corpo e ela, instintivamente, retraiu a perna. Giulio, mãos no volante, não sentia medo de nada, era de sua natureza. Havia sido fácil pegar o carro de Eleonora: ela nunca o usava para ir ao trabalho e não perceberia que o veículo não estava na vaga.

Liberdade e beleza. E medo. Margherita queria ir mais devagar: Giulio só tinha habilitação para a scooter, não podia dirigir um carro. Se o parassem e o multassem, seria um desastre. Estavam sozinhos. Eles dois, sozinhos. Que ideia havia sido aquela de partir assim? E se fossem flagrados? Ela iria parar na prisão? Não, talvez não, mas certamente a polícia prenderia seu pai ou sua mãe. Como pudera acreditar nas bobagens daquele professor desmiolado e em suas fantasias homéricas? A faixa divisória da estrada parecia sair do para-brisa como um fio que se desdobra ou se enrola, como o que Ariadne dera a Teseu. E se errassem o caminho? E se aquele fio os levasse diretamente aos braços do Minotauro? Toda aquela liberdade lhe causava medo, mas aquele mundo não codificado por obrigações e funções a exaltava. Mais uma vez, um sentimento e seu contrário disputavam o coração de Margherita, esticando-o até o limite. Aquela viagem devia ser feita, era o destino, e o destino jaz sobre os joelhos dos deuses, dizia Homero. Além disso, a seu lado havia um homem, seguro, sem limites, indiferente ao perigo, olhos azuis, coração atrevido. O carro era apenas um detalhe, e a carteira, uma rotina da burocracia.

Margherita olhou o relógio no painel: 8h50. Marta estava na aula com a professora de matemática, às voltas com uma equação qualquer, na qual a incógnita tem sempre uma solução. Não como naquela estrada. Para Margherita, contudo, não faltavam dez minutos para o final do horário, nada disso. Não havia o tédio a expulsar, a versão a copiar, o terror da prova e a esperança do fim de semana. Havia só um mergulho no desconhecido, sem horários nem paredes. O universo abria caminho dentro dela, mas, ao mesmo tempo, faltava-lhe a coragem de viver nele. Para isso, porém, havia Giulio. O coração suportaria toda aquela beleza e aquela liberdade em sua companhia? Giulio lhe ensinaria como fazer.

Faltou-lhe a respiração. "Na vida são importantes não os momentos em que você respira, mas aqueles que lhe tiram a respiração", palavras de *Hitch – Conselheiro amoroso*. Não existe outro modo de encontrar a própria história, a não ser perdendo o fôlego, custe o que custar. Queria que seus sonhos não voassem todos para longe como confete antes mesmo de se tornarem projetos. Iria se sentir culpada, sentiria saudade deles, e não existe saudade maior que a das coisas que nunca existiram. A saudade do futuro.

Os dois jovens não falavam. Qualquer palavra destruiria aquele equilíbrio miraculoso entre medo e paixão. O celular de Margherita tocou. Marta. O primeiro horário tinha acabado e a amiga tentava chamá-la. Através daquela campainha, toda a realidade voltou a lhe cair em cima, sob a forma de sentimento de culpa. Margherita não atendeu. Cada tinido era um toque fúnebre. Finalmente, o aparelho voltou ao silêncio.

— Desligue — disse Giulio.

— E se fosse algo importante?

— Não há nada mais importante que o que estamos fazendo.

Tinha razão. Ninguém deveria procurá-la ou encontrá-la, era ela quem deveria procurar e encontrar alguém. Desligou o celular e o guardou na mochila.

Giulio puxou do bolso seu iPod e o inseriu em um orifício do painel. Selecionou a playlist que buscava e acionou a música, enquanto enveredava pelas ruas da periferia para pegar a autoestrada a caminho de Gênova.

Aumentou o volume, e a cabine se encheu de um arpejo de guitarra e de uma voz cálida.

Comes the morning
When I can feel
That there's nothing left to be concealed.

Curiosa, Margherita leu o título da canção: *No ceiling*, de Eddie Vedder.

— Eu quis lhe preparar uma playlist para esta viagem — disse Giulio, sem desviar o olhar da estrada, para não a fitar nos olhos.

Sure as I am breathing
Sure as I'm sad
I'll keep this wisdom in my flesh.

– Você sabe a letra? Eu não entendo muito bem... – perguntou Margherita, consciente de jamais ter recebido um presente tão bonito.

– É a trilha sonora de meu filme predileto, *Into the Wild: na natureza selvagem*. Este trecho é quando ele começa a viver sozinho na natureza e toma banho ao ar livre. A água não é só água. Ele não tem nada acima de si: pais, regras, tetos. Somente o céu. – Apontou o iPod para mostrar o que estava explicando.

I've been wounded, I've been healed
Now for landing I've been, for landing I've been cleared.

– É como se ele tivesse morrido e renascesse em contato com aquela água. Finalmente livre, descobre que já tem tudo aquilo de que precisa. – O ritmo um pouco country trazia alegria, mas era também levemente melancólico.

I leave here believing more than I had
This love has got no ceiling.

– Este amor não tem...? O que ele diz? – perguntou Margherita.

– *Ceiling*. Teto.

Nenhum teto. Assim se sentia Margherita, sem teto. Sob o céu, com o garoto que subia nos telhados.

Margherita se deixou invadir pelas notas finais da canção e teve vontade de chorar. Giulio pausou a compilação, à qual dera um título: *Into the Wild not Alone*.

– Como você está? – perguntou, pousando a mão sobre a dela e apertando-a com força. Enquanto isso, a manhã explodia como um jato de ar impregnado dos desejos de um menino e se dispersava por todos os cantos da cidade.

Margherita ficou em silêncio e, com os olhos velados de lágrimas, observou-o enquanto ele dirigia, tão seguro de si. Gostaria de ter a mesma segurança. Gostaria de crescer em um instante para ser digna de estar ao lado dele. O perfil de Giulio era emoldurado pela janela luminosa, os cabelos negros envolviam a cabeça com uma gentileza perdida e os olhos se moviam como libélulas que batem as asas tão rapidamente a ponto de tornar aquele voo um milagre.

Giulio não repetiu a pergunta, o silêncio de Margherita era mais eloquente que qualquer resposta e as lágrimas, mais que as palavras. Virou-se e lhe sorriu. Em seguida, começou a cantar, bem baixinho. Margherita ficou hipnotizada pela voz dele, pelo timbre.

Seu corpo se enroscou e, de olhos fechados, ela sentiu que uma casa se construía a seu redor, embora tivesse como chão a estrada e como teto o céu, afora aquele provisório, o do carro. Lembrou-se de Carl e Ellie em *Up: Altas aventuras*. Sempre que via os primeiros dez minutos daquele filme, chorava como uma menina. Veio-lhe à mente a casa suspensa no céu e arrastada por uma nuvem de balõezinhos coloridos até a Patagônia, em busca de um lugar sempre e unicamente sonhado por Carl e Ellie.

A barreira da autoestrada obrigou o carro a reduzir. Margherita se sobressaltou, temendo que uma viatura da polícia já estivesse esperando ali para levá-los à prisão, onde seriam interrogados por um policial supermalvado, como aqueles das séries de que seu pai gostava. Não podia ser: sua mãe estava no trabalho e não devia ter percebido nada.

Giulio pegou o tíquete e o passou a Margherita. Por um instante, ela teve a impressão de que havia sido seu pai a passar o tíquete à sua mãe, como acontecera tantas vezes nas viagens da família para Gênova. Seria possível que aquelas viagens mágicas, que duravam menos de duas horas, mas que a ela pareciam longuíssimas e cheias de aventuras, tivessem acabado?

A barreira se ergueu e eles entraram na viagem, seguros de que as paradas se materializariam à sua frente, embora ainda não existissem. Sua mãe sempre encaixava o tíquete na fissura interna do quebra-sol, mas, antes de fazer isso, Margherita o examinou, nunca havia visto um de perto. Dizia o local de partida, mas, naturalmente, não o de chegada: com aquele tíquete entre os dedos, ela sentiu correr em seu sangue a coragem de quem parte em busca de novas terras, novos continentes, passagens proibidas. Em cada vida, há uma Índia a alcançar, uma América a descobrir, uma miragem a transformar em realidade. Margherita segurava o tíquete e o apertou até quase amassá-lo.

Giulio apoiou o braço fora da janela e Margherita o imitou, deixando que a cabeça também se projetasse e os cabelos fossem sugados pela estrada que ia ficando para trás. Fechou os olhos. Esperou que no porto houvesse tanta alegria quanto a que havia em alcançá-lo.

O vento zumbia nos ouvidos, e Giulio berrou como um condenado à morte que é perdoado a poucos minutos da execução.

Margherita se assustou, depois riu e também gritou.

– Qual é sua música preferida? – perguntou Giulio.

– "La donna cannone"* – sorriu ela.

– Como você é pesada... – disse Giulio, sério.

---

* "A mulher-canhão", ou, mais precisamente, "A mulher-bala", de Francesco de Gregori (1951-). Adiante: "Com as mãos, amor, pelas mãos te tomarei.../ E, sem dizer nada, em meu coração te levarei.../ E não terei medo se eu não for bela como dizes,/ mas voaremos no céu em carne e osso,/ não voltaremos mais..." (N.T.)

Ferida por essa frase, Margherita sentiu que seu sorriso se congelava no rosto. Mas não teve tempo de dizer a si mesma que estava errando tudo, até sua canção preferida, pois Giulio começou a cantarolar:

Con le mani amore, per le mani ti prenderò...

Margherita continuou, em voz baixa:

E senza dire parole nel mio cuore ti porterò...

Então, Giulio a sustentou, como fazem as linhas do pentagrama com a melodia das notas, e as vozes se misturaram:

E non avrò paura se non sarò bella come dici tu,
ma voleremo in cielo in carne e ossa,
non torneremo più...

Prolongaram demoradamente o *u*, muito mais demoradamente que o necessário. Caíram na gargalhada e iniciaram um dueto sobre aquele *u* como se fosse o texto da canção inteira. Margherita ria até as lágrimas, as mesmas que a dor tinha produzido pouco antes. A composição delas seria a mesma? Nenhum cientista se ocupa desses experimentos fundamentais. O certo é que alegria e dor brotam de uma só fonte, o coração do coração.

O coração não passa de uma fileira de aposentos, cada vez menores, um leva ao outro através de uma porta fechada e escadas que descem. Ao todo, são sete aposentos. O coração do coração é o sétimo, o mais difícil de alcançar, mas também o mais luminoso, porque as paredes são de vidro. Alegria e dor vêm daquele aposento e são a chave para entrar nele. Alegria e dor choram as mesmas lágrimas, são a madrepérola da vida, e o que importa na vida é manter intacto aquele pedacinho de coração, tão difícil de alcançar, tão difícil de escutar, tão difícil de dar, porque, ali, tudo é verdadeiro.

Um carro os ultrapassou e uma menina saudou Margherita, escondendo logo, atrás do assento, os olhos travessos e uma cabecinha loura e eriçada. Margherita esperou que ela reaparecesse, conhecia bem aquele jogo, e a cumprimentou de volta. A menina sorriu e se encolheu, arrebatada pela velocidade do veículo. Se a menina e a jovem haviam trocado um até logo ou um adeus, ninguém sabe.

Os campos se estenderam ao longo da estrada, amarelecidos pelo verão já extinto ou despidos pela colheita.

— Olha que linda aquela árvore! — gritou Margherita a certa altura.

Era um carvalho solitário no meio de uma plantação de trigo. Destacava-se como um pai que chama seus filhos para perto.

Giulio olhou o ponto indicado por Margherita e ficou meio indiferente.

— Sempre gostei dessas árvores sozinhas, no meio do nada. Seria uma beleza poder abraçá-las... — acrescentou ela, encorajada pela liberdade.

Giulio começou a rir.

— Era só uma ideia, se você não topar, tudo bem... — disse Margherita, ofendida, enquanto, virando-se para o outro lado, seguia o perfil da árvore.

Giulio tocou-lhe o ombro para que ela se voltasse, mas Margherita resistiu. Uma área de descanso se abria poucos metros adiante. Giulio reduziu bruscamente.

— O que você está fazendo? — perguntou Margherita.

– O que me deu na telha. A viagem é nossa, e fazemos o que nos der na telha.

– Como assim?

Giulio desceu. Contornou o automóvel. Abriu a porta de Margherita e a convidou para sair.

– Não devemos chamar a atenção! Ficou maluco?

– Não mais que você... Vamos – respondeu Giulio. Com um salto, pulou a cerca e se encaminhou para o campo.

Margherita o seguiu até a proteção de ferro, quente e rachada pelo sol.

– Aonde você vai?

Giulio parou, apoiou as mãos nos quadris e, candidamente, respondeu:

– Cumprimentar um velho amigo.

Margherita riu e foi atrás dele, quase sem fôlego.

As plantas se dobravam à sua passagem, e o terreno escuro e pegajoso se escondia sob o emaranhado dos caules. Não havia trilhas, somente uma onda de trigo, pronta a reagir a qualquer mínimo movimento do ar. Os grilos saltavam, surpreendidos por aqueles passos repentinos.

Chegaram junto da árvore, e Giulio a abraçou. O tronco era rugoso e tépido, cheirava a terra e a córtex queimado. Era tão grosso que o impedia de abraçá-lo por inteiro. O sol se insinuava através da folhagem densa.

– Ele está bem, mas meio gordo... – sorriu Giulio, zombando de Margherita. Ela, arrebatada, olhava um homem capaz de acreditar naquilo que você lhe diz, mesmo que seja uma coisa de menina de 10 anos. Se os homens pelo menos soubessem que, para amar uma mulher, é preciso amar a menina que existe nela...

– Não se formos dois... – respondeu Margherita.

Abraçou o tronco pelo outro lado e segurou as mãos de Giulio. Sentiu a alma lhe atravessar os dedos e fluir até as mãos dele, um abalo suave, que se propagou por todo o corpo. Teve medo, queria se soltar e ficar presa ao mesmo tempo: singular embriaguez da fragilidade, como quem, de um alto recife, mergulha no mar. Apertou as mãos de Giulio com mais força ainda. Os dedos se entrelaçaram e a tensão para se alcançarem os obrigou a esmagar a face contra o tronco, como para escutar a linfa que escorria dentro dele. O rumor da estrada estava longe, engolido pelas plantas que crepitavam umas contra as outras.

Margherita se sentiu parte de uma história antiquíssima, e Giulio junto com ela. Aquela árvore estava ali, era o que bastava. Ao invés de não existir, existia. E sabe lá quem a plantara ali... As mãos dos dois se apertavam, existiam e não podiam deixar de existir. As coisas existiam, as mãos existiam, e, se existiam, também existiriam depois. As coisas belas não podem morrer todas.

Margherita riu como quem recebe um presente e tem alguém com quem compartilhá-lo: tudo iria correr bem.

– De que tanto riem, você e seu amigo aqui? Estão me escondendo alguma coisa? – perguntou Giulio, que não podia ver o rosto de Margherita, mas sentia o tremor de suas mãos pequenas.

Margherita pousou a mão direita sobre a de Giulio e guiou o indicador dele pelo córtex, como se escrevesse na madeira um exercício de caligrafia. O jovem tentava intuir as letras que a ponta do dedo traçava na superfície da árvore.

E... F...

Giulio sentia o significado daquelas letras subindo ao longo do dedo.

– Está feliz? – perguntou, falando quase dentro da árvore.

Margherita disse sim apoiando toda a mão sobre a dele, lentamente. Em seguida, escreveu.

P... S...

Ficaram assim, mão na mão, por alguns instantes. Depois, Giulio escapuliu em meio ao trigal, gritando "Em viagem!", e Margherita o seguiu, tropeçando como uma menina saciada pela graça das coisas, que duraria *para sempre*.

Partiram de novo, e Giulio fez soar a segunda canção da viagem melódica. Uma voz selvagem e romântica arranhou a cabine.

It's been seven hours and fifteen days
Since you took your love away
I go out every night and sleep all day
Since you took your love away
Since you been gone I can do whatever I want
I can see whomever I choose

Aquela mulher modulava raiva, medo e saudade, e Margherita intuía o pranto mudo de quem perdeu alguém. Para sempre.

Os limites da paisagem tornavam-se cada vez menos amplos. O caminho subia, e a via expressa se restringia a uma espécie de estrada cortada entre as montanhas desde os tempos dos romanos, entre desfiladeiros, torrentes, vilarejos que mais pareciam pintados que reais, e um céu denso entre aquelas montanhas, de Serravalle até o Passo dei Giovi.

Nothing can stop these lonely tears from falling
Tell me baby where did I go wrong?
I could put my arms around every boy I see
But they'd only remind me of you

Giulio apertou as mãos sobre o volante com força, até os nós dos dedos ficarem brancos. Margherita olhava lá fora sem fitar nada em especial, enquanto tentava captar a letra da canção.

All the flowers that you planted, mama
In the back yard
All died when you went away
I know that living with you baby was sometimes hard
But I'm willing to give another try
Nothing compares
Nothing compares to you

Essas palavras repetidas tornaram-se a ladainha de um rito que tentava trazer de volta à vida o que aquela mulher havia perdido.

Agora, Giulio dirigia em silêncio: as curvas daquele trecho de estrada exigiam mais concentração. Devia proteger Margherita e levá-la a seu destino.

— São bonitas as suas canções. Mas você tem gostos estranhos... — disse ela.

— Gostos meus — respondeu ele, meio sério.

Margherita admirava tudo, como se visse aquilo pela primeira vez. Com um gesto seco da cabeça, expulsou o rosto sério da mãe, que tentava levá-la de volta ao passado. Ela agora estava magnetizada pelo futuro. O rio Scrivia corria azul, quase verde, entre as rochas, e a água, embora pouca, sabia sempre aonde ir.

— Quando você aprendeu a dirigir?

— No ano passado.

— Como?

— Um voluntário do centro de acolhimento me ensinou.

— Ensinou como?

— Eu roubei o carro dele.

— Então, não lhe ensinou...

— Aprendi sozinho, mas com o carro dele.

— Sozinho?

— Teve que ser.

— Não podia pedir?

— Por que seu pai foi embora?

Margherita não respondeu.

Passaram-se uns minutos de silêncio.

— Não sei. Por isso é que estamos indo procurá-lo...

— Ele foi embora com outra?

— Não. Não faria isso nunca...

— Você não conhece os homens, Margherita.

— Quer dizer que eu não conheço meu pai?

— Quero dizer que você não conhece as sombras.

Margherita ficou calada, queria que Giulio continuasse, mas tinha medo de pedir.

— As pessoas são feitas de luzes e sombras. Enquanto não conhece as sombras, você não sabe nada de uma pessoa. Tente ver as sombras antes das luzes, senão vai se decepcionar.

Margherita imaginou encontrar o pai com outra mulher, talvez no veleiro da família. Giulio viu a mão direita dela se contrair e atormentar a pele do braço esquerdo.

— Você sabe dirigir?

— Não!

— Sabe ao menos para que servem os pedais?

— Freio?

— Sim.

— E acelerador!

— Muito bem! E o que mais?

— Tem outro? — perguntou ela, espantada.

— Embreagem, serve para... — Giulio não sabia explicar. — Quer experimentar?

— Ficou maluco?

— É melhor que abraçar árvores.

Margherita riu, deu um tapinha no braço dele e o carro derrapou ligeiramente. Ela soltou um grito, levando a mão à boca e arregalando os olhos.

— Desculpe, desculpe... — apressou-se a dizer.

Giulio sorriu e deu início a uma nova melodia.

Uma orquestra inteira entrou nos ouvidos deles. Margherita o encarou, interrogativa.

— Clássica??? — perguntou, com desprezo.

— Não. Eterna. Ludwig van.

— Quem é?

— Vocês o chamam de Beethoven.

— Que tédio...

— Escute... Assim você aprende algo diferente de Lady Gaga.

— Idiota...

Uma ameaçadora orquestra repreendia um piano dulcíssimo e pungente, como se se tratasse de um diálogo entre um pai e um filho que se comportou mal.

— O que é?

— O segundo movimento, *andante con moto*, do Concerto número 4 para piano e orquestra.

O piano chorava e a orquestra aplacava a própria arrogância até se apagar. As notas do piano tornaram-se um discurso sussurrado ao ouvido, cheio de amor, que convenceria qualquer um, até mesmo uma orquestra inteira enraivecida.

Orquestra e piano se extinguiram em um *pianissimo* prolongado. Giulio e Margherita ficaram em silêncio. Ela sentiu aquela doçura inquieta e pacificada lhe entrar no coração e a fez sua. Luzes e sombras. Em seguida, um túnel comprido os engoliu.

— Trouxe maiô?

— Não.

— Então, vamos comprar um.

— Mas nós estamos aqui por causa de meu pai, não temos tempo para mergulhar.

— Temos tempo para fazer tudo o que quisermos.

— E você, trouxe sunga?

— Claro! — riu Giulio.

A luz os esbofeteou de novo, ofuscando-os. Começou a descida que os impeliu rumo ao Grande Pai,* que repentinamente apareceu entre telhados e pinheiros-marítimos: uma resplandecente escarpa azul. Nem Margherita nem Giulio disseram nada, capturados pela nostalgia que aquela tinta cor de anil escreve desde sempre nos corações. Margherita apoiou a cabeça no ombro de Giulio, fechou os olhos e imaginou ter reencontrado seu pai.

A via elevada mergulhou na cidade que enfaixava o íngreme Apenino. As cores das casas eram acesas como chamas, e o mar, à direita, transformava tudo em um sonho azul e amarelo. A brisa subia para espalhar-se em direção ao alto, e Gênova era um mosaico de peças coloridas penduradas na encosta que desliza muito rapidamente para o mar. Tijolos, fachadas, janelas brilhavam.

---

* Trata-se do monte Penne, nome inspirado no do deus Pen, cultuado pelos antigos lígures. (N.T.)

– O aquário! – exultou Margherita, subitamente invadida por uma recordação de infância.

– Coisa de criança...

– E daí? Experimentar o que significa ser uma criança talvez lhe fizesse bem... Você parece sempre tão frio, distante...

Giulio se petrificou e, ferido, perdeu toda a sua irônica segurança habitual. Margherita percebeu que o magoara:

– Eu só quis dizer que é divertido... Confie! Às vezes, eu digo as coisas de mau jeito.

– Por onde devo ir?

– Pegue esta saída!

Giulio abandonou a via elevada e dobrou à direita.

– Por quê?

– Podemos fazer o que quisermos, não foi o que você disse?

– Foi.

– Então, vamos ver o aquário. Temos tempo. Temos todo o tempo que quisermos, nós dois.

Giulio estacionou em um beco que cheirava a mar e alcatrão. Toda cidade tem seu gênio da lâmpada, você deve friccioná-la para que ele apareça. Deve se esfregar contra ela, tocar as paredes, farejar os caminhos, escutar os nomes das ruas e das pessoas. Gênova parecia um paguro, escondido em uma concha espiralada, grudado em uma rocha batida pelo mar incansável. A brisa subia para os becos como o mar nos meandros de uma concha, e se metia pelas vielas entre as dobras dos panos estendidos e as venezianas, até escapar além do céu. A luz mesclada ao ar parecia a mão que acaricia a pele de uma mulher de beleza cansada e cabelos soltos. Muitas bandeiras tremulavam nos mastros dos barcos, cujos cascos arfavam com batidas rítmicas e metálicas, e arrulhavam entre si como pombos. O vento assoviava insinuando-se naquela floresta de pendões e velas, e era enlouquecedor ver-se diante de tanta liberdade de partir, de se perder e talvez retornar. Ao longo dos recifes e dos molhes, passeavam velhos e cães, e cães sem dono. Um grupinho de jovens, manchados pela mesma culpa de Margherita e Giulio, olhava o mar, fumando e rindo. Uma moça, que a luz verde-azulada tornava ainda mais loura, corria. Nuvens de balõezinhos fremiam, ansiosos por fugir de seus fios.

Giulio e Margherita se detiveram para olhar o mar e, como sempre, as sereias estavam ali, prontas para entretê-los, hipnotizando olhos e ouvidos com o enigma primordial da água. Existem sereias que encantam olhos e ouvidos dos homens e os fazem esquecer casa, esposa, filhos. Sereias antigas e sorrateiras. Mas existem sereias dispostas a abandonar a cauda e sentir a dor dilacerante de um novo par de pernas, desde que possam amar, desde que não morram, que vivam para sempre, em vez de se tornarem espuma após a morte. Margherita temia as primeiras, que talvez tivessem enganado seu pai, e se sentia semelhante às segundas: também havia decidido caminhar sobre novas pernas, mesmo que o preço a pagar fosse o de sentir os pés atravessados por mil espinhos, como acontece à sereia da fábula. Giulio apoiou o braço no ombro de Margherita e estreitou-a como se a protegesse, enquanto os dois olhavam à frente e o rumor de martelos nas quilhas dos barcos em reforma recordava que toda viagem, mesmo a mais bela, traz refugos consigo.

Margherita, encabulada, olhou-o só por um instante e sorriu.

— Já viu um golfinho?

— Não.

— Vamos.

Ela saiu correndo, Giulio a fitava e sentia que, dentro de si, novelos antigos se desenrolavam, ou talvez simplesmente aceitasse que eles pudessem permanecer ali esperando que um dia alguém viesse a amá-los, sem a pretensão de desemaranhá-los a qualquer custo.

Imaginou ser um daqueles marinheiros que embarcavam para enfrentar o oceano nos tempos de Colombo, Magalhães, Cortés... Deixavam para trás, em terra firme, uma vida a esquecer, frequentemente feita de sombras, e preenchiam o futuro com a esperança de se tornarem novos homens. Também ele, sem saber por que, via-se esperando que o futuro lhe reservasse algo inesperado, algo melhor. Para os marinheiros, o mar é o pai dessa promessa. Assemelha-se a um pai o mar. Assim como as crianças preenchem a escuridão com monstros, os homens preenchem o mar com expectativas e tesouros escondidos. O mar espera e existirá sempre. Ainda que esconda seus rejeitos, como todo homem faz com suas sombras. O mar.

Giulio pagou os dois ingressos e Margherita agradeceu com um sorriso perfeito. Depois, envolveram-nos a luz azulada do aquário e o tranquilo rumor de fundo. Pairava um odor úmido e ligeiramente salgado. Bolhas se liberavam continuamente nos tanques, e peixes deslizavam preguiçosos ou com arrancos repentinos, experientes conhecedores, como eram, do ritmo certo da própria existência. Giulio, talvez inspirado pela natureza dos peixes, segurou a mão de Margherita: olhar aquele espetáculo compartilhando o estupor o duplicava e o situava em um dos aposentos do coração mais próximos do sétimo, para conservá-lo intacto por mais tempo. A beleza sempre quer ser recordada: por isso, pensamos sempre em quem nos é mais querido quando ela nos impressiona.

Margherita percebia o mistério daquele garoto cheio de segredos; não eram os segredos que a deixavam curiosa, mas a encantava o mistério que ele era.

– Obrigada – disse Margherita.

– Obrigado a você – respondeu Giulio.

As mãos deles só se soltaram quando Giulio as apoiou no vidro do tanque dos golfinhos. Ambas as mãos coladas ao vidro: podiam quase atravessá-lo e tocar a água. Margherita permaneceu fitando o espetáculo do golfinho e o espetáculo de Giulio, sem conseguir escolher. Quando observamos bem como os outros olham as coisas, descobrimos quem eles são e o que querem, antes mesmo que abram a boca. *Unne ti luciuno?*, dizia a avó quando queria perguntar onde você estava ou em que pensava, subentendendo os olhos: onde brilham seus olhos? Vendo o quê?

O golfinho saltava e desaparecia por uma fração de segundo, para em seguida reaparecer decidido e seguro. Giulio estava embasbacado diante daquela dança.

– "Saem da água para respirar e podem resistir até quinze minutos em imersão." – Margherita lia as legendas vizinhas ao tanque no qual rodopiava o casal de golfinhos. – "Seu sistema perceptivo é baseado na audição. Lançam ondas que se refletem sobre os objetos e produzem uma imagem em projeção ortogonal daquilo que têm à sua frente: como se vissem do alto o mapa do espaço." – Giulio olhava e escutava a voz de Margherita. – Você parece um menino – disse ela.

Ele se voltou. Seus olhos estavam arregalados, as pupilas iluminadas pelo estupor.

– Eu queria ser...

– Como?

259

– Assim, leve... Eles fazem tudo perfeito. Não erram um só movimento.

– E você?

– Eu erro sempre. Não tenho o mapa visto do alto para ir aonde devo ir.

– Mas ir aonde?

– Não sei. Eles, sim.

– Para ir aonde não sabe, você deve passar por onde não sabe.

– Como é?!

– Minha avó sempre me diz isso. É uma de suas frases sábias, que o marido lhe dizia quando ela sentia medo... Ela diz em siciliano, mas eu não consigo.

– Tipo?

– Ora, vamos, não sei falar, tenho vergonha...

– Experimente.

– *Pir ghiri unni...* Não me lembro – tentou Margherita, que parecia imitar um linguajar escandinavo, não um mediterrâneo.

Giulio riu e a macaqueou, reproduzindo a inflexão meridional:

– Você é *terrona!**

– *Miiinchia,* me respeite, *vastaso!* – disse Margherita, corando subitamente e cobrindo a boca com a mão.

Riram juntos.

– Gostei deste lugar! – Giulio pegou-a pela mão e saíram os dois em busca de mistérios.

---

* Termo geralmente usado em sentido depreciativo: "sulista", "da terrinha". Adiante, em dialeto: "Caralho" e "grosseirão". (N.T.)

Circularam pelas salas do aquário: um labirinto marinho, cheio de criaturas surpreendentes. Perdiam-se de propósito, voltavam sobre seus passos para rever melhor alguma coisa, vagavam sem rumo, felizes por se perderem. Davam nomes próprios aos peixes, em sua maioria inspirados nas surpreendentes semelhanças com os professores. Giulio encabulava Margherita: fazia as pessoas se voltarem, tocando-lhes o ombro ou dizendo um discreto "Com licença, senhor?", para depois recuar rapidamente com uma ondulação de golfinho, deixando Margherita cara a cara com o interlocutor, o qual acreditava que havia sido ela. Ficava toda ruborizada, mas, antes que conseguisse se justificar ou apontar o culpado, a vítima da brincadeira se afastava, aborrecida. Giulio ria e Margherita entrava no jogo, fingindo-se irritada.

As crianças corriam entre os tanques, transformadas em bocas abertas incapazes de conter seus próprios porquês. Margherita pensou em Andrea: o que estaria fazendo? Teria medo, sem ela? Quem o ajudaria a manter longe os monstros? Ele conseguiria, sozinho? Choraria, e era culpa dela...

Infestada por aqueles fantasmas, aliviava a ansiedade com o estupor. Os dois vagavam entre estrelas-do-mar grudadas em recifes cobertos de mucilagens, peixes tropicais saídos do pincel de Picasso, tubarões de todas as formas e dimensões que o medo sabe inventar. Ficaram hipnotizados diante dos tanques das águas-vivas, onde longos cilindros iluminados tornavam fluorescente o movimento daquelas princesas de longuíssima cauda urticante. Elas dançavam e encantavam os espectadores, assim como a suas presas. Margherita se escondeu atrás de Giulio, porque as águas-vivas aterrorizavam-na mesmo atrás de um vidro.

Todas aquelas criaturas pareciam parte de uma dança que desenhava na água um só e grande mapa do tesouro: sinais e cifras de um código secreto.

Quando saíram, o sol rachava em dois o arco celeste, e foi como emergir de um mergulho. No coração do porto antigo, passearam sobre uma língua de pedra e madeira, dedicada a Fabrizio De André. Os barcos brancos convidavam os transeuntes a transformar-se em marinheiros. Foram até o último dos três deques flutuantes de madeira, que pareciam chatas prestes a sair ao largo de um momento para outro.

— Um dos poucos cantores italianos que eu suporto. — Giulio apontou uma placa que dizia o nome do musicista genovês.

— Quem é?

— Você está por fora mesmo... Afinal, em que ano nasceu?

— Em 1997. Você é só três anos mais velho...

— Bastam três anos para fazer um homem! — respondeu Giulio. — É um grande cantador de histórias.

Puxou o iPod e fez Margherita escutar uma das canções que havia inserido na playlist: "D'ä mê riva".

Dividiram os fones de ouvido, apoiaram os braços no parapeito de tubos de ferro, e o mar verde do porto se transformou em notas. Ouviam-se a ressaca e uma corda dedilhada no ritmo de um barco que zarpa.

D'ä mê riva
sulu u teu mandillu ciaèu

— Mas não dá para entender nada! — disse Margherita.

— É em dialeto genovês, mas escute. Antes de entender, você tem que escutar.

A canção se desdobrou, cheia de nostalgia.

a teu fotu da fantinna
pe puèi baxâ ancún Zena
'nscià teu bucca in naftalina

Margherita sentiu vontade de chorar, e nem sabia por quê.

— Ele fala da saudade de um marinheiro que zarpa do porto de Gênova e vê o lencinho branco de sua mulher que se despede. Depois, olha dentro da mala que ela lhe preparou. E encontra uma foto dela, e a beija como se beijasse toda a cidade da qual acaba de se afastar.

Ficaram em silêncio, perscrutando o horizonte, cada qual à espera de quem o mar lhe levara, enquanto o vento os acariciava.

A campainha silenciou, substituída pelo vozerio dos jovens que enxameavam lá fora para agredir uma tarde cheia de surpresas. Marta transpôs o portão e passou ao lado dos muros pintados de dores e alegrias: *O futuro não é mais aquele de antes, Elena e Alessandro forever, Menos livros, mais livres!, Chega de títulos!* Ladeava-os como se fossem os cenários de papelão de um teatro vazio. Quando sua colega de carteira não ocupa o assento a seu lado, você tem a impressão de precisar enfrentar o mundo sozinha. Conferiu o celular: nada. Tentou chamar: desligado. De cabeça baixa e com o coração nos pés, Marta se arrastou até o carro onde sua mãe a esperava.

— Como você está? — quis saber Marina, fazendo a pergunta certa, e não a costumeira e inútil "O que você fez hoje?", que só provoca onomatopeias de desaprovação ou intransponíveis *nada*.

Marta ficou em silêncio.

– Alguma coisa foi mal? – intuiu a mãe, acariciando-a.

– Não. – Mas, quando a mão de Marina se afastou de seu rosto, acrescentou: – Margherita não veio à escola. Estou com medo de que tenha acontecido alguma coisa...

– Por quê?

– Não sei, é uma impressão...

– Ligou para o celular dela?

– Sim, mas primeiro não atendeu, depois desligou. Não respondeu nem aos torpedos.

– Bom, mais tarde a gente liga para a casa dela. Você vai ver que está tudo em ordem.

– Não está tudo em ordem...

– Então, precisamos nos preparar – disse Marina, e lhe deu um beijo.

Marta ergueu o olhar e sorriu. Sua mãe sempre a levava a sério; sua mãe estava sempre naquela estrada sem sinalização que é a adolescência. Sua mãe era a solução que não dava soluções, como a vida.

A fome os chamou. Subiram do mar como anfíbios que alongam as patas sobre a terra firme e conquistam espaço, aprendendo a fadiga da terra depois de deslizarem ao longo das correntes. Enfrentaram a cidade em aclive, com seus becos espiralados como labirintos que seguiam sabe-se lá para onde, talvez diretamente para o céu. Enveredaram sem meta pelas vielas atrás do porto antigo. Tinham a impressão de estar no ventre de um grande animal marinho. Somente olhando as entranhas de uma cidade é possível descobrir se ela está viva: seus muros, suas ruas são o entrelaçamento de relações que a mantêm viva ou manifestam seus cânceres escondidos.

As cidades são como os poemas, privilegiam algumas figuras retóricas, que correspondem à sua alma profunda. Milão é uma lítotes ou uma reticência, gosta de se revelar escondendo-se, diz "não sou feia" para dizer "sou bonita", você deve cortejá-la para descobrir que ela é uma mulher elegante e meio esnobe. Roma é uma hipérbole, com seus fastos imperiais e sua história demasiado grande, mas você, quando compreende que nem ela acredita mais nisso, se apaixona por seu imperial desencanto. Palermo é uma sinestesia, uma confusão de histórias e sentidos: escutam-se perfumes, cheiram-se cores, tocam-se histórias. Gênova, porém, é a cidade do oximoro. Gênova une os impossíveis, a beleza com a ruína, a vida com o cadáver. Os odores do Apenino descem e se misturam com os que sobem do mar, mesclados pela vida da cidade.

Giulio se aventurava por vielas desertas, protegidas por barreiras de ferro que impediam a passagem de bicicletas e scooters. Margherita procurava detê-lo, porque sentia medo. Aquele estômago labiríntico podia digeri-los de uma hora para outra, e absorvê-los entre os meandros de muros, escadas, becos. O intestino de um predador.

— Giulio? Cadê você?

Giulio se escondera em um quintal que cheirava a sálvia e manjericão. Gerânios vermelhos ornavam uma antiga imagem da Virgem, daquelas que as mulheres dos marinheiros mandavam pintar para agradecer à Mãe de todos os navegantes, porque os maridos haviam retornado sãos e salvos às suas casas.

— Giulio...?

De repente, esmagada pelo medo e pela solidão, Margherita se deu conta do que estava fazendo: encontrava-se longe de sua cidade com um garoto sem carteira de habilitação, tinham furtado o carro de sua mãe, procuravam um pai que ela nem sabia onde estava. E a culpa era toda sua. Iria pagar caro. Por que viver é tão difícil? Por que é forçosamente necessário se perder no labirinto para achar uma saída?

Sentou-se em um degrau de pedra. Acima dela, inflavam-se panos estendidos, semelhantes a velas de navios em partida, e, de todas as janelas semicerradas, dos cubículos escuros, saíam os monstros de Andrea. Segurou a cabeça entre as mãos.

Giulio se aproximou e se sentou a seu lado. Abraçou-a como uma concha com sua pérola. E todos os monstros voltaram a seus buracos.

— Venha.

Ele a fez entrar em uma loja chinesa de roupas de péssimo gosto. Também havia coletes salva-vidas, vestidinhos frente única e objetos cuja função era obscura. Uma mulher de idade indefinível se aproximou.

— Posso ajudar os senholes?

— Um maiô, por favor — respondeu Giulio, apontando Margherita.

— Temos todas as coles — disse a mulher, mostrando a bancada na qual jaziam, embolados, biquínis de cores berrantes.

Margherita sorriu: a vendedora falava realmente como nos desenhos animados.

Giulio ia lhe passando os mais feios, para fazê-la rir, e ela se esquivava.

— Não vou comprar nunca, eles não têm sequer cabine para experimentar...

— Este aqui é perfeito para seus olhos! — disse Giulio, pegando um biquíni cor de coral.

— Você acha? — hesitou Margherita.

— Sim, perfeito! — respondeu Giulio, aproximando o tecido do rosto de Margherita, que ficou vermelha e começou a manusear as duas peças para disfarçar o embaraço. Jamais conseguiria deixar que Giulio a visse de maiô. Se pelo menos tivesse trazido seu preferido, um estampadinho azul e branco. Por que não tinha pensado naquilo?

— Posso experimentar? — perguntou à vendedora.

— Pode, entle ali — respondeu a mulher, apontando uma espécie de boxe para banheiro que parecia à venda.

Margherita entrou, procurou fechar bem as cortinas e, volta e meia, conferia se Giulio não a espiava, mas ele estava ocupado em perscrutar uns bibelôs em forma de dragão ou de cachorro.

Observou-se no espelho, que não conseguia refleti-la toda. Corpo magro, pernas finas, rosto insignificante. Mas Giulio tinha dito que aquela cor lhe caía bem, e era verdade.

— Vou levar — disse, saindo da cabine já vestida de novo.

— Quinze eulos.

Restaram a Margherita cinco euros. Havia pagado o pedágio, dividido a despesa da gasolina com Giulio, e se envergonhava de admitir que aquelas eram todas as suas finanças.

Entraram em uma padaria e compraram um quilo de *focaccia* recheada, com queijo e cebola. Deixaram-se enfeitiçar pela ladeira Sant'Anna, entre muros cor de laranja, recém-pintados, e outros descascados, que deixavam ver as pedras nuas. Viram-se em uma pracinha pequenina e enviesada, protegida por paredes cor-de-rosa, vermelhas, amarelas. As venezianas verdes, emolduradas por uma listra branca, faziam as fachadas das casas parecerem vivas. Um gato branco se levantou da grama sob uma enorme tília, que derramava seu perfume sobre quem descansava à sua sombra, e começou a rodeá-los. Seguia-os de longe, atraído pelo cheiro da *focaccia*. Enveredaram por uma ruela chamada ladeira Bachernia, que, como um fio, une a cidade velha à colina. Um fio metido entre muros antigos, com o calçamento de tijolos vermelhos no centro e, nas laterais, degraus baixos, cinzentos e vermelhos, com um corrimão de ferro para os velhos. As touceiras de malva-rosa, os ramos das nespereiras e dos pessegueiros se lançavam além dos muros protetores das hortas, as venezianas estavam semilevantadas, como se usa por aquelas bandas, semelhantes a incansáveis pálpebras que observam quem passa. Sentaram-se em uma mureta baixinha dentro de uma horta microscópica que dava para um fragmento de mar. Sob a linha perfeita de azul anil, despedaçava-se o perfil recortado dos tetos cinzentos, e dezenas de gaivotas flutuavam na luz.

– Não me deixe mais sozinha, nem por brincadeira.

– Desculpe – respondeu ele. Teve vontade de acariciá-la, mas se conteve.

Giulio desembrulhou a *focaccia* e estendeu a bandeja a Margherita. Ela estava encabulada e não queria começar: envergonhava-se de ser vista comendo. Ele a veria mastigar e melar o rosto. Era melhor dizer que já não tinha fome... Enquanto ela se perdia nesses pensamentos, Giulio já havia começado. Absorto, fitava o horizonte e o ar que subia dos becos lhe desarrumava os cabelos.

– Experimente a de queijo, está incrível! – disse, de boca cheia e estropiando as sílabas.

Margherita riu e compreendeu que aquela cotidianidade, aqueles dentes mastigando, aquela boca cheia eram parte não da prosa, mas da poesia do cotidiano.

Ficaram em silêncio, comendo. Ao lhe passar mais um pedaço de *focaccia*, Giulio aproveitava para observá-la. Ainda estavam temerosos, não de verem os olhos um do outro, mas de se fitarem nos olhos.

O gato branco surgiu de repente e começou a lamber um pedaço de *focaccia* pousado sobre a mureta. Margherita, com medo, deu um salto. Giulio o deixou agir e o acariciou. O gato lambia a *focaccia* de cebola:

— Gostou, hein? Você é o primeiro gato da história a gostar de cebola...

Margherita sorriu, acariciou-o também, e o gato lhe lambeu a palma da mão. Tinha olhos verdes como os dela.

Saciaram-se da companhia recíproca e da companhia das coisas pequenas e grandes que surgiam a seus olhos. Não tinham uma lista de tarefas a executar, nem matérias a preparar, nem um horário a respeitar. Deviam apenas estar ali, naquele preciso instante.

Seria ótimo poder viver sempre assim, pensavam ambos, mas ainda não tinham coragem de dizer isso um ao outro. Cada dia basta a si mesmo. Cada hora. Sem depois, porque o depois já está aqui.

O rosto de Margherita estava besuntado de azeite. Giulio riu e ela corou. Ele limpou a bochecha dela com um guardanapo de papel e, naquele momento, Margherita soube que, com ele, até mesmo se sentir ridícula podia ser doce. Depois, Giulio tomou-a pela mão e se encaminharam de novo pela ladeira, em direção ao mar, no ventre da cidade. Das janelas, vinham odores de molho e vozes de telejornal.

Enveredaram de novo pela trama de vielas e ladeiras. As andorinhas, incapazes de pousar, metiam-se pelos becos, onde nem as gaivotas ousavam entrar, e chilreavam na luz atenuada pelas altas paredes, das quais se esquivavam um segundo antes de se chocarem contra elas. Giulio e Margherita se viram em uma zona da cidade velha que conservava sinais do fasto da república marinheira, com frisos de mármore, *pietra serena** e pórfiro.

Os rostos que lotavam as ruelas encaixadas entre as casas eram, em sua maioria, de estrangeiros. Todos pareciam de passagem, como marinheiros que descansam após a atracação, à espera de um novo contrato, de um novo capitão. Havia no ar algo de contraditório, algo de provisório e ameaçador, como se aquele grande animal estivesse despertando, e homens, mulheres, pedra, vento, mar, sangue se misturassem em suas vísceras. Margherita se encostou a Giulio, caminhando ao lado dele para se proteger do medo que aqueles becos incutiam. Eles poderiam ser raptados, assassinados, e ninguém perceberia. Engolidos naquele ventre, largados na costa como destroços, corroídos pelo mar.

Uma moça de roupa justa e maquiagem exagerada saiu de um portão, com o rosto triste e o batom manchando-lhe a bochecha. Um velho de barba descuidada e chapéu de marinheiro fitou-a dos seios para baixo e, em seguida, soltou um palavrão contra algum deus da juventude que se esquecera dele. Um garotinho de pele escura e olhos negros, que lhe saltavam das órbitas, dirigiu-se aos dois jovens, pedindo alguma coisa para comer. Aproximou-se de Giulio com excessivo entusiasmo:

– Ei, irmão! Um euro? – disse, quase abraçando-o.

Giulio compreendeu que o garoto estava tentando lhe furtar a carteira. Mas já era tarde demais quando o viu disparar na direção oposta àquela por onde tinha vindo, em declive. No mesmo instante, começou a persegui-lo.

---

* Certo tipo de arenito. (N.T.)

Margherita, assim que percebeu o que estava acontecendo, correu atrás de Giulio entre becos e pátios, em direção ao mar. As pessoas se tornaram confetes, e Giulio, um par de solas que lampejavam. Encontrava olhos chineses, árabes, africanos, e tinha a impressão de que todos pousavam hostis sobre ela. Queria ter braços longuíssimos e deter Giulio com um abraço de ferro que não o deixasse escapar, que o obrigasse a parar. Mas agora só tinha pernas, pernas tão curtas que não bastavam para alcançá-lo. Sempre tivera pernas curtas demais. Margherita o via afastar-se e sentia a dor do ar que faltava aos pulmões e fazia seu peito arder. Então, berrou:

– Giulio!

Um berro com o qual ela mesma se espantou. O beco se encheu de sua voz, como se ela tivesse gritado dentro de um funil. Ele se virou com a expressão que Orfeu deve ter feito quando se voltou para olhar Eurídice. Lançou um último olhar ao garotinho, que se enfiou por uma ruela e desapareceu para sempre no ventre da cidade. Ele, logo ele, o rei do furto só pelo furto, o mago do gesto anárquico, havia sido tapeado e lesado por um menino. Sentiu-se vencido, incerto, imóvel sobre um fio estendido entre aquele garoto em fuga com sua carteira e a garota em fuga com ele. Margherita desacelerou e dobrou-se para a frente, com as mãos nos joelhos. Giulio continuava parado, olhando-a, e se perguntava a que impulso havia obedecido, ele que sempre decidira sozinho o que fazer. Havia parado. Porque ela precisava de proteção, e todo o resto podia ir para o inferno.

Margherita caminhava agora lentamente, como se escolhesse onde pousar o pé sobre aquele fio invisível que os unia, e Giulio ia ao seu encontro sobre o mesmo fio. As portas e janelas do beco assistiam, mudas, ao espetáculo. O ar marinho subiu em um sopro que balançou o fio, estavam ambos prestes a perder o equilíbrio, mas se alcançaram, e ele a acolheu entre os braços.

– Desculpe se não sei manter as promessas.

– Que promessas?

– De não deixar você sozinha.

Sobre aquele fio ondulante, um abraço dava o equilíbrio, o sinal de que amor é permanência, mesmo quando a vida grita para você correr.

Margherita o estreitou com mais força, escondendo o rosto no ombro dele, como a gente faz quando criança.

Giulio também a estreitou com mais força, perguntando-se quem estava abraçando quem, quem dava e quem recebia. Em um abraço, vem um momento no qual a gente não se distingue mais, e, quando acontece pela primeira vez, alguém já o chamou de amor.

– Somos eu e papai.

Na parte inferior direita do papel, havia uma casa, e sobre o telhado estava de pé um homem alto, cuja cabeça tocava o céu, tanto que a casa parecia ceder sob seu peso.

– Que bonito... – disse Eleonora, traindo uma incerteza. – Mas onde você está?

Andrea indicou um pontinho vermelho, quase uma mancha no peito do pai. Para Eleonora, aquilo parecera um borrão, um erro ou um lenço que adornava o terno do homem, mas as crianças não enfiam lenços no bolso, nem mesmo nos desenhos.

– Esta mancha vermelha?

– Não é uma mancha, mamãe. É o coração.

– E você?

– Eu sou o coração do papai.

Eleonora segurou a mão do filho, mordendo os lábios. A luz da tarde já não era intensa como algumas semanas antes, e, lentamente, a sombra de outono retomava o espaço. Enquanto caminhavam para casa, Andrea continuava contando o que havia feito no jardim de infância.

– Sabe, mamãe, hoje eu me escondi no banheiro.

– Qual era a brincadeira? Esconde-esconde?

– Não. Eu estava com o medo.

– Medo de quê?

– Eu me escondo sempre que sinto o medo.

– Mas de quê?

– Você se esconde quando sente o medo, mamãe?

– Andrea, não se diz *o* medo, mas *medo* e pronto.

– Não, eu não tenho medo e pronto, eu tenho o medo.

– E como é?

– Dá um medíssimo, o medo.

– E como você fez para sair do banheiro?

– Lembrei que você vinha me buscar. Você vem me buscar sempre, não é, mamãe?

– Sempre.

Eleonora parou. Inclinou-se. Abraçou o filho.

Com aquele abraço, prometia algo que gostaria de dar a ele para sempre. No início da vida, concentra-se tudo aquilo de que precisamos e, depois, passamos o tempo procurando aquilo que já tivemos. E, se não o tivemos ou o perdemos, então esse é *o medo*.

A chave girou na fechadura, enquanto o telefone tocava. Eleonora se precipitou sem nem sequer fechar a porta, mas, justamente quando ia levantar o fone, o aparelho parou de chamar.

– Margherita! – chamou Eleonora. – Por que não atendeu, meu amor?

— Mita! Cadê você? – gritou Andrea.

O silêncio se espalhava pela casa toda. Margherita não estava. Eleonora foi até o quarto da filha: nada. Chamou-a de novo, e ninguém respondeu. Andrea imitou a mãe, e o silêncio ribombou mais forte. Eleonora ligou para o celular, mas estava desligado. Escreveu uma mensagem perguntando onde ela estava e pedindo que telefonasse de volta assim que pudesse. Andrea procurou Margherita no banheiro, pensando que ela também se escondera ali. Não estava.

— Não olhamos no armário de vocês, mamãe. Mita vai para lá quando tem o medo.

Foram até o quarto e abriram o armário, mas estava vazio, como um útero estéril.

Eleonora ligou para a mãe e perguntou se Margherita estava lá, mas não acrescentou nada, para não a deixar preocupada, e até fingiu ter se lembrado de repente de que a filha talvez tivesse dito que iria ver uma amiga.

O telefone tocou. Era Marta.

— Margherita está?

— Não. Quem é?

— Aqui é Marta... Mas ela está bem?

— Por que deveria estar mal?

— Não, não, nada... Não se sentia bem na escola, hoje... – mentiu Marta, tentando proteger um segredo que nem sequer conhecia.

— E tinha o quê? Não me disse nada!

Marta ficou em silêncio, sem saber o que fazer.

— Marta? Posso saber o que aconteceu?

— Hoje Margherita não foi à escola – entregou.

— Como assim? E para onde foi? – perguntou Eleonora, mais a si mesma que à garota. Abaixou o fone sem esperar resposta, e uma invisível mão lhe despencou em cima para esmagar sua cabeça. Gostaria de se esconder em algum lugar, aquela mão era do medo. O medo.

Correu de novo ao quarto de Margherita. Sobre a escrivaninha, havia um livro aberto, que Eleonora não notara antes.

As palavras estavam destacadas com um traço forte de lápis colorido:

A ti darei um sábio conselho, se quiseres escutá-lo:
prepara uma nau com vinte remos, a melhor que houver,
e vai perguntar sobre o pai que partiu há tempos,
talvez te fale dele um mortal ou escutes de Zeus
a voz que divulga a fama entre os homens.

Se escutares algo sobre a vida e o retorno do pai

Não deves mais
ter os modos de um menino, porque já não o és.

Deves pensar por ti mesmo: ouve-me.

Dito isso, Atena de olhos penetrantes foi embora,
moveu-se rápida como um pássaro; e nele inspirou
força e coragem no ânimo, e suscitou uma lembrança do pai
mais viva do que antes.

Fechou o livro e olhou a capa da *Odisseia*, na qual um homem atado ao mastro de um navio era ameaçado por uma ave de rapina com rosto de mulher. Uma sereia.

Tentou chamar o marido, mas o celular dele estava desligado.

Seguramente, Margherita já ia voltar, devia ter se distraído em algum passeio sem rumo pelas ruas da cidade, ou então fora ver as vitrines das lojas. Não sabia o que fazer. Procurá-la? Mas onde? E Andrea? Talvez fosse melhor levá-lo para a casa da avó.

Faria isso, queria poupá-lo de outros traumas. O que seria daquele menino se as coisas continuassem como estavam?

— Andrea — disse, tentando não demonstrar a própria agitação —, vou levar você para a casa da vovó. Tenho um assunto a resolver. Vou ver Margherita e depois viremos juntas para buscá-lo.

— Posso levar papel e lápis?

— Pode.

— Mamãe, quando você vai me comprar o estojo com todas as cores?

— Depois, outra hora — respondeu Eleonora, distraída.

Pegou a bolsa, que havia deixado sobre a bancada da cozinha, e estendeu a mão para a cestinha das chaves, mas as de seu carro não estavam. Remexeu na bolsa: também não. Onde as deixara? Começou a procurá-las, mas não as achou. Recordou onde o marido guardava as de reserva, pegou-as e desceu à garagem com Andrea. Mas, assim como o armário, a garagem estava vazia.

— O papai voltou! Está com o carro! — disse Andrea à mãe, já transformada em uma estátua inacabada.

Eleonora pegou o celular e apertou a tecla de chamada rápida ao marido. Desligado. Margherita. Fora de área. Restava um telefone, o de sua mãe. Ela não ligou. Subiram de novo para casa. Andrea ficou em silêncio, impregnado pelo medo que porejava dos olhos e do corpo da mãe.

— Vá desenhar, Andrea.

— Eu desenho o medo.

— Tudo bem, desenhe o medo — respondeu Eleonora, sem pensar.

O menino desapareceu.

Eleonora despencou em uma poltrona, cobriu os olhos com as mãos e soluçou baixinho para que o filho não escutasse. Sozinha, com as lágrimas de quem perdeu tudo.

Procurou o número de Marina na agenda. Só outra mulher sabe ajudar uma mulher desesperada, só quem tem marido sabe o que significa ser abandonada, só quem carregou no ventre um filho sabe o que significa sabê-lo em perigo.

— Eu já não tinha mesmo licença para dirigir, portanto não estou nem aí, mas fiquei sem um centavo no bolso. Estava tudo na carteira.

— A mim, restaram cinco euros.

— Ah, bom, então tudo bem...

Entraram em um bar e pediram dois copos d'água, a corrida os deixara esgotados. Sorriram-se reciprocamente, enquanto bebiam: a água era o elemento que, mais que qualquer outro, se parecia com eles naquele momento. Dois átomos de hidrogênio e um de oxigênio, cada elemento dava ao outro aquilo de que precisava. Dois elementos invisíveis, se isolados, mas que, reunidos, dão vida à história de amor mais fecunda do universo.

— Um euro — disse o balconista.

— Por dois copos d'água? — perguntou Giulio, irritado.

— Ah, agora a água é de graça...! — respondeu o outro.

Giulio pegou Margherita pela mão, fez-lhe um sinal com os olhos e os dois saíram correndo, perseguidos não pelo homem, mas por seus impropérios em dialeto.

Sem saber como, viram-se de volta ao carro. O mar reapareceu em lascas de luz vespertina. Detiveram-se para respirar o ar livre do porto e riram.

— Você já esteve em um barco, Giulio?

— Nunca.

Um mendigo de pele escurecida pela sujeira se aproximou e pediu alguma coisa para comer um sanduíche. Giulio o ignorou. Margherita meteu a mão no bolso, tirou os cinco euros e os deu ao mendigo, que sorriu e repetiu pelo menos dez vezes obrigado antes de se afastar desejando a eles boa sorte, como fazem os marinheiros: *Sacci navegâ segondo o vento se ti vêu arrivâ in porto a sarvamento.* Os dois não compreenderam que o homem os convidava a navegar de acordo com o vento, se quisessem chegar sãos e salvos ao porto, mas Margherita sorriu para ele assim mesmo.

— Enlouqueceu? Eram os últimos!

— Mas ele está sozinho... — respondeu Margherita, com olhos que desarmaram Giulio.

— E nós, como fazemos?

— Nós somos dois... Podemos fazer como ele.

— Tem razão! Como Alex Supertramp. Queima o dinheiro e vive do que a natureza e os homens lhe dão. Muito bem, Margherita, você aprende depressa...

Margherita riu e estava para se aproximar de Giulio quando alguma coisa se esfregou contra seus tornozelos nus. Teve um sobressalto.

Giulio caiu na risada. A cena se repetia.

— Os gatos de Gênova têm um fraco por você!

Margherita se abaixou para acariciar o gato, que tinha pelo ruivo e espesso e brilhantes olhos verdes.

— Anos atrás, tivemos um. Chamava-se Raposa...

— Por quê?

— Já leu *O pequeno príncipe*?

— Você também? Não suporto esse livro...

Margherita ficou séria. Giulio acrescentou:

— Talvez os gatos procurem você por se parecer com eles. Vocês têm os mesmos olhos.

Ela sorriu e escondeu a boca atrás da mão. Podia até perdoá-lo se ele não gostava de seu livro preferido.

Retomaram a viagem, sem um euro, cheios de medos e incógnitas. Mas fortes como a água.

A estrada começou a se desenrolar novamente diante deles. Giulio procurava as indicações para a A12 em direção a Sestri Levante, enquanto Margherita era atormentada pelo medo.

— Você viu?

— O quê?

— Aquela colina cheia de pedras brancas...

Margherita dirigiu o olhar para o ponto que Giulio indicava e viu um bosque de árvores misturado com um bosque de pedra.

— O que é?

— Uma colina-cemitério. Eu gosto dos cemitérios: são os únicos lugares, além dos telhados, onde ninguém me enche o saco...

— Você não gosta d'*O pequeno príncipe*, mas gosta dos cemitérios! E depois a *pesada* sou eu... — disse Margherita, imitando a voz de Giulio, que riu e perguntou:

— Já leu a *Antologia de Spoon River*?

Margherita balançou a cabeça.

— Não O que é?

– É o livro de poemas de um americano. Todo poema é a suposta lápide de um cemitério, e cada lápide conta a vida de um personagem. Fabrizio De André pegou alguns e os transformou em canções.

Margherita permaneceu em silêncio, perscrutando o olhar de Giulio sobre as coisas. O que viam aqueles olhos transparentes e frios?

– Quer ir até lá? – perguntou a ele.

– Você topa?

– Os cemitérios me dão medo. Mas, se você quiser...

– Só um pouco... Afinal, é como o aquário. Um embaixo d'água, o outro embaixo da terra...

– Huumm... Tudo bem... Vamos! – exclamou ela, vencida pela curiosidade.

Giulio prosseguiu rumo à colina coberta de lápides. Havia também um curso d'água seco adiante. Teve a impressão de ver o cemitério de Spoon River. Naquele livro, tinha encontrado tudo o que convinha saber sobre a morte e, portanto, sobre a vida. Muitas vezes se perguntara qual seria seu epitáfio, por que coisas seria lembrado, qual era a essência de sua vida. Encheram-lhe a memória os personagens sepultados nos versos de Edgar Lee Masters, aqueles dos quais mais gostara, como amigos que ele tinha a impressão de conhecer: o jovem falecido no dia em que matara aula, e aquele outro, que só sabia dizer a verdade. Depois, vinha o de coração débil, sobre o qual De André cantava. Dava-lhe pena: havia morrido beijando Mary, que não pôde revelar a ninguém quanto havia sido mortal seu primeiro beijo. Sentia-se próximo a Henry, mistura malsucedida de pai e mãe, e a Marie, que conhecia o segredo da liberdade, mas, sobretudo, ao pobre George Gray, navegador fracassado da vida, que fugira do amor e da dor por medo.

Enquanto Giulio se perdia nesses pensamentos, a estrada o levou até o estacionamento do cemitério monumental de Gênova: Staglieno.

Os dois jovens ainda não sabiam que aquele lugar não era um cemitério como todos os outros, não podiam saber que, ali, os defuntos não estão embaixo da terra, mas em cima, e são feitos de pedra. Perceberam isso pouco depois. O cemitério não era a fileira habitual de lápides decoradas com horríveis fotografias em preto e branco, mas uma multidão de estátuas, cobertas de poeira. Cada túmulo era habitado por uma estátua, e os longos corredores com arcadas pareciam salões nos quais o espírito do morto, transformado em rocha, mármore, pedra, ficava conversando com vizinhos e passantes.

Giulio se sentiu fascinado por toda aquela gente petrificada. Margherita se estreitava contra ele, que se aventurava, guiado sabe-se lá por que instinto, ao longo dos corredores e alamedas. Cada estátua era uma história de pedra, representava, de algum modo, o morto, não na fixidez de um retrato, mas captado em seu melhor momento pelo feroz abraço da morte. Giulio teve vontade de chorar, como se houvesse encontrado uma família. Naquela mescla de estátuas, palavras, datas, histórias, estava muito claro por que motivos os homens e as mulheres vivem e, portanto, morrem.

Um menino fugia de mãos em garra que brotavam da terra e o chamavam de volta a brincar na escuridão: como se a própria terra, apenas cinco anos após o nascimento, se arrependesse por tê-lo dado à vida. Pouco adiante, um anjo de braços cruzados mantinha uma expressão severa, quase carrancuda. Talvez invejasse o destino reservado ao homem sepultado embaixo dele e estivesse cansado de uma imortalidade que o obrigava a assistir a tanta dor.

Aquele anjo parecia pensar que a morte é um dom para os homens: somente quem sabe morrer sabe também viver.

Giulio circulava entre as estátuas dos mortos e parecia Ulisses quando evoca os defuntos para conhecer seu próprio destino. Margherita, enquanto isso, havia parado para fitar uma jovem de pedra, agachada sobre a própria tumba com um cão apoiado sobre a perna, fiel companheiro em vida e sentinela na morte. A jovem se assemelhava a ela, com os cabelos longos e recolhidos de um lado, os olhos outrora vivazes fixados para sempre na pedra. Pouco adiante, outra jovem chorava sobre o próprio destino. Estava inclinada para a frente com as mãos no rosto, mas não se podiam distinguir nem as mãos nem o rosto, porque uma cascata de cabelos lhe cobria os traços. Quem saberia que histórias estavam encerradas na melancolia de uma e no desespero da outra, meninas da mesma idade de Margherita, nascidas um século antes?

— Por que você gosta dos cemitérios?

— Não é que eu goste propriamente dos cemitérios, mas da paz que existe dentro deles e das histórias dos mortos... — respondeu Giulio.

— Como assim?

— Poder perguntar a cada um deles o que mudariam, se pudessem, o que deixaram, por quem viveram. Em suma, se tiveram uma vida suficientemente boa para ser tema de um filme... Qual é o seu filme preferido?

— *Bonequinha de luxo*.

— Nunca vi.

— Mas é claro... — sorriu Margherita, e, depois de uma pausa, perguntou: — Você pensa muito na morte?

Giulio não respondeu. Deteve-se diante da estátua de uma moça nua, o seio robusto e ainda cheio de vida, embora fosse de pedra, e a cabeça reclinada para diante, entre cabelos que pareciam ainda acariciados pelo vento. Um homem lhe amparava a cabeça com sua mão forte e lhe dava seu último beijo, tentando em vão trazê-la de volta à vida. Era o túmulo de uma jovem de família nobre, morta em um acidente de carro em 1909. Giulio olhou os cabelos dela e os imaginou cintilantes na luz marinha. Pensou em quanto devia ser bonita e cheia de vida, enquanto corria no automóvel de seu rico e fascinante marido. Até suas amigas deviam ficar vermelhas de inveja ao vê-la passar.

— Não sei... Na realidade, mais que na morte, em lugares como este eu penso na vida e chego a acreditar que ela pode ser bonita. Tenho vontade de saboreá-la, de curti-la, de não desperdiçar um minuto sequer, de viver para aquilo que importa. Talvez, assim, seja possível deter a morte.

— Minha avó diz que, depois da morte, há Deus.

— Você acredita?

— Não sei... Só sei que minha avó fala com Ele.

— E o que ela diz?

— Tudo.

— E Ele?

— Escuta. Ela diz que prefere ser escutada, e isso lhe basta.

— Não diga, que trabalhão tem esse Deus... Aliás, desculpe, mas ele já não devia saber tudo? Escutar as pessoas para quê?

— Minha avó diz que é como quando um pai escuta o filho que fez uma coisa simples, cavou um buraco, encontrou uma tampinha ou um botão, quebrou um brinquedo... E o menino conta tudo, cada coisa, em detalhes. E o pai fica ali, escuta, e aquela história se torna importante, aquela história não é mais esquecida, aquela história se torna bonita e mais verdadeira depois que Deus a escutou.

– Como pai, Deus dá até pena, é igual aos de verdade... Olhe ao redor... É dor demais. Silêncio demais... – disse Giulio, apontando aquela multidão de pedra e saudade.

– Ela sempre diz que nós culpamos Deus exageradamente, que talvez as culpas sejam só nossas, mas não tenhamos coragem de admitir. Ela afirma que, quando Deus não nos ajuda, somos nós que devemos ajudá-lo.

– Sei. E de que jeito?

– Vovó faz coisas boas para os outros: *cannoli*, suéteres, echarpes, almoços... Ela dedica tempo a você, escuta você, sorri para você... Diz que reza pela gente...

– Quero ser apresentado a ela...

– Você vai gostar da vovó e de seus doces...

O odor dos ciprestes, semelhantes a mãos postas em direção ao céu, se misturava ao dos líquens secos sobre a pedra; e o das flores nos vasos, a um leve cheiro de mofo fresco que a poeira misturada com a umidade depositava sobre as estátuas.

– Eu não quero nenhuma estátua – disse Margherita.

– Quer o que, então?

– Um canteiro no qual seja plantada uma semente. Assim, no decorrer dos anos, dessa semente crescerá uma árvore, como aquela que encontramos na estrada, e as raízes se nutrirão de minha terra, e todos verão a vida, não a morte.

– Como lhe ocorreu uma coisa dessas?

– Há pouco, você disse que esses lugares o fazem gostar mais da vida...

Giulio permaneceu em silêncio: em muito pouco tempo, havia revelado a Margherita as coisas que o faziam se sentir inadequado às conversas com pessoas normais. Agora, graças àquela garota, descobria que não apenas tais coisas não eram loucuras, como também podiam ter um sentido, e talvez alguém até se reconhecesse nelas.

Ao sair, Giulio se demorou no túmulo de Fabrizio De André. Não sabia que ele estava ali. Sentou-se em frente. Se soubesse como fazer, rezaria. Mas se limitou a lhe dizer obrigado, como se o compositor ainda pudesse escutá-lo.

— Ela pegou o carro — repetia Eleonora, com o rosto crispado pelo medo.

— Como fez?

— Deve ter fugido com alguém. Já imaginou o que pode acontecer...? Não sei o que fazer.

— Enquanto isso, vamos dar queixa do furto do carro. Assim temos alguma possibilidade de que a identifiquem.

— Minha menina, minha menina...

— Vai correr tudo bem, você vai ver. — Marina pousou o braço sobre os ombros dela.

Eleonora caiu no choro.

— Errei tudo. Falhei em tudo. A vida inteira, corri para manter as coisas em ordem. E não adiantou. Perdi o marido, perdi minha filha... O que me resta? — soluçava, desesperada.

— Eleonora, olhe para mim — disse Marina.

A mulher ergueu a cabeça lentamente.

— Sua filha precisa de você agora. Todo o resto não existe.

— Não sei o que devo fazer...

Ficaram em silêncio.

— Você não está sozinha — disse Marina e a abraçou. Depois, acrescentou: — Agora, vamos registrar o desaparecimento.

* * *

Deitado na cama, olhando o teto, o professor se flagrou pensando em Margherita. A ausência na escola, depois do diálogo entre os dois, deixara-o preocupado. O que estaria acontecendo na cabecinha daquela menina...? Os livros podiam ser perigosos para o coração e a mente de uma garota de 14 anos. Devia tomar mais cuidado. Aquela garota se identificara completamente com Telêmaco, sentira que, em tantos séculos, nada havia mudado: somos filhos que esperam o retorno do pai e devem reunir coragem para ir procurá-lo se não o virem chegar.

Alguém tocou a campainha. O professor espiou pelo olho mágico e percebeu o perfil ameaçador de dona Elvira, ainda mais assustador quando visto por aquele buraquinho.

Conteve a respiração para não ser ouvido e fingir que não estava em casa.

— Professor, eu sei que está aí. Tenho aqui uma carta para você. Quem me deu foi Stella, mas pediu que eu só entregasse depois que ela fosse embora.

A mulher balançava a carta diante do nariz dele. O professor, desmascarado, abriu a porta.

— Como é bonita aquela moça! Que olhos, que elegância! Ela me faz lembrar como eu era quando jovem... Todos se voltavam! Todos! Onde você vai encontrar alguém assim? Até lhe escreve cartas... Eu realmente não entendo os moços. O que está esperando? Ganhar na loto, ou que o arcanjo Gabriel lhe diga pessoalmente que ela é a moça ideal para você?!

O professor sorriu, incapaz de imaginar uma Elvira sedutora e de corpo escultural. Pegou a carta e agradeceu à zeladora, que se afastou ainda resmungando sobre os bons tempos idos.

Prof,

Desculpe se procuro tão desajeitadamente por você dentro de você. Desculpe se, com meu jeito de amar, faço você sofrer, mas é que quero extrair de seu interior o que você tem de melhor. Ontem, folheando um livro, encontrei umas palavras que me fizeram pensar em você: "Eu lia muito, mas só se obtém alguma coisa da leitura quando se é capaz de colocar algo próprio naquilo que se está lendo. Quero dizer que lemos um livro somente quando é ele que nos lê, somente quando nos aproximamos das palavras com o ânimo disposto a ferir e ser ferido pela dor da leitura, a convencer e ser convencido, e depois, enriquecidos pelo tesouro que descobrimos, a empregá-lo para construir alguma coisa em nossa vida e em nosso coração. Um dia, percebi que na realidade não colocava nada em minhas leituras. Lia como quem se encontra em uma cidade estrangeira e, para passar o tempo, se esconde em um museu qualquer e olha com culta indiferença os objetos expostos. Eu lia por senso de dever: saiu um novo livro e todos estão comentando, é preciso lê-lo; ainda não li este clássico, portanto minha cultura está incompleta e sinto necessidade de preencher essa lacuna, tenho que o ler."

Você nunca aceitou ferir e ser ferido na leitura. Os livros nunca lhe faltarão, mas lhe falta outra coisa, que também está nos livros. Você não tem coragem de chegar ao coração e olhar o que existe dentro dele. Os livros ou levam você até lá ou são um vício inútil, que, em vez de derreter o mar de gelo de seu coração, tornam-no ainda mais duro.

Meses atrás, quando me afastei por causa do que havia acontecido com meus pais, você ficou a meu lado, porque eu tinha me perdido sei lá onde. Com coragem e persistência, me trouxe de novo para "nós dois", para o coração de nós dois. Teve uma força de homem, uma força que vejo em você quando algo é questão de vida ou morte. Você tem a coragem de um leão quando teima em construir...

Mas, quando lhe peço para construir dia por dia, você volta a ser frágil, perde-se nos escombros daquilo que você mesmo criou e que destrói logo depois, por medo de que aquela casa o sufoque. Você é o espelho de sua inconsistência, de sua contraditoriedade, de sua fragilidade.

Para seus jovens na escola, para seus amigos, você é o máximo, sua armadura de palavras brilha ao sol da vida como a do cavaleiro inexistente. Mas o vejo para além dessa armadura, olhei dentro dessa armadura e, para mim, você é um garoto de mil buracos...

Quando lhe digo isso ou o coloco diante de sua inconsistência, você foge, me achando má, embora eu seja aquela que o ama mais que todos, porque o vejo inteiro e o amo inteiro. Quero extrair de você o seu melhor você.

Sabe de que cor são os flamingos? Rosa, você dirá. Não. São brancos. Tornam-se cor-de-rosa depois que comem as algas de um lago inóspito, que eles escolhem justamente porque ali ninguém pode incomodá-los. Migram para lá e se alimentam daquilo de que mais ninguém poderia se alimentar. Aquelas algas pútridas contêm o ferro que colore de rosa as penas. E sabe por quê? Para os amores. Os flamingos que ficaram cor-de-rosa se atraem e se acoplam. Transformam em vida até mesmo a coisa mais pútrida, ou melhor, justamente ela. Assim é o amor verdadeiro. Não esconde e transforma.

Quando vemos alguém tropeçar na rua e cair, se estivermos longe, nós rimos. Mas, se nos aproximarmos e descobrirmos o rosto, contraído pela dor, daquela pessoa que não consegue se levantar, paramos de rir e temos vontade de chorar. A cena é a mesma, nós somos os mesmos, aquele homem ou aquela mulher são os mesmos. O que muda é a distância.

Você não quer que os outros vejam suas fragilidades. Tem medo de que riam delas. Mas o que não percebe é que eu olho você de perto. Eu o escolhi. Amo você. Quero viver com você. Alguém já disse que "te amo" é sinônimo de "é maravilhoso que você exista do jeito que é e, se você não existisse, eu criaria você exatamente como você é, incluindo os defeitos". O amor tem a ver com as emoções até certo ponto, o amor é feito de vontade, de escolha, e, por isso, deve ser também áspero e difícil para ser verdadeiro. Talvez você não perceba que eu estou a seu lado, combato com você. Sou a alma de seus medos, de suas dúvidas. Eles têm a ver comigo. Leve-me em suas batalhas, deixe-me senti-las, vê-las: estou com você e terei a coragem de lhe dizer o que você precisa ouvir. Não sou sua inimiga, sou sua força. Queria que você entendesse isso. Decida se quer que eu veja de perto suas fragilidades ou se prefere continuar a escondê-las até de mim e a me manter distante, esperando que isso as faça aceitar não só a mim, mas também a você. Eu existo para fazer você aceitá-las, porque o amo. Não faço questão de ser feliz, prefiro a vida, com suas sombras. A felicidade é uma bela porcaria se a gente não a ensinar a viver.

Sua, apesar de tudo, Stella

P.S. Estamos apenas no prólogo de nossa história, professor. Não quer saber como vai acabar?

Ele ficou imóvel. Depois, apagou todas as luzes. Se pudesse, apagaria a cidade inteira. Sentou-se na sacada, no chão, de onde se via pelo menos um pedacinho de céu. Releu a carta como quem lê de verdade, para ferir e ser ferido. Talvez tenham sido as primeiras palavras que ele realmente leu, porque foram as primeiras palavras que o leram.

Permaneceu ali, como um velho comedor de estrelas, para quem é mais fácil confidenciar-se com a noite que com o dia, à espera de ouvir seu destino.

Após sair do cemitério, Giulio se deu conta de que não podiam pegar a autoestrada: não tinham dinheiro para o pedágio. Deveriam retornar e seguir pela estrada estatal, que, costeando o mar, iria levá-los a Sestri: a Aurelia, que não é só uma rodovia ao lado do mar, mas o rastro dos romanos, que reuniram beleza e utilidade como nenhum outro dos povos antigos.

Uma melodia de piano da playlist de Giulio ditava o ritmo aos panoramas e aos sentimentos. Perto do mar, não são necessárias palavras, mas sons capazes de imitá-lo. O mar repousava abaixo da pista cinza-pérola, o sol se apagaria dentro dele dali a pouco e já o acendia com suas melhores cores. A estrada, semelhante a uma serpente surpreendida deslocando uma rocha, fugia sob as rodas, e aquele piano a convidava a dirigir-se para a água e mergulhar. Margherita e Giulio corriam em direção a sua meta e riam. Riam de cada coisa que diziam, de cada detalhe sobre o qual pousavam o olhar, de cada rosto, de cada inseto esmagado no vidro. Riam porque estavam sem dinheiro, sem documentos, riam porque estavam juntos, riam das coisas que Margherita havia colocado na mochila, todas inúteis, riam do tufo de cabelos negros de Giulio, da cor do esmalte de Margherita, dos moradores do centro de aco- lhimento de Giulio, riam da escola e dos professores. Riam. Assim acontece depois que a morte chegou perto de você: dá vontade de rir, como a gente ri quando escapou de um perigo. Ri até as lágrimas.

O mar espiava e parecia participar daquela alegria com milhões de pálpebras batendo simultaneamente.

– Quer dar um mergulho? – perguntou Giulio.

– Mas está tarde... devemos ir...

– Cagona!

– Cagona, eu?

– Já tomou banho de mar à noite?

– Nunca.

– Tem medo?

– Não, tenho frio.

– Desculpas – disse Giulio, fazendo uma careta. – Até com- pramos o biquíni de quinze *eulos*... Temos que ir rápido, antes que o sol desapareça.

Estavam quase à altura de Sori, em uma zona onde as casas eram mais raras e a costa, mais selvagem.

— Veja aquela prainha ali — disse Margherita, apontando um breve trecho no qual as rochas deixavam espaço a uma estreita faixa de areia.

— É a nossa! — respondeu Giulio. Começou a procurar um lugar para estacionar. Encontraram-no pouco adiante, em uma área de descanso onde havia um daqueles trailers que vendem sanduíches, *focaccia* e bebidas, com alguns fregueses esfomeados ao redor: "A Fügassa de Maria."

Margherita teve medo, como se algum dos olhares que seguiram a desaceleração do carro pudesse reconhecê-la.

Giulio desligou o motor.

— Como é que vamos trocar de roupa? — perguntou Margherita, enquanto as luzes do anoitecer começavam a se acender progressivamente ao longo da costa.

— Como sempre se fez: atrás de uma toalha.

— Você trouxe?

— Não. E você?

— Não.

— E agora?

— Agora veremos.

— Tenho vergonha.

— De quê?

— De me despir na sua frente.

— Mas eu não vou olhar.

— Não importa... E também o sol está se pondo... E vamos sentir frio...

— E também... Você é uma cagona!

– Eu?

– Os limites só existem na mente de quem não tem sonhos – disse Giulio, com uma voz de professor e citando uma tirada de algum filme que ele não recordava.

– Quem disse isso? – riu Margherita.

– Eu – respondeu ele, seriíssimo, torcendo a boca no final.

– Vamos – disse Margherita, rindo.

Saíram do carro e se encaminharam por uma escadaria de pedra quebrada em vários pontos. Giulio ia na frente e se voltava para proteger a descida de Margherita nos pontos mais perigosos. Chegaram à praia, composta de pedrinhas cinzentas, brancas e marrons. As algas acumuladas em montículos exalavam um odor agridoce que se evaporava no ar entorpecido do entardecer. O lugar transmitia uma sensação boa. Jovens riam espalhafatosamente em um cantinho da praia. Giulio e Margherita se dirigiram para o outro lado. Giulio pegou-a pela mão.

– Veja – disse, apontando com o queixo o horizonte, ao longo do qual o sol se espalhava.

Ela se concentrou naquele espetáculo. Giulio viu-lhe o rosto se distender e brilhar à luz do ocaso refletido na água. Depois, levou a mão de Margherita, que ele segurava, até sua própria face e a deixou ali, fresca e frágil. Margherita sorriu, encabulada.

– Não tenha medo – disse ele.

Margherita balançou a cabeça.

– Quer mergulhar?

Margherita acenou que sim.

– Pode se trocar atrás daquela rocha – indicou Giulio. De fato, havia na costa uma pequena reentrância, com uma pedra suficientemente grande para cobrir uma pessoa agachada.

– Eu fico de guarda... – acrescentou ele, piscando o olho.

Margherita se desligou com dificuldade do rosto de Giulio e foi conferir se o lugar era seguro.

– Quanto a você, vire-se para o outro lado! – gritou, enquanto se assegurava de que, do alto, ninguém podia vê-la: de fato, o paredão descia quase verticalmente até a praia e era coberto de touceiras e arbustos secos. Giulio se voltou e sentou-se nas pedrinhas, fitando todo aquele mar que se escancarava à sua frente. Uma língua de fogo partia do sol e serpenteava até ele, ora alargando-se, ora restringindo-se, segundo o capricho do vento e da corrente. Algumas gaivotas ainda planavam à superfície da água em busca das últimas presas, e o ruído dos veículos que passavam pela estrada se perdia ao longe, superado pelo rumor mais suave, mas próximo, da arrebentação. Um gato se imobilizou, fitando uma gaivota que descansava na orla, avaliando se sua situação era de presa ou de predador.

Giulio ficou olhando. Sentiu-se feliz por não participar daquele duelo, graças a Margherita. Dispunha-se a protegê-la de qualquer monstro que surgisse da água, de qualquer ameaça que a escuridão pudesse vomitar, destruiria todo inimigo, real ou imaginário. Gostaria de contar isso a sua mãe, mas não sabia sequer como era o rosto dela, e esse pensamento lhe pareceu bobo.

Margherita voltou, com seu biquíni cor de coral. Possuía a beleza das coisas frágeis.

– Vá você – disse encabulada, porque agora Giulio podia ver seu corpo tal como era. Era um corpo tímido e gracioso. A pele ainda bronzeada e lisa como a de uma menina que esconde a promessa de uma mulher belíssima.

– Você é bonita – sussurrou Giulio, e se encaminhou para a rocha, sem dar tempo a Margherita para descobrir que também ele, sempre tão seguro de si com as garotas, estava ruborizado. Ele mesmo se perguntou de onde vinha tanta timidez. Não sabia por que, mas, daquela vez, não tinha a menor pressa, era como se todo o tempo estivesse disponível para eles se olharem, se descobrirem, se acariciarem, se amarem. Pelo contrário, queria que tudo fosse lentíssimo, sem pressões, de uma doçura calma e perfeita. E suas mãos queriam dar, não apenas receber.

Margherita se voltou para observar o perfil dele, imaginando que, pouco mais abaixo, aquele garoto estava nu, e teve medo. Sentiu-se nua também. Ela que, no verão, vivia de maiô, a ponto de sua mãe ter que repetir mil vezes para que ela fosse se trocar. Agora se sentia nua, e seu corpo tremia: estava ali de biquíni, com um garoto quase desconhecido, longe da mãe e do pai. Longe de todos.

Mas o que ela sentia era um medo bom, o medo de quem sabe que não é só o futuro que vem ao nosso encontro que é todo cheio de incógnitas, mas também o futuro que nasce de dentro de nós. E também havia Giulio, e o medo sempre se vence a dois, como lhe explicara Andrea. Concentrou-se no sol que se ampliava lambendo a superfície no horizonte, e, se quisesse, ela poderia alcançá-lo em duas braçadas. Em seguida, viu algo disparar à sua esquerda, Giulio dar um salto e desaparecer na água, que se despedaçou em esguichos que, ainda por um instante, retiveram um fragmento de sol antes de transformar-se em espuma. É realmente difícil entrar no coração das coisas e, no entanto, eles estavam vivendo um daqueles momentos nos quais o coração espera que o tempo se detenha e deseja que aquilo que está acontecendo seja para sempre.

– Venha! Está uma maravilha!

Margherita se aproximou da água, imergiu um pé, depois o outro, viu a espuma da arrebentação se grudar delicadamente a sua pele. A água estava morna como apenas está no início do outono, quando libera o calor acumulado, como as lembranças de verão de um estudante que retorna à escola.

Ia entrando devagarinho na água quando Giulio se aproximou e começou a borrifá-la. Margherita fingia se defender daquele ataque incapaz de feri-la. Depois, mergulhou e emergiu ao sol. Giulio olhava os cabelos que desciam pela nuca da jovem até os ombros, e as gotas que lhe perolavam o rosto, tornando-o mais luminoso. Começaram a rir e a gritar. Margherita girava sobre si mesma de braços abertos, parecia querer enrolar o mundo em torno de si como a uma toalha. Giulio dava braçadas rumo ao sol.

Margherita tomou impulso e o seguiu. Nadavam no pôr do sol líquido.

Giulio se deteve. Sua cabeça despontava da superfície como um recife solitário. Margherita nadava atrás e acabou se chocando contra ele, porque não o vira parar. Então, parou, assustada, e, ao ver o rosto de Giulio contraído pela pancada, começou a rir, e ele com ela. A maré estava alta e, quando a gente ri, é inevitável afundar: sabe-se lá por que, flutuar e rir são incompatíveis...

Sem se dar conta, apoiaram-se reciprocamente, misturando os corpos, separados apenas pela água que os mantinha à tona juntos. Riam e tremiam. Como aqueles aborígines australianos que riem e tremem ao mesmo tempo quando acreditam estar vendo Deus. Depois, pararam de rir e continuaram a tremer, enquanto o sol ficava no meio do caminho entre o céu e o inferno, e o horizonte se acendia com um vapor dourado.

Fitavam-se movendo apenas as pernas, segurando-se como um salva-vidas feito de braços. Não diziam nada, deixavam os olhos e as mãos falarem. Os últimos sobressaltos de luz se aplacaram atrás da água, permanecia somente uma lufada de fogo que já desaparecia quando as ondas se encrespavam um pouco mais.

Quando o sol desapareceu totalmente, sentiram menos medo de que seus rostos estivessem tão próximos. Margherita fechou os olhos. E a escuridão encobriu com seu silêncio calmo aquele beijo agridoce. As respirações se misturaram e ambos sentiram uma parte de si vir à luz, a parte mais profunda e escondida, o aposento onde ninguém pode nos alcançar se não permitirmos, o sétimo aposento.

E ainda se beijavam quando as estrelas lampejaram no céu, e cada um respirava a respiração do outro, como se até aquele momento tivessem usado um pulmão somente. E, quando se separavam, tinham vontade de gritar um ao outro: "Estou com saudade!" E, quando os lábios se uniam de novo: "Que falta você me fez!" Como pode nos faltar alguém que nunca tivemos? O que nos falta realmente, o outro ou uma parte de nós mesmos? Ou será que precisamos que alguém nos presenteie aquela parte de nós mesmos que nos falta?

São coisas que ninguém sabe.

– Onde você está...? Onde está...?

Assim repetia Eleonora debruçada à janela, interrogando as estrelas que seguramente conseguiam espiar Margherita e talvez até seu marido. Nenhum dos dois respondia.

Marina se aproximou.

– Tome a camomila.

– Obrigada – disse Eleonora, fitando-a naqueles olhos tranquilos.

Alguns transeuntes ainda se demoravam conversando, como se faz no verão: podia-se ouvir a voz deles e captar uma ou outra frase nos momentos em que não passavam carros. Fragmentos de diálogos que tornavam a noite menos anônima, a solidão menos melancólica.

— Como é que você faz, com cinco filhos?

— Como eu faria sem...? — sorriu Marina.

— Preocupações demais, ansiedades, dores...

— Não sei, Eleonora. Chega um momento em que você se dá conta de ter participado de algo maior. Não foi você quem deu a vida, embora a tenha carregado. Aos poucos, entendi que carregá-la significa que ela lhe foi confiada. Isso me traz uma grande serenidade. E, também, você não faz ideia da carga que o amor de cinco filhos lhe dá...

— E se seu marido fosse embora?

— Houve um momento no qual quem queria ir era eu...

— Você?

— Sim. Estava cansada, me sentia sozinha.

— E então?

— Eu me sentia só, mas, afinal, talvez não fosse assim. Falei disso com ele, ele comprou duas passagens de avião, e, poucos dias depois, partimos para Nova York. Passamos uma semana. Eu nunca estivera lá e ele me levou aos lugares que havia visitado quando jovem, no verão, depois de concluir o ensino médio.

— E as crianças?

— Espalhadas entre amigos e parentes...

— Parece um filme...

— Nos filmes, certas coisas acontecem porque alguém as faz na realidade.

— E como foi se verem sozinhos, os dois?

— No começo, estranho, mas, aos poucos, foi como reconhecer algo familiar e, no entanto, novo. Ele me tratou como se eu fosse uma menina e uma rainha. Mas eu estava cética, temia que, ao retornarmos, tudo voltasse a ser como antes. Depois, um dia, ele me levou a Coney Island e, na roda-gigante, tirou minha aliança e perguntou: "Marina, mãe de nossos cinco filhos maravilhosos (mais por mérito seu que meu), quer receber este homenzinho, na alegria e na dor, na boa sorte e na má, até que a morte nos separe?" E eu pensei em tudo o que havíamos vivido juntos: desde a paquera, quando ele me seguia até achar um momento adequado para trocarmos duas palavras com calma, até as fraldas sujas, as noites insones, as risadas e as lágrimas, desde as conquistas, como a primeira casa, até as derrotas, como os períodos em que ele era obrigado a dar muitos plantões noturnos para ganhar umas liras a mais, desde as escovas de dentes misturadas até o calor sob as cobertas, desde o frescor das fotos do casamento até as primeiras rugas... Relembrei tudo e compreendi que não modificaria nada, nem sequer uma vírgula daquela vida, não voltaria atrás nem mesmo quanto às dores. Do contrário, quem eu seria? Teria desaparecido, atacada por uma espécie de anorexia existencial. Então, respondi: "Sim... até que a morte nos separe; ou melhor, até depois." Ele começou a rir e depois a chorar. Eu, a chorar e depois a rir. E ele acrescentou: "Sem você, eu teria compreendido tão pouco a meu respeito... Obrigado."

— E você?

— Respondi que era verdade. Os homens são realmente um desastre... Se não fôssemos nós, mulheres, eles nem tomariam banho...

Eleonora sorriu. Depois, voltou a ficar séria e disse:

— Quanto tempo a gente passa ocultando o que sente, em vez de escancarar tudo e conversar a sério... Em vez de buscar a verdade lado a lado. Existe um trecho de livro que eu quis decorar: "Como eu gostaria de pensar em nós como duas pessoas que tomaram uma injeção de verdade para dizê-la, finalmente. Eu ficaria feliz em poder dizer a mim mesmo: 'Com ela eu destilei verdade.' Sim, é isso que eu quero. Quero que você seja para mim a faca, e eu também serei isso para você, prometo. Uma faca amolada, mas misericordiosa." No entanto, nós nos transformamos em facas amoladas e impiedosas. Sem misericórdia. Quanto tempo perdido em discussões para ter razão, para ter a última palavra! Discutimos. Em vez de...

— Em vez de...

— Em vez de conversar. Como você fez com seu marido. Conversar. Dizer um ao outro como estão as coisas, perdoar-se, escolher-se de novo e descobrir que, se sua vida tem um sentido, é porque você amou um homem por muitos anos. Em vez disso, fazia séculos que eu não conversava com meu marido. Ambos tínhamos razão. Quando todos têm razão, as pessoas não conversam: discutem, brigam, mas não conversam.

— Muitas vezes eu me pergunto por que é tão difícil.

— Não sei... De vez em quando, acho que compreendi do que preciso, a verdade está ali, muito clara. Mas, depois..., a rotina, os papéis, as feridas não cicatrizadas... É como se eu me esquecesse.

Ficaram em silêncio, desejando que viesse uma chuva de respostas e certezas daquele céu escuro que é o teto de uma casa grande demais para manter em ordem. Mesmo para uma mulher.

Saíram da água banhados por um mar já tingido pela escuridão. Nem tiveram tempo de sentir as pedrinhas lhes espetando a planta dos pés quando viram duas silhuetas surgirem da penumbra.

Eram dois rapazes. Tinham cabelos esculpidos pelo gel e olhos brancos em meio à noite, dois destroços vomitados pelo mar.

– Olha só, como são românticos! – exclamou um dos dois, com a voz arrastada de quem bebeu demais.

– Vocês não deveriam estar na cama a essa hora? – perguntou o outro, dentes amarelados e um olho ligeiramente fechado, em consequência de um soco ou de drogas.

Margherita ficou imóvel. Giulio se plantou na frente dela sem dizer nada, procurando estudar a situação com sua frieza habitual. As mãos daqueles dois não prometiam nada de bom. Giulio lia nos olhos deles uma fome cega.

– E dinheiro, vocês têm?

– Vamos conferir... – interveio o outro, remexendo nas roupas atrás da pedra e na mochila de Margherita.

– Para meninas, não é bom vir a estas bandas, não é lugar para crianças – acrescentou o primeiro, aproximando-se de Giulio e Margherita e estendendo a mão para o rosto dela, que se retraiu e recuou, com o coração lhe batendo nos ouvidos.

O de olho meio fechado tirou da calça de Giulio as chaves do carro.

– E isso aqui, o que é? – disse, mantendo-as bem alto.

O outro deu mais um passo à frente, quase encostando a testa na de Giulio, que sentiu seu hálito podre:

– O que é isso aqui, hein, babaca?

Giulio não dizia nada e estudava os movimentos incertos de ambos.

– Vão embora. Não temos nada! – disse Margherita, com a voz embargada.

– Calada, que depois eu cuido do seu caso.

Foi então que Giulio deu-lhe uma cabeçada bem no nariz e o quebrou. Ouviu-se um estalo surdo de cartilagens e ossos. O rapaz, surpreso, levou as mãos ao rosto, cambaleando.

– Fuja! – berrou Giulio para Margherita, que, contudo, não se moveu, paralisada pelo medo.

O outro rapaz se atirou contra Giulio e lhe desfechou no rosto um soco não muito certeiro, mas suficiente para balançá-lo para trás, arrastando também Margherita. Giulio não sentiu o corte na face, a adrenalina havia tomado a dianteira. Reergueu-se como uma mola e tentou golpeá-lo, esquivando-se de um chute na virilha.

– Vá embora! – berrou de novo para Margherita.

Ela saiu correndo e gritando em direção às luzes da estrada.

– Socorro! Socorro! – Mas ninguém podia ouvi-los.

O rapaz de nariz quebrado alcançou-a e lhe deu um tapa que a fez dobrar-se ao meio.

Tentou gritar, mas tudo que saiu foi um som engasgado.

Margherita sentiu a mordida do terror, não do medo, mas do terror, como se um cão raivoso estivesse farejando sua alma. O rapaz pegou-a pelos cabelos e puxou-a para o chão. Ela tentou resistir, mas a dor na cabeça a fazia se mover como uma boneca de pano. Sentiu a urina descer pelas coxas, sem controle, e começou a soluçar. O rapaz, com o rosto coberto de sangue, limpou-o com a mão livre e depois tentou imobilizar Margherita no solo, enquanto, com a outra mão remexia entre as pernas dela. E Giulio, onde fora parar?

Margherita esperneava e, sem nem sequer se dar conta, emitia gritos roucos, tentando atingir o agressor no rosto, onde Giulio já o ferira. Não distinguia mais nada, entre a noite e aquela fera. O céu estava parado e muito distante.

– Papai! – gritou, arranhando a garganta e rasgando o silêncio indiferente das coisas.

* * *

– Vovô tinha bigode?

Andrea já estava metido embaixo das cobertas e a avó lhe acariciava a têmpora.

– Sim.

– E barba?

– Não.

– E cabelos, tinha?

– Primeiro, sim; depois, não.

– Por quê?

– Porque, quando a gente envelhece, os cabelos caem.

– Mas você tem! – disse Andrea, tocando os fios prateados de Teresa.

– Só caem os dos *masculi*.

– Por quê?

– Porque eles voltam a ser *picciriddi*.

– Por que voltam a ser *picciriddi*?

– Porque os *picciriddi*, quando nascem, não têm cabelos, ou então só têm pouquinhos.

– Eu também? – perguntou Andrea, tocando a própria cabeça, como se os cabelos tivessem fugido de repente.

– Você também tinha pouquinho, pouquinho, sim.

– E por que os homens ficam de novo como meninos pequenos?

– Porque só quem volta a ser *picciriddu* pode ir para o céu.

– E o que as pessoas fazem no céu?

– Cantam, dançam, desenham, brincam.

– Então, eu já estou no céu.

– Minha joia!

– E você não vai voltar a ser *picciridda*?

— Vou.

— E vai para o céu com os cabelos?

— Sim.

— Por quê?

— Porque para as mulheres é diferente. Eles não caem... Ficam grisalhos, depois brancos...

— Por quê?

— Porque as mulheres devem ser sempre *biedde, biedde comu pupidde*, belas como bonecas.

— E por que os seus são um pouco grisalhos, um pouco brancos e um pouco azuis?

— Seus "por quês" não acabam nunca... hein? — disse a avó, acariciando-lhe a face. — Porque é a cor das conchas mais bonitas.

— Você é bonita com os cabelos assim, vovó.

— Minha joia!

— E por que Mita não voltou hoje?

— Não sei. Acho que foi ver seu pai.

— Papai?

— Acho que sim.

— Então, voltam para casa juntos!

— Sim.

— Mas por que o papai foi embora?

— Não sei, Andrea.

— Você sempre sabe tudo, vovó. Por que não sabe isso?

— Pois é, *unn'u sacciu*. Mas a verdade é que tudo vai correr bem. Tudo é *bonu e benerittu*, bom e bendito. Mas agora está tarde, você precisa dormir.

— Você não me contou nada de vovô Pietro. Ele também falava meio esquisito, como você?

Teresa sorriu.

— 'Nzzz... – disse, erguendo sobrancelhas e olhos para o céu, a fim de dizer não. – Mas vovô Pietro, a essa hora, sempre dizia as orações.

— E você?

— E eu com ele. Quer dizer comigo a oração a Jesus?

— Quero.

— Vamos, diga você.

— Jesus, vovó diz que você existe e eu acredito, porque, de vez em quando, falo com você quando não falo com ninguém. Faça Margherita e papai voltarem para casa. Fale com eles e diga que eu estou esperando. Assim, eles voltam e ficamos sempre juntos e vamos de novo ao cinema e comemos *poc-corn* e rimos e jogamos futebol e subimos na árvore e na casa da árvore e depois fazemos castelos de areia e depois derrubamos eles e bebemos Coca-Cola e fazemos bolhinhas e barulhinhos com a boca e abrimos os presentes e jogamos da varanda aviões de papel e fazemos todas as outras coisas que gostamos de fazer, tipo bolhas. E, se você se lembrar, me traga o estojo cheio de todas as cores...

— Assim seja!

— O que quer dizer?

— Que tudo o que você disse é bonito e deve acontecer.

— Assim seja! – repetiu Andrea.

— Agora durma, minha joia – disse a avó, passando a mão sobre os olhos dele e fechando-os delicadamente, enquanto ele se abandonava ao escuro e à paz da noite.

A avó começou a cantar de olhos fechados, enquanto suas mãos rugosas e frágeis acariciavam o rosto de Andrea, evocando imagens de campos queimados pelo sol, pedra ardente, água espalhada sobre os pavimentos para vencer o siroco, sombra rala sob o jasmim dos avós camponeses, pães assados no forno o tempo todo e céu azul e seco, flores amarelas e grilos e cigarras e uma pobreza infinita sob as estrelas e ao lado de um fogo:

Binidissi lu jornu e lu mumentu
to' matri quannu al lato ti truvò
doppu novi misi, cu gran stentu
ngua ngua facisti, e in frunti ti vasò.

Dormi nicuzzu cu l'ancili to'.
Dormi e riposa, ti cantu la vò.
Vo-o-o dormi beddu e fai la vò.
Vo-o-o dormi beddu e fai la vò.

Si di lu cielu calassi na fata
nun lu putisse fari stu splennuri
ca stai facennu tu, biddizza amata
'nta sta nacuzza di rosi e di ciuri.

Dormi nicuzzu cu l'ancili to'.
Dormi e riposa, ti cantu la vò.
Vo-o-o dormi beddu e fai la vò.
*Vo-o-o dormi beddu e fai la vò.**

———————————

* Em tradução muito livre: "Bendisse o dia e o momento/ tua mãe, quando ao seu lado te encontrou/ depois de nove meses, com grande esforço,/ uá, uá, fizeste, e na testa ela te beijou.// Dorme, neném, com teus anjinhos./ Dorme e repousa, eu te acalento./ Nana, nana, dorme bonitinho, vai mimir./ Nana, nana, dorme bonitinho, vai mimir.// Se do céu descesse uma fada,/ não poderia fazer este esplendor/ que estás fazendo tu, beleza amada,/ dentro deste berço de rosas e de flores.// Dorme, neném, com teus anjinhos./ Dorme

Andrea adormeceu tranquilo, transportado pela melodia. Por onde andavam as canções de ninar? Quem ainda se lembrava delas? Até a cidade, lá fora, sossegou e pareceu sentir saudade da Terra que ela havia coberto de prédios, asfalto e luzes. O menino deslizou para o sono, e a avó chorava sobre a dor daquele menino, da filha, da neta, e, se pudesse, daria *u sangu* para que tudo corresse bem. Chorava também sobre sua inconfessável dor. O rosto de Pietro, com seus olhos bons e firmes, fitava-a sorrindo e lhe recordava: "Tudo vai correr bem, tudo vai correr bem." Piedade e espera fazem o homem. Espera e piedade, não existe outra coisa.

Quando acordou, estava deitada na praia, com frio. Olhou o céu, sentia a face ardendo e a cabeça em chamas. Giulio segurava sua mão. Ele tinha uma maçã do rosto inchada e sangrando.

Ao lado deles, estavam pessoas que ela não conhecia.

– Como você está? – perguntou Giulio.

Margherita tentou se levantar e, com alívio, percebeu que, afora o rosto e a cabeça que queimavam, estava bem.

– O que aconteceu?

– Ouviram você gritar – disse Giulio, apontando o grupo que a rodeava.

Margherita focalizou pelo menos três pessoas. Eram as do trailer de sanduíches. Um homem com o avental branco sujo de gordura e maionese lhe estendeu um copo com água.

– Como se sente? – perguntou, em uma doçura que contrastava com aquele corpo gigantesco.

---

e repousa, eu te acalento./ Nana, nana, dorme bonitinho, vai mimir./ Nana, nana, dorme bonitinho, vai mimir." (N.T.)

– Bem – respondeu Margherita, e começou a chorar.

– Mas o que vocês vieram fazer aqui a essa hora? – perguntou uma mulher, talvez a Maria da tabuleta.

– Tomar banho de mar – respondeu Giulio, procurando abraçar Margherita.

– Aqueles dois estavam bêbados antes de comprarem as cervejas e virem até a praia – disse outro, que exibia um bigode imponente.

– Eles os expulsaram a pontapés, Margherita. O perigo acabou – acrescentou Giulio.

– Venham, subam. Vistam-se, vamos lhes dar alguma coisa para comer – disse a mulher, acariciando os cabelos ainda úmidos de Margherita, que tentava remover da pele o sangue do agressor.

Colocaram as roupas diretamente sobre o biquíni e a sunga ainda molhados. Depois, a mulher os fez se trocarem direito dentro do trailer enquanto preparava um jantar substancioso.

Sob a luz de neon do alpendre, pareciam os sobreviventes de uma guerra absurda. O mar respirava suavemente lá embaixo, e a terra emanava seu típico odor noturno de resina e algas.

Margherita estava com o rosto inchado, e a mulher lhe fazia compressas na bochecha com uma latinha de Coca-Cola gelada. Enquanto isso, o homem de bigode, que se apresentara como marido de Maria, parabenizava Giulio pela sua coragem, enquanto lhe medicava a maçã do rosto ferida:

– Você reduziu o nariz dele a pó!

– Seus pais deixam vocês andarem sozinhos por aí a essa hora? – perguntou a mulher, curiosa.

Margherita silenciava, temendo despertar suspeitas naquelas pessoas tão boas. Ao mesmo tempo, gostaria de revelar tudo. As mãos daquela mulher lhe recordavam a ternura da avó, e ela queria estar em casa curtindo um serão tranquilo, escutando música ou vendo um filme, em vez de ter se arriscado a ser violentada em uma praia deserta. Bem que merecia.

– Onde estão os pais de vocês? – insistiu a mulher.

– Aquela que me pariu deve estar em algum lugar – respondeu Giulio, seco.

A mulher não entendeu a frase e considerou-a uma fanfarronice de adolescente.

Os carros passavam correndo pela rodovia principal.

– E você? – perguntou ela a Margherita.

– Meu pai está em Sestri. Estamos indo vê-lo. Aliás, é melhor partirmos, senão ele vai se preocupar – respondeu Margherita, esforçando-se por ostentar a segurança de Giulio.

– Podemos fazer alguma coisa por vocês? – ofereceu-se o marido.

– Já fizeram muito – sorriu Margherita, que, à luz triste de um neon, um cheiro gostoso de comida em redor, um mar de silêncio ondulante pouco abaixo e os sorrisos de pessoas simples que vivem um dia após o outro, descobriu, com surpresa, que se sentia em casa.

Por todo o trecho de estrada que os separava de Sestri, ficaram calados. O doce e o amargo daquelas últimas horas se misturavam de modo inextricável, e era difícil curtir um sem ser rendido pelo outro. A via Aurelia se desenrolava ao longo da costa como um indicador que segue o perfil da mulher amada.

Giulio pousou a mão sobre a de Margherita, absorta em seus pensamentos, e apertou-a. O sentimento de culpa parou de torturá-la, e ela percebeu que a coragem lhe abria caminho por dentro: ela estava prestes a ver o pai e Giulio a acompanhava, forte e seguro. Tudo ia bem. Não se deu conta de que, naquele momento, a mão dele pedia ajuda mais que dava.

Chegaram a Sestri em pouco menos de uma hora. Giulio não tinha vontade de correr: o rosto lhe doía, a estrada com o mar ao lado não impunha nenhuma pressa e o obrigava a repensar as próprias falhas. Deixara-se roubar como um palerma, fora agredido como um principiante e fizera Margherita correr o risco de ser estuprada: era ele quem havia insistido no banho de mar. Não bastava ignorar as regras: quando você está com alguém, não pode fazer isso.

O litoral era iluminado pelos restaurantes, que pareciam relutantes em aceitar que o verão já tivesse ficado para trás, e o mesmo faziam os fregueses, sentados para curtir o frescor noturno e para trocar as mesmas quatro palavrinhas.

Margherita pediu a Giulio que estacionasse e o guiou a pé por uma rua estreita, entre casas de cores claras, não totalmente distinguíveis no escuro da noite. Uma fresta de mar aparecia no final do caminho. Aquela fresta se transformou, pouco a pouco, em uma orla semicircular, feita de areia e pedras minúsculas. Barcos multicores de madeira flutuavam ali perto como se conversassem entre si, assentindo. As casas debruçadas para a baía eram olhos arregalados sobre um espetáculo que não enfada nunca. Muitos se sentavam na areia e sussurravam em vez de falar. O silêncio das estrelas se apoiara sobre aquela pequena baía e convidava todas as coisas a cochicharem.

Existem lugares onde não é preciso gritar para se fazer ouvir: é necessário apenas aprender a escutar, e, se você fala, é para escutar melhor. São os lugares onde a gente diz a verdade, declara um amor, confidencia um tormento ou permanece em silêncio.

– A Baía do Silêncio – anunciou solenemente Margherita. Era um daqueles lugares.

Giulio parecia enfeitiçado. Os punhos contraídos se relaxaram. Margherita pegou-o pela mão e o levou até um cantinho escondido que ela conhecia bem, do qual a fileira de casas que serviam de bastidores à baía podia ser vista. As luzes dos postes eram o eco das estrelas, e o horizonte estava cheio do odor das algas, da areia fresca e da madeira podre dos barcos abandonados, presos por cordas cobertas de espuma viscosa. Os dois jovens se sentaram perto da água.

Margherita tirou os sapatos e deixou que os pés reconhecessem a areia úmida e familiar.

Giulio, com os braços cruzados sobre o peito, não dizia nada, mas não conseguia se abandonar inteiramente ao silêncio. Preferiria rasgá-lo com um berro e jogar fora, gritando, todo o ódio que trazia dentro de si. Para ver o coração de um homem, você deve perguntar-lhe seus sonhos ou suas dores, mas, em Giulio, as dores sempre haviam sufocado os sonhos, que agora procuravam, como brasas sob a cinza, inflamar de novo sua vida. Tinha vontade de vomitar, como se precisasse eliminar uma substância impossível de expelir, tão misturada estava com a dor: a própria alma.

Apertou as pernas com os braços e começou a soluçar como um menino, fungando.

Margherita se voltou, pensando que ele estava rindo. Giulio escondeu a cabeça entre os joelhos e Margherita se sentiu sozinha. O garoto a quem tinha confiado sua aventura chorava. O mesmo homem que acabara de salvá-la. O mesmo que havia inundado a escola. Ali estava, com a cabeça entre as pernas, e chorava. E ela, que acreditava estar sozinha sobre o fio, descobriu que, sobre o mesmo fio, também estava Giulio, um equilibrista igual a ela, igual a todos.

O acrobata não tem uma resposta para o problema do equilíbrio, sabe apenas como transformar a força que o faz cair no impulso que o salva. Somente assim o destino, com sua força de gravidade, se torna tarefa; e a necessidade, vida.

Giulio chorava e as lágrimas formavam grumos na areia, pequenas bolinhas, uma diferente da outra. Semelhantes a pérolas. De fato, a madrepérola tem a composição das lágrimas. Água e sal que se endurecem em torno da farpa envenenada. Camada após camada, círculo após círculo na forma de simetria perfeita, que esconde a impossível simetria da dor. As pérolas, quando observadas, parecem todas iguais, mas as naturais revelam, ao tato, ligeiras deformações, determinadas pela forma do predador que se intrometeu na concha. Isso as torna únicas. Água e sal esculpidos ao redor do perigo.

Margherita se aproximou e o abraçou. Só o vento leve da noite penetrava aquele emaranhado de braços e medo, o vento do mar que acaricia todas as coisas, mesmo a mais desamparada e consumida pelo naufrágio do tempo.

Apesar do medo recém-passado, da dor, da ameaça da noite, aquele cantinho pareceu acolhê-los como uma toca, e o sono os surpreendeu assim, como uma concha acomodada sobre a margem por uma tempestade, recolhida de manhã por uma menina que passeia com o pai, ignara de tudo o que foi necessário, de quanta dor custou aquela viagem, de quanto tormento existe dentro de uma coisa bonita.

Porque, muito frequentemente, toda coisa bonita é o que resta de um naufrágio.

* * *

Quando abriu os olhos, a superfície da água ainda era cinzenta, e as estrelas vacilavam. A respiração do mar estava fria, e o silêncio, à espera. Não tinha sido acordada pela mãe, nem pela horrível campainha do celular, mas pelo frio e pelo ruído da arrebentação que voltava a misturar as pedrinhas da margem. Cada pequena coisa, por menor que fosse, tinha um som, um sussurro escondido pelo volume da vida corriqueira, e sabe-se lá o que dizia... Giulio dormia com o rosto apoiado em um braço, como um menino contente com o que está sonhando. Pouco distante deles, havia uma silhueta escura. Margherita, trêmula, contraiu-se ainda mais, lembrando-se do que acontecera poucas horas antes. Fitou a figura vizinha à margem: estava enroscada como uma estátua de pensador.

Era um velho com um cachimbo que lhe pendia dos lábios e uma fogueira acesa à sua frente, uma fogueirinha que crepitava misturando seu som ao da ressaca, sobre a qual ainda incidia o reflexo da lua. Não percebeu o olhar de Margherita: parecia cativado por outro som, sutil e persuasivo, um canto de sereias, e se aquecia diante daquela fogueira como se estivesse em sua casa, em segurança entre paredes sólidas. Fitava o horizonte.

Margherita, com frio, se levantou e aproximou-se da fogueira, com circunspecção. O homem não se moveu. Ignorou-a. O chapinhar da água era suave e, dali a pouco, o mar se acenderia como a fogueira do velho, mas com a potência infinita, regular, eterna do sol. Margherita se sentou perto do calor e estendeu as mãos para se aquecer. O velho com o cachimbo continuava a ignorá-la. Margherita percebia haver penetrado um espaço sagrado, do qual aquele homem silencioso parecia o sacerdote.

– Não há nada mais amargo que a alvorada – disse o velho, sem se voltar.

– Eu sempre gostei da alvorada.

– Só se acontecer alguma coisa.

– Sempre acontece alguma coisa...

– Não na minha idade. Na minha idade, é tudo inútil. Só resta isto – disse o velho, mostrando o horizonte.

– O quê?

– A sequência do dia e da noite.

Uma estrela esverdeada boiava no alto, a última espiã da noite.

– Não entendi...

– Quando a gente é velho, só resta isto. Tudo se torna lentíssimo e repetitivo quando você não espera mais nada. Você fica ali, esperando cada manhã, e não acontece nada. Só a alvorada.

– Não é pouco.

– Vale a pena que o sol se levante do mar e um longo dia comece?

Margherita ficou em silêncio, ou porque não tinha uma resposta, ou porque aquela pergunta se dirigia ao mar, ao céu e àquela estrela.

– Amanhã, voltará a alvorada e será como hoje e como ontem... – disse o velho. Fez uma pausa, inspirou o perfume do mar, cada vez mais cheio de luz, e acrescentou: – E nada vai acontecer.

– Qual foi a coisa mais corajosa que o senhor já fez?

– Por que você pergunta?

– Porque eu a estou fazendo agora.

– Então me conte.

– Procurar meu pai.

– Por que o procura?

— Porque talvez ele precise... E também não posso dispensar o café da manhã que ele prepara nas manhãs de domingo.

O velho sorriu.

— Você se parece com ele?

— Todo mundo diz que sim, mais com ele que com minha mãe, mas eu não sei. E o senhor? Não me respondeu...

— A coisa mais corajosa? – perguntou o velho, para ganhar tempo e coragem, e depois sentenciou: – Levantar hoje de manhã.

— Por que você está tão triste? – interrogou Margherita, tratando-o sem cerimônia, como fazem os jovens, não quando são mal-educados, mas quando falam diretamente ao coração de quem está diante deles.

— Perdi meu filho.

— Como aconteceu? – perguntou ela, impulsivamente.

O homem não respondeu.

Encabulada, Margherita virou-se para Giulio. O corpo dele estava abandonado no regaço da Terra, sem proteção, à espera de vir à luz.

Margherita continuava a se aquecer para evitar que o frio daquele silêncio lhe entrasse no coração. Olhou no céu a estrela que resistia com dificuldade até se extinguir junto com a fogueira do velho, que reavivou o cachimbo apagado pela umidade matinal, à espera de nada.

Quando o predador chega ao coração e o devora, não há escapatória. Existem predadores que vencem. Existem predadores que são derrotados somente pelo Grande Predador, a Morte. Você pode encontrar essas conchas abertas e vazias em uma praia. São apenas uma recordação sem futuro. E a ressaca as golpeia e pulveriza até as transformar em grãos de areia de praias branquíssimas.

– Encontrei isso no quarto de minha filha, Margherita – disse Eleonora, apontando os versos da *Odisseia* sublinhados.

O professor não entendia se aquilo era um sonho ou o golpe de cena de um thriller. O que faziam os dois, face a face, na soleira de sua quitinete, ele de pijama, ainda sonolento, e a mãe de uma aluna, tão agitada que parecia fora de si?

Ainda não se resignara ao fato de que não existe nada escrito que já não tenha acontecido, nada que a vida já não tenha inventado.

– Não entendi, desculpe. O que eu tenho a ver com isso? Quem lhe deu meu endereço?

– Minha filha fugiu. Ontem não foi à escola. Alguém encheu a cabeça dela com bobagens, como este livro demonstra. Estamos procurando-a por toda parte. Precisei perguntar ao diretor. O senhor tem que me ajudar!

– Mas o que eu tenho a ver com isso? Eu tento fazer meu trabalho o melhor que posso!

– Eu também. Mas isso envolve a vida de minha filha!

O professor foi obrigado a voltar à realidade, mais uma vez. Aceitou aquela intrusão e mudou de atitude diante dos olhos daquela mãe, desfigurados pelo sono e pela ansiedade.

– Entre, minha senhora, desculpe a bagunça... Por favor, me explique com calma o que aconteceu. Quer um café?

– Não.

O conjugado do professor era uma babel de livros espalhados em torres de alturas variadas, e não havia lugar para se sentar. Ficaram de pé, um diante do outro.

– Desapareceu. E pegou o carro. O senhor tem alguma ideia? Notou alguma coisa? – Eleonora agitava o livro como se fosse a causa de tudo.

O professor não disse nada e abaixou o olhar. Seus cabelos ainda estavam desarrumados pela noite. Jamais havia pensado em enfrentar uma conversa escolar naquelas condições, e jamais imaginaria que a *Odisseia* fosse capaz de provocar semelhantes incêndios.

– O que ela lhe disse? – insistiu Eleonora, interpretando corretamente aquele gesto de derrota.

– Nada... Ela me pediu que a acompanhasse para procurar o pai... Estava entusiasmada depois de ler sobre Telêmaco, que vai buscar Ulisses, e veio me falar disso.

– E o senhor?

– Minimizei. Disse a ela que a vida é muito diferente dos livros... Realmente, a senhora não quer nada?

– Quero minha filha. O senhor não tem filhos, não é? – perguntou Eleonora, dando uma olhada na casa do professor, que balançou a cabeça para responder que não.

Naquele momento, o celular de Eleonora tocou. O professor viu a dureza desaparecer da expressão dela, os olhos se arregalarem junto com a boca e, depois, se fecharem. Quando ela os reabriu, estavam cheios de lágrimas. A mão com a qual segurava o livro desceu ao longo do quadril.

O professor mantinha-se em silêncio.

Eleonora se voltou e foi embora lentamente.

O professor alcançou-a, descalço, no patamar, tentando detê-la.

– O que aconteceu?

– Ela sofreu um acidente de carro.

O professor não reagiu, era tudo verdadeiro demais para ser verdade.

Sem olhar para ele, Eleonora acrescentou, quase para si mesma:

– Eu tinha pedido que o senhor me ajudasse...

Ele ficou imóvel, de short e camiseta. Assim o encontrou dona Elvira, atraída por aquele estranho alvoroço, com um capacete de bobes multicores na cabeça e um roupão verde-esmeralda.

Escuro. Tinha os olhos fechados e se movia em um labirinto. Percebia movimentos em redor: barulhos, vozes e tentáculos úmidos. Alguém lhe tirara a pele. Estava esfolada pela dor, a polpa em contato com as coisas, repentinamente aguçadas e pesadas, até as mais leves e delicadas. Dentro da noite, pouco antes de adormecermos, nos cantos escuros, crescem presas e garras, arestas prontas a ferir. Todo o seu corpo era uma ferida descoberta.

A prova do fogo, como a chamam os pescadores de pérolas: para verificar se uma pérola é autêntica, se nasceu da carne viva de um molusco ameaçado de morte ou das combinações da química. Somente a madrepérola produzida pela carne ferida gera, círculo após círculo, um tecido único, em forma, cor, brilho. A química produz esferas perfeitas, mas falsas: na vida, a beleza é imperfeição. Ao toque do fogo, a pérola autêntica aprisiona luz e calor em suas camadas e permanece intacta. A pérola falsa revela sua consistência de gesso e se quebra.

Estava suspensa entre o desespero e a doçura do possível e definitivo abandono das coisas, sentia-o sob a pele, mais embaixo ainda, naquele aposento fechado que ela agora percebia realmente dentro de si e que lhe haviam ensinado a chamar de *coração*. Batia em cada pedaço de sua pele. No sonho, viu um carro voar no fogo. Ela ardia, ardia por toda parte, cega. A garganta queimava, como se engolisse pedaços de vidro. Os lábios se repuxavam, tentou passar a língua sobre eles. Sonho e realidade se confundiam, e ela estava desperta dentro de um sonho invencível.

Não conseguia ter domínio sobre o próprio corpo, embora, em certos momentos, tivesse dele uma percepção claríssima, jamais experimentada: o sangue subia por uma artéria, a água atravessava um tecido, os fluidos se deslocavam nas zonas cavas. Estava desfeita em mil movimentos e fluxos, como se estivesse se desagregando e a vida pulsasse isolada em certas áreas. Sentia a urgência de chorar, mas as lágrimas não podiam sair. Então, começaram a fluir dentro dela, calcificando-se lentamente ao redor do predador.

O corpo se tornara pesado como a própria terra. Uma serpente lhe rastejava dentro da boca e entrava nela, arranhando os lábios, a língua, a garganta. Acompanhou a descida da serpente e despencou em uma zona de si mesma escura e muda, uma terra de ninguém, encaixada entre o medo e a esperança. O armário se fechou, excluindo qualquer outra coisa. Mas, dentro do armário, havia uma rachadura, que dava para um aposento mais profundo. Colocou a mão dentro da fissura.

– Margherita...

Ouviu aquela voz que conhecia bem. Vinha da fissura semelhante a uma boca. Enfiou o braço e apoiou o ouvido ali onde a madeira estava rachada.

– Margherita!

Não vinha da fissura. Não. Dentro do escuro, sentiu o braço envolto por um calor ardente, enquanto o resto de seu corpo era de gelo. Percebeu que estava nua.

– Margherita!

Dessa vez era um grito.

Tirou o braço da fissura e virou-se para trás, mas as portas do armário estavam fechadas. Alguém batia naquela parede que se fechara em torno dela. Somente seu pai poderia derrubar aquela parede. Ele tinha forças para isso.

– Margherita. Sou eu, mamãe.

Tentou estender a mão, mas não tinha forças. A rachadura atrás dela se alargava, estalando, sugando-a de volta para o escuro do armário, cheio de monstros entocados e acuados naquele canto. Andrea tinha razão: era por ali que entravam os monstros que devoravam tudo. E rosnavam.

– Devemos mantê-la em coma induzido por pelo menos 48 horas. A hemorragia cerebral é extensa... Depois, veremos.

Eleonora fitou a médica, com uma pergunta clara nos olhos marejados, mas sem uma palavra.

– Tudo o que era preciso fazer já foi feito. Temos que estar prontos para tudo. Agora, devemos ficar perto dela. Margherita sente o que acontece em redor. Podemos lhe contar histórias, acariciá-la, rir, falar, segurar sua mão, fazê-la escutar a música de que gosta... E esperar que o corpo reaja.

– Quando mamãe volta?

– Logo.

– Mas para onde foi? Por que não me leva ao jardim de infância? Onde está Mita? Ela volta hoje? Vamos fazer um doce?

– Quantas perguntas, Andrea... Não consigo responder a todas.

A avó teclou o número da filha, para pedir notícias mais precisas sobre o acidente. Talvez tivesse sido uma coisa simples e elas já estivessem retornando.

O rosto ficou inexpressivo. Os lábios tremiam, mas ela se esforçou para se conter. Desligou.

Era culpa sua. Encorajara a neta a empreender aquela viagem louca, como uma mariposa que se lança na luz que irá queimá-la. Olhou as mãos: tremiam, culpadas por algo.

— Quando ela volta? — perguntou Andrea.

— Logo — respondeu a avó.

— Logo, quando?

— *Unn'u sacciu*, não sei. Vamos fazer um doce para Margherita, para quando ela voltar?

— Sim! Para quando voltar!

— Vamos fazer qual?

— O preferido dela! Aquele com *ruchetta*...

— Com *ruchetta*?

— Aquela toda branca...

— Ricota! Não é *ruchetta*...

— *Ritotta*. Sim, com *ritotta*!

— Então, vamos fazer aquele com *ritotta*... Vá lavar as mãos, antes. *Amunì*, vamos lá!

Andrea correu para o banheiro, repetindo a palavra *ritotta* como a fórmula mágica que faria Margherita surgir do nada.

Enquanto isso, a avó observava Ariel em seu recipiente de vidro. Gostaria de ser como ele, de esquecer todas as dores da vida. Mas não é possível esquecer amores e dores. Talvez porque coincidam com a vida. A ideia de Margherita em perigo fez reemergir nela a dor antiga e oculta no fundo de sua alma.

O garoto abriu os olhos. Não sabia o próprio nome. Um colar ortopédico lhe imobilizava a cabeça. Seu rosto ardia, os braços se estendiam dos lados do corpo e, em um deles, entrava um duto ligado a um frasco de vidro suspenso mais acima. Uma gota brotava e explodia em ritmo regular. No leito ao lado do seu, um velho dormia. Mais ninguém. Depois, de repente, algumas imagens ganharam corpo. A estrada. Uma viatura policial e um sinal vermelho movendo-se para cima e para baixo. A aceleração. O grito de uma garota. Uma mão de ferro que, vinda da direita, agarra o automóvel e o varre para fora. Como um tornado, a mão faz o carro girar sobre si mesmo, até que o atira longe, fazendo-o despencar em uma noite inatural, sem luz nem dor.

Uma mulher vestida de branco se aproximou do leito.

— Como você se chama?

— Onde está Margherita?

— Ei, aqui quem faz perguntas sou eu.

A mulher começou a massagear os pés dele.

— Você os sente? Experimente movê-los...

— Claro que os movo — respondeu, e se sentou com um impulso felino.

— O que está fazendo? Você quase fraturou a coluna! Fique quieto!

— Onde está Margherita? — gritou, confuso.

A enfermeira o empurrou delicadamente para que ele se deitasse de novo. Ele tentou resistir, mas não teve forças.

Afundou de novo em um sono cheio de mãos e dedos, mas não conseguiu gritar.

O tubo que entrava em seu corpo era um fio longuíssimo: saía de sua boca e chegava ao céu, transpunha as nuvens e estava preso a uma árvore de folhas brancas, na lua, ao lado da bandeira americana. Margherita subiu naquele fio e conseguiu se equilibrar, embora precisasse continuamente se balançar com os braços. Um passo de cada vez, ia subindo. Primeiro encontrou janelas que deixavam ver mulheres e homens trabalhando, brigando, se amando. Deteve-se para observar os tetos daquela cidade que os continha todos: havia as cúpulas de Florença e os arranha-céus de Nova York, os telhados de Gênova e as agulhas de Paris. Viu-se em companhia de andorinhas e martins-pescadores e, depois, subindo, encontrou gaivotas e águias. Algumas daquelas aves pousavam sobre o fio e quando, devagarinho, Margherita se aproximava para falar com elas, de repente alçavam voo, criando um leve tremor e obrigando-a a buscar de novo o equilíbrio. A lua era cada vez maior, e o escuro estava por toda parte, o fio brilhava luminoso como prata.

Em seguida, a jovem viu uma figura vir do alto a seu encontro. Alguém descia da lua. Como duas pessoas podiam ficar sobre aquele fio? Era impossível. Alguém devia recuar. Talvez isso coubesse a ela. Olhou a figura. Era um homem. Sua silhueta se recortava contra a lua como em um filme em preto e branco. Ele também movia os braços, em busca de equilíbrio.

Tinha olhos brancos e longos cabelos negros. Frente a frente, procuravam se estabilizar, só que as tentativas feitas por um ameaçavam o equilíbrio do outro. Aos poucos, começaram a fazer os mesmos movimentos e se viram em perfeita harmonia. Mas não sabiam como se ultrapassar, como passar adiante e prosseguir em seu próprio percurso.

Olharam-se, sem encontrar uma saída. Depois, lá embaixo, o mar sussurrou uma sugestão.

Ela se aproximou dos lábios dele e ele a beijou. Os braços dos dois se agitavam no céu para manter o equilíbrio em torno daquele beijo, que se mantinha parado e suspenso. Afastaram-se. Ele a olhou, sorriu e se lançou no vazio, desaparecendo na noite. Ela se sentou para olhar lá embaixo, e as lágrimas caíam no escuro, e um gato branco se esfregava contra sua perna, miando.

* * *

Tinha sede, mas não palavras para dizê-lo. Movia os lábios, querendo água. As mãos de alguém lhe acariciavam os cabelos, lábios pousavam em sua testa.

– Você é bonita, é a mais bonita – dizia uma voz. – Precisa ficar aqui para poder me contar sua primeira prova, quero que me fale daquele garoto que a agrada, daquele beijo, daquele primeiro amor, daquelas lágrimas escondidas por um amor não correspondido, da amiga que a traiu. Não quero perder nada de suas primeiras coisas: o primeiro exame, o primeiro filho, a primeira ruga. Não peço mais nada. Só isso me importa. Quero que você me diga tudo o que lhe passa pela cabeça, que se sente a meu lado em uma noite qualquer e me diga que não aguenta, que está tudo errado, que sente medo, que está feliz, que viu sua estrela, que experimentou um esmalte novo, que viu um suéter que lhe agrada, que quer fazer uma tatuagem em forma de borboleta e um piercing em cima da sobrancelha direita...

Margherita escutava e tudo ia parar onde ela estava encerrada ou trancada. Lágrimas brotaram de seus olhos, ou, ao menos, assim lhe pareceu. Uma avançou até os lábios e os umedeceu de leve.

– De que você precisa, Margherita, em que está pensando? Será que tem sede?

Pegou um lenço, molhou-o e começou a pressionar de leve os lábios secos da filha. Em seguida, manteve-o ali, para que também a língua, tocando-o, se refrescasse. A enfermeira a proibira de dar água a Margherita. Passou o lenço sobre o rosto e o pescoço, os braços e as pernas dela.

Margherita sentia a suavidade daqueles gestos e lutava para dar à mãe tudo que ela lhe pedira, mas não sabia como fazer isso. Nada se movia nela, nada. Só os pensamentos. Eleonora lhe passou um creme hidratante nas faces, no pescoço. Margherita sentia o corpo renascer sob aquelas mãos. Tudo acontecia em outro tempo, como em uma filmagem. Por fim, a sede se aquietou, e Margherita mergulhou em um vazio perolado.

O tempo corria lentíssimo dentro dela. Como se um minuto pudesse durar mais de sessenta segundos. Só acelerava quando alguém conseguia penetrar a parede atrás da qual ela estava escondida. Um dos primeiros foi o professor: de pé, ao lado do leito de Margherita, imóvel e entubada. Ela queria um companheiro de viagem, um aliado, e ele havia recuado. Não tinha entendido a importância do pedido. Se tivesse feito isso, ela agora não estaria ali. Puxou um livro da bolsa.

– Margherita, quero lhe contar como continua a história de Telêmaco. Nós paramos no primeiro livro, mas o enredo prossegue. Queria ler para você. Não sei fazer outra coisa. Não sei se você pode me ouvir, mas queria acabar aquilo que não tive coragem de continuar.

Quando de manhã apareceu a Aurora de róseos dedos,
o querido filho de Ulisses ergueu-se da cama...

Margherita esperava o verso seguinte como uma menina que deseja escutar uma história a cada noite antes de adormecer. As palavras já não lhe chegavam, e ela sentiu o terror de ser precipitada no silêncio. Depois, sentiu uma gota no braço. E um som embargado. Aquele homem, o professor, estava chorando. Soluçava como um menino: as lágrimas de um pai que, pela primeira vez, compreende o que significa ter uma filha. Compreende que uma pessoa que a vida lhe confiou é um filho. Chorava sobre todas as palavras com as quais havia construído uma armadura em torno do coração. Chorava sobre todas as suas metáforas e sobre seus medos. Chorava porque gostaria que Margherita fosse sua filha, e ele daria todos os seus livros, a própria vida, para que ela abrisse os olhos e sorrisse escutando a história de um rapaz que procura seu pai.

Pensou em Stella como mãe de seus filhos.

Margherita, a mais frágil de todos sobre aquele fio, estava levando cada um deles lá para cima, considerando o quanto eram frágeis. A única força para se manter em equilíbrio sobre o fio da vida é o peso do amor. As palavras, o trabalho, os projetos, o sucesso, os prazeres, as viagens..., nada basta para se manter em equilíbrio, nem adianta ir depressa. Os equilibristas competentes não apoiam o pé de repente, mas a ponta primeiro, depois a planta e, por fim, o calcanhar. Com lentidão, descobrem o que lhes pertence. Somente assim o passo fica leve e a caminhada se transforma em dança.

Nossos pés buscam a segurança fácil, a âncora firme, a gravidade nas coisas que depois se arruínam, a pressa da corrida que chega logo à meta. Já a coragem do equilibrista transforma a gravidade em leveza, o peso em asas.

O professor terminou de ler e aquelas palavras o feriram como jamais haviam feito. E aquele deixar-se ferir não o abatia, mas o impelia a resistir. Depois, ele saiu lentamente do quarto e cruzou o olhar com o olhar cansado de Eleonora, sentada no corredor. Ela esboçou um sorriso, ao qual ele respondeu embaraçado. Prosseguiu ao longo do corredor: pelas portas abertas, entrevia outras cenas de ternura e sofrimento. Contaria com Stella para cuidar dele algum dia?

Imaginou uma menina com os olhos dela, vigílias noturnas cheias de prantos esfomeados, amores doces e longuíssimos, cansaço, cafés da manhã, máquinas de lavar e paisagens de uma beleza pungente, livros lidos em voz alta em uma noite chuvosa, e braçadas, até perder o fôlego, com um filho. Vida que entrava por todos os lados, mesmo quando não era esperada, vida ferida a ser curada com outra vida. Debruçou-se a uma janela e ergueu os olhos para o céu, como só faz quem está apaixonado, e aquele céu parecia capaz de satisfazer qualquer expectativa. Não queria perder mais tempo. Puxou o celular e, apertando-o no punho, como se fosse uma espada, selecionou o número. Assim que ouviu a voz do outro lado, disse:

– Amo você.

Disse-o tal como estava, em um corredor de hospital, olhos vermelhos de pranto, mil medos e outras tantas esperanças, porque, à diferença das roupas muito usadas, só a vida vivida tem alguma elegância.

A manhã surgiu na janela muito cedo, como acontece nos hospitais, e um homem entrou no quarto onde Margherita dormia. A mãe dela estava abandonada em uma poltrona ao lado do leito, segurando a mão da jovem. O homem não a acordou. Pegou a outra mão de Margherita e ficou ali em silêncio, fitando o corpo da filha, que, como uma ferida aberta, mantinha unidas as duas margens da cútis, as duas valvas da concha: ele e Eleonora.

Com os braços semiabertos, Margherita segurava pelas mãos seus pais, como quando, em criança, passeava com eles e, ao ritmo de um, dois, três, se fazia levantar no ar. Ela ria e pedia para voar mais e mais. E não se cansava nunca. Agora, aquele rito se repetia, mas era ela que lhes pedia que colocassem asas para alcançá-la onde só os poetas e os enamorados ousaram, falhando com muita frequência, como Orfeu. Não eram eles que a seguravam pela mão, mas ela que os segurava e os tornava novamente pai e mãe, marido e mulher. Eleonora abriu os olhos.

– Voltei – disse ele.

Um carrossel com cavalos, carroças, automóveis, astronaves. Cada criança escolhia o que preferia. Margherita escolheu o cavalo. Seu pai lhe segurava a mão enquanto ela subia e descia ao ritmo de uma música de carrilhão. Não recordava quantos desertos, campos e bosques tinha atravessado sobre aquele cavalo, de mãos dadas com o pai.

Aonde você quer ir neste cavalo?

Dar uma volta pelo mundo.

E ele consegue?

Claro, é o meu cavalo.

E como se chama?

Papai.

Mas isso não é nome de cavalo...

Para o meu, está bom. Porque ele é forte, se levanta todas as manhãs e vai trabalhar.

E não se cansa nunca?

Nunca.

A enfermeira entrou no quarto do garoto. O cheiro dos corpos obrigados a ficar na cama era intenso, e impregnava a penumbra. Subiu a persiana e abriu a janela para que o ar entrasse. Respirou a manhã que lá fora já embebia todas as coisas, embora, no horizonte, uma espessa faixa de nuvens anunciasse chuva. Deteve-se para considerar a calma do jardim no qual somente médicos e enfermeiras se moviam, cumprimentou uma colega que passava por ali. Virou-se.

— Como estamos?

— Melhor — respondeu o velho, ainda sonolento.

Um rapagão alto, de jeans e camiseta, entrou no quarto, sorridente.

— Quem é o senhor? O que está fazendo aqui? Ainda não é horário de visita! — reclamou a enfermeira.

— Tem razão, mas viajei a noite toda. Vim vê-lo — disse o rapaz, e apontou o garoto que continuava dormindo.

— Mas não pode, agora temos que fazer os controles, os médicos vão passar...

— Tenha paciência, sou irmão dele.

— Então, ele tem alguém! Estava aqui sozinho, não sabíamos nem quem era... Carro roubado, sem documentos... Ainda bem que tinha um celular...

— Como está?

— Meio confuso, mas bem. Por sorte, chegou alguém. Eu realmente não entendo esses jovens de hoje... Sempre causando problemas...

O garoto abriu os olhos, incomodado por aquelas vozes. A enfermeira e o rapaz o olhavam.

— Filippo?

— Sim, Giulio, sou eu — confirmou o outro, debruçando-se sobre ele.

Giulio não respondeu. Agarrou-se ao amigo e ficou em silêncio.

Naquela manhã, em torno dela se moviam sombras. A máscara de oxigênio agitava tentáculos luminescentes como as medusas do aquário, envolvendo-lhe o rosto. Percebeu vozes que não conseguia reconhecer. Depois os lábios de alguém pousaram em sua face e ela escutou lhe dizerem ao ouvido:

— Ei, Marghe! É a Marta. Como você está? Sabe o que diz seu horóscopo de hoje? Decorei tudo: "Não deixe que os pensamentos ruins do passado lhe roubem o tempo, prefira olhar para o presente. Ainda que ele não lhe pareça grande coisa, é o melhor possível para testar seus recursos. Saia, converse, ame. Talvez você espere demais do mundo enquanto é o mundo que espera algo de você."

Margherita teve vontade de rir, mas não sabia como. Estava contente por ter sua amiga novamente por perto.

— E, também, você precisa saber de uma coisa que meu irmão me disse ontem e que eu vou cochichar no seu ouvido: em todo o mundo, 23 por cento das máquinas copiadoras que quebram é por causa de pessoas que se sentam em cima delas para xerocar o bumbum... Mas não diga a ninguém que eu lhe contei...

Margherita mantinha os olhos fechados e nada se moveu em seu rosto, mas Marta sentia que ela estava sorrindo.

— Quando é que você volta? A escola está muito chata sem você... Tem aquela lourinha que enche o saco o dia inteiro... As gêmeas lhe mandam um beijo. Aliás, dois. — Beijou a amiga em ambos os olhos. — Meu pai diz que, fazendo assim, a gente pode beijar os sonhos de uma pessoa, porque os olhos miram na direção dos sonhos e dos desejos.

— As condições são estáveis, não melhoram, mas também não pioram. Não sabemos se ela acordará e como acordará, se ainda vai poder caminhar, falar... Não sabemos — disse a médica.

– E nós, o que podemos fazer? – perguntou o pai, com os olhos inchados.

– Ficar perto dela.

– Como assim?

– Como se tudo prosseguisse. Quanto mais vocês conseguirem fazê-la sentir a vida à qual está ligada, mais sua filha estará feliz, e alguma coisa vai acontecer.

Quando a médica saiu do quarto, ele abriu a mochila de Margherita e encontrou sua própria escova de dentes. Passou o dedo sobre as cerdas gastas e sentiu tudo aquilo que havia abandonado. Viu tudo aquilo que havia perdido.

– Também encontrei isto aí dentro – disse Eleonora, mostrando-lhe a caixa com a correspondência dos dois.

Ele ficou calado.

– Onde você esteve?

– Na casa de praia...

– Por quê?

– Porque nós não nos amamos mais, Eleonora.

– Existe outra?

– Sim.

– É por isso que você não me ama mais?

– Eu..., eu não sei.

– Eu a conheço?

– Que importância tem isso?

– Bem, talvez tenha, se você saiu de casa... E você? Ama essa mulher?

Ele não respondeu, repentinamente consciente da diferença entre estar apaixonado e amar.

– E ela? Ama você?

– Não sei.

– Volte.

– Não é o momento...

– É o único momento. Veja sua filha.

– E você?

– Eu o quê?

– Vai me perdoar?

Eleonora não respondeu. Apertava a lata das cartas como se pudesse amassá-la, necessitada de uma força semelhante àquela que Margherita buscava para despertar do nada: perdoar é sair do coma no amor.

Naquela manhã, ficou sozinha com o pai. Não ouviu outras vozes. O pai lhe falava, mas ela não entendia nada, era como se o mar tivesse entrado em sua cabeça. Gostaria de escutar cada palavra dele, mas não conseguia. Ele lhe umedecia os lábios, acariciava-lhe o rosto, beijava-lhe a testa, sussurrava-lhe alguma coisa ao ouvido. Margherita tentava avançar sobre o fio delgado, mas continuava no mesmo lugar. Este é o forte do equilibrista: a caminhada de olhos vendados. "A caminhada da morte", como a chamam. Ela andava e não via nada, nem os próprios passos. Sentia-se muito sozinha sobre aquele fio. Não pousavam nele nem sequer os pássaros, que antes lhe faziam um pouco de companhia. Até o gato branco havia desaparecido. Estava realmente só. Esperava que alguém a tomasse nos braços e dissesse: agora, chega de caminhar, eu carrego você.

Talvez tenha sido por isso que os antigos imaginaram deusas que fiavam a vida. A lã bruta era a vida confiada a cada homem, e, quando a lã terminava, a vida se extinguia. Láquesis estabelecia a quantidade de lã. Depois, Átropos, com sua roca, transformava-a em fio e Cloto, hábil tecelã, fazia passar pela urdidura o fio da trama. O último nó, quando o fio acabava, era chamado morte.

Agora, Margherita estava nas mãos de Cloto, a deusa de mãos velozes e impiedosas, face dura e inexpressiva.

Mas sentia a presença de seu pai. Ele poderia ajudá-la, se ela pelo menos conseguisse gritar:

Papai, por que você não me ajuda?

Andrea entrou no quarto. Viu a irmã dormindo e estacou, amedrontado pelos tubos que lhe saíam dos braços e da boca. Vovó Teresa o impeliu para diante, com mãos trêmulas. Andrea carregava um pacote.

— Minha joia, trouxemos uma cassata para você — disse a avó, aproximando-se do leito, como se Margherita pudesse despertar ao ouvir o nome de seu doce preferido.

Andrea subiu em uma cadeira para ver Margherita de perto e lhe deu um beijo na bochecha.

Vovó Teresa se sentou do outro lado.

— Minha joia... Você continua *biedda*, mesmo dormindo. Que coragem você teve, minha filha. Que bravura. Nem eu mesma conseguiria...

Acariciava a neta e a beijava na testa e na cabeça. Depois, segurou-lhe a mão.

— Sabe, Margherita, existe, na Sicília, uma casa que eu quero lhe descrever. As paredes são de pedra amarela, espessas, tão espessas que lá dentro fica fresco até no verão. Basta manter as venezianas fechadas e molhar o piso quando sopra o siroco, porque o siroco, se entrar na sua cabeça, faz você enlouquecer e, se lhe chegar ao coração, o incendeia, como faz com as laranjeiras. Pelo muro externo, sobem umas buganvílias e um jasmineiro que parece uma mão que o acaricia, e enche de *ciavuru* a varanda, onde se toma *u friscu* à tardinha: pode-se conversar e escutar o mar. À noite, não se acendem as luzes, porque *abbastano* as estrelas. Ali, eu escutava as histórias de meu pai, as histórias de minha mãe. Ali, seu avô Pietro entrou um dia para pedir minha mão aos meus pais. Quando você acordar, quero que vá àquela casa, que se sente naquela varanda e escute *u ciatu du mari, u scrusciu* das estrelas, *u ciavuru du ventu*.

Em seguida, a avó se aproximou do ouvido de Margherita, para que Andrea não a escutasse.

— Lembra-se daquela pergunta que você me fez? Quero responder. Na primeira noite, querida Margherita, está o segredo de tudo. Quando seu avô Pietro e eu..., enfim, compreendi que era uma daquelas coisas que nunca se saberão, de tão *inturciuniate* e misteriosas que são. O amor é como fazer amor: se aproximar e se afastar, procurando algo que ninguém sabe. Próximo e distante, doce e amargo, como os melhores sabores. O amor não se detém nunca, minha *nicariedda*. É como *u mari ca sale e scinne*, o mar que sobe e desce sem parar, *cu malutiempo e cu beddutiempo*. Sempre. Se Nosso Senhor fez o amor assim, *iddu u sapìa picchì*, ele sabia por quê...

A avó corou e silenciou, tirou da bolsa uma escova e começou a pentear a neta. Margherita sentia a carícia das pontas macias sobre os cabelos e sobre a alma. Depois, Teresa colocou uns jasmins sobre o criado-mudo, e o perfume deles ultrapassou a parede do coma.

Enquanto isso, Andrea desenhava. Quando acabou, passou o desenho à avó.

— Que lindo! Mostre a ela você mesmo.

Andrea subiu na cadeira e colocou o desenho diante dos olhos fechados de Margherita.

– Esta aqui é a casa amarela da vovó. Este é o mar, que é da mesma cor do céu porque de noite eles têm a mesma cor, mas o céu fica aqui, onde estão as estrelas. Este é vovô Pietro, segurando a mão de vovó Teresa...

Margherita viu aquela casa amarela elevar-se sobre o mar, arrastada por um balão composto de balõezinhos de todas as cores. Sobre o teto da casa, estavam sentados vovô Pietro e vovó Teresa: davam-se as mãos e olhavam as estrelas.

– Mita, vou deixar o desenho aqui, em cima de sua barriga. Assim, quando acordar, você pode olhar melhor. Mas preciso lhe dizer uma coisa... – Fez uma pausa. – Uma vez, eu peguei em suas coisas dois caramelos daqueles de laranja, e também usei suas hidrográficas para fazer um desenho, e apertei as teclas de seu celular e encostei o ouvido, mas não escutei nada. Depois, outra vez, eu disse que não gostava de você porque você não me emprestava seu livro de colorir... Não era verdade. Eu gosto de você. Sempre, mesmo quando você não me empresta o livro. Mita, volte logo. Fazer a torta sem você é chato. Estou esperando. Mas não sei como se conta até *para sempre*.

Vovó Teresa parou de pentear Margherita e escondeu os olhos atrás das mãos, para conter as lágrimas.

A noite retornou com sua inexorável regularidade, e o quarto parecia a Margherita cheio de mãos prestes a agarrá-la e desmembrá-la. Todas as mãos que a tinham acariciado, sustentado, abraçado, agora a seguravam e arranhavam, atormentavam-na, dilaceravam-na. A secura lhe arrancava a pele, e o ar permanecia preso no tubo.

Seu pai estava ali. Eleonora, exausta, precisava repousar. Naquela noite, ele ficaria ali, para vigiá-la, acariciá-la, umedecer-lhe o corpo e os lábios. Para sussurrar histórias, como fazia quando ela era menina. Não é preciso muito para um homem saber quem é: basta colocá-lo ao lado de sua filha quando ele esqueceu que, antes de ser pai, foi filho, e que, para se tornar pai, não é preciso deixar de ser filho. Abriu a lata das cartas. A mania que sua mulher tinha de guardar tudo... Reconheceu a própria letra, que lhe pareceu de outro, agora que só escrevia no computador. Leu em voz alta.

Eleonora, meu amor, o dia em que não vejo você é um dia perdido. Fico me perguntando como consegui resistir até hoje a pegar um trem, o primeiro que pudesse se aproximar de você, e a lhe pedir que me encontrasse ali, naquela estação, nem que fosse só para vê-la da janela do vagão. Agora sei o que significa esperar e desejar. Eu antes já me apaixonei em minha vida, mas por você eu não estou só apaixonado. Amo você.

Não sei como lhe explicar isso, eu deveria ser um poeta, mas não sou.

Se nossa casa pegasse fogo, eu queria ser o único a saber o que você salvaria. Se nossa memória se extinguisse, eu queria ser o único a conhecer a última lembrança que lhe restou.

Olho as estrelas e me consolo sabendo que você também as beija. E estou aqui lhe escrevendo, no limiar de um novo dia, e escrever para você é como esperá-la. Torna sua ausência menos amarga.

O que seriam aquelas estrelas, se você não as olhasse, e aquele céu, se você não o fitasse, e aquela árvore, e aquela rosa e aquele filme?

Meu amor, se a felicidade é isto, não quero perdê-la.

P.S. Cuidado com portas e janelas abertas, não saia sem o blazer de lã cinza.

Onde fora parar a alma que escrevera aquelas linhas, em que aposento se escondera aquela alma amante?

– Margherita, onde você encontrou isto aqui? Percebeu como eu era poeta antigamente? Sem dúvida, você se pergunta que fim levou aquele homem. Como pude deixar você assim, sem dizer uma palavra, sem lhe explicar nada...

Margherita ouvia cada frase.

– Veja bem, meu anjo, eu me apaixonei por outra mulher. Tive vergonha de admitir isso para sua mãe e para vocês. E fugi. A felicidade que eu sentia era maior que a dor que eu sabia que lhes infligiria, mas não tive coragem de dizer que estava mais feliz com a outra. Fui egoísta. Tive medo de mim mesmo: onde fora parar o homem que amava vocês? Eu não o encontrava mais, e estava tomado por um novo amor. Achei que estava voltando a respirar.

"Fugi como um covarde. Como eu poderia lhe explicar que estava indo embora com outra mulher? Que nos manteríamos próximos, mas de outra maneira? E, agora que a vejo nesse leito de hospital, com essas cicatrizes, pergunto-me como pude pensar apenas em mim mesmo. E você me procurando... sozinha. Que coragem a sua, minha filha, você é exatamente como sua mãe. Persistente, corajosa, bonita.

"Sabe como eu a conheci?

"A chuva havia parado pouco antes. Eu estava de carro. Ia depressa, não me lembro por quê. Sem perceber, levantei uma onda de água. Foi coisa de um instante. Enquanto a água subia, vi aquela figura, brancá, candida. Era sua mãe. Dei marcha a ré. Ela usava um lindo casaco branco. Dei-lhe meu endereço, para ressarci-la da lavagem do casaco. Ela recusou, disse que não precisava, mas me pediu carona. Claro, não podia ir andando com a roupa daquele jeito... Quando saiu do carro, disse-me apenas 'obrigada', com um sorriso que eu ainda recordo: não sei bem o que significa a palavra *graça*, mas sei que aquele sorriso de mar, de vento e de fogo tinha isso. Naquela noite, só pensei nos olhos dela e queria que minha vida fosse vista por aqueles olhos. Só assim seria melhor."

O pai fez uma pausa, como se o disco do coração tivesse enguiçado naquela lembrança. Margherita escutava a arqueologia do amor que a tinha gerado. Sabe-se lá por que, nunca perguntara ao pai como eles tinham se conhecido, o que o conquistara em sua mãe. No fundo, Margherita já estava naquele primeiro olhar, naquela chuva, naquele casaco branco, naquele "obrigada".

– Passávamos muito tempo juntos, como se jamais tivéssemos conhecido o tempo, exceto pela poeira que ele deixava sobre as coisas velhas. E eu desejava que meus filhos tivessem o mesmo sorriso, os mesmos olhos e o mesmo espírito dela. Um dia, levei-a até nossa casa aqui na praia e, em uma noite de estrelas e silêncio, pedi-lhe que se tornasse minha esposa. E ela, sem pensar nisso, porque já pensara, disse: "Por toda a vida e com toda a vida."

"Ainda me lembro... Os preparativos, o casamento, a viagem de lua de mel, nossa vida juntos. Tudo era novo, as coisas de sempre mudavam de aspecto, tudo era uma aventura: a casa, o trabalho, o cansaço, o medo, a alegria, o vento, o fogo, o mar... Tudo era nosso. Depois, um dia, ela me disse que carregava você, como uma pérola em seu ventre. Nós nos amamos ainda mais e não acreditávamos que fosse possível, mas você, ainda invisível, já era capaz de fazer milagres.

"Lembro aqueles nove meses, ela me falava de você, de como você crescia e do que as duas conversavam sem palavras, no sangue e no leite. Decidimos chamá-la Margherita, porque seu avô repetia que era um nome lindo e que você seria uma pérola. Mas ele morreu sem a conhecer, e aquela sugestão se transformou em uma promessa: Margherita."

O pai se calou. Cada palavra lhe custava uma grande fadiga, ele precisava recuperar o fôlego. Ninguém recorda de coração leve uma vida feliz. Margherita não podia vê-lo enxugar as lágrimas, mas, por um instante, sentiu sua barba áspera sobre a face e o perfume da loção pós-barba. Depois, ele lhe contou sobre Andrea e sobre aquele amor que se tornara mais quieto e forte, embora, infelizmente, também mais previsível. Por algum canto escuro, entrara não o tédio, mas seu irmão mais velho: o hábito.

– Eu sei tão pouco do amor, meu anjo... Sei tudo de meu trabalho, sei tudo sobre barcos, mas sei muito pouco daquilo que importa. Meu anjo, eu fui muito cego. Queria tomar nos braços sua alma e despertá-la docemente do sono, colá-la de novo a seu corpo com um abraço.

Margherita sentiu o abraço do pai e os lábios dele sobre seus olhos fechados. Depois, ele se afastou e continuou a falar.

– Conheci seu professor, sabia? Um sujeito legal, embora um pouco distraído... Esqueceu aqui a *Odisseia*. Sabe lá quantas vezes a leu, as páginas estão quase gastas. Comecei a relê-la. Quando era menino, eu tinha uma edição ilustrada. Morria de medo sobretudo do Ciclope, que devorava os homens... Meu episódio preferido era aquele de Calipso, que vivia em uma ilha belíssima, com palmeiras e árvores frutíferas. Ulisses quer retornar a Ítaca, mas Calipso o retém em sua ilha encantada. Ulisses fica ali, na beira do mar, chorando e recordando sua mulher. Seu coração não está ali, embora aquela ilha seja um paraíso. Calipso é uma deusa e lhe promete a imortalidade se ele ficar com ela. Ulisses responde que não quer a imortalidade, mas voltar para sua mulher.

"Comigo aconteceu o mesmo, Margherita. Meu coração tentava rejuvenescer. Isso acontece quando a gente se apaixona: sente tudo, possui toda a vida. Eu fugia da fadiga da vida cotidiana. E encontrei uma ilha onde pudesse esquecer o passado. Mas o mar, o mar, como para Ulisses, estava sempre ali, para me fazer recordar esse passado... Ninguém arranca sem consequências o próprio coração...

"Busquei em outros olhos o mistério que havia visto nos olhos de sua mãe, como se ela o tivesse perdido, mas eu estava enganado... Muitas vezes nos atiramos à novidade como se fosse a solução ou um remédio, como se a vida que sentimos palpitar de novo dentro de nós nos fizesse sentir a embriaguez da imortalidade, mas não é de nos sentirmos imortais que precisamos. Precisamos amar. Sua mãe tinha parado de ser aquele mistério de mar, vento e fogo, a gente se acostuma a tudo, e o amor se apagara. Eu atribuía a culpa a ela, e a culpa era minha. Meu amor não podia ser dela se eu o tinha dado a outra."

Eleonora, insone, abriu ligeiramente a porta para dar uma olhada em Margherita.

– "Por toda a vida e com toda a vida." Sua mãe tinha razão. Que coragem!

"Somente agora, que eu daria tudo para ter você de volta, é que compreendo. Se não consigo mais beber dos olhos de sua mãe, a culpa é minha. Embora o poço estivesse vazio, a água não tinha acabado, só era preciso cavar mais fundo. Mas eu fui covarde e recuei quando os dias engoliram o branco daquele casaco, a luz daqueles olhos. Queria sentir ainda a vida, estivesse ela onde estivesse. Eu a procurava em outro lugar, e bastava procurar mais fundo."

O pai pegou a *Odisseia* e leu em voz alta:

Poderosa deusa, não fiques irada comigo por isso:
eu bem sei que a sábia Penélope
é claramente inferior a ti por beleza e estatura;
de fato ela é mortal, e tu, imortal e sem velhice.
Mas ainda assim desejo e quero a cada dia
voltar à minha casa e ver o dia do retorno.

– Ulisses tem razão, minha filha. Eu já não sabia o que meu coração realmente desejava. Se ao menos tivesse sabido escutá-lo e sentir que ele pedia profundidade, não uma novidade fácil...

Margherita gostaria de aprender tudo aquilo de cor, cada palavra.

– Parei de cuidar do mistério que havia visto nos olhos de sua mãe... E ele se apagou. Entre marido e mulher, isso acontece, Margherita. O outro se torna o espelho de tudo o que não nos agrada em nós mesmos: assim, ela se tornou todas as minhas sombras, minhas mentiras, meus subterfúgios e, sobretudo, minha pretensão de ser amado como queria, em vez de crescer amando-a.

"Mas será que sua mãe está disposta a me perdoar? Eu deveria ter protegido você, e, em vez disso, abandonei-a, em busca de sei lá que felicidade... Agora, daria a vida por você, minha filha. Eu voltei. Volte também, Margherita, volte..."

O corpo de Margherita estremeceu, como se ela fosse libertar-se das trevas, mas a mão implacável de Cloto a reteve. Seu fio estava prestes a terminar.

Eleonora, escondida pelo escuro, recuou e se sentou no chão, no corredor. A imagem daquele casaco branco a envolveu, e ela estreitou os braços em torno do corpo, na tentativa de reapropriar-se da parte de si que, desprezada e silenciada por tanto tempo, havia parado de amar. Parecia uma concha que deve abraçar o inimigo em sua madrepérola se quiser se salvar.

Na manhã seguinte, quem estava ali ao lado era a mãe. As carícias não eram aflitas como as do pai. Ninguém a acariciava como sua mãe: partia da base dos cabelos e afundava os dedos ali como se buscasse os pensamentos, as dores, as alegrias, os tormentos, para eliminar as coisas sombrias e deixar somente aquelas feitas de luz. Depois, acompanhava o perfil da testa, do nariz e dos lábios, à procura de qualquer pequeno sinal de dor ou alegria entre as dobras da pele.

A certa altura, Eleonora começou a remexer as cartas na lata, que parecia ter se transformado em uma máquina do tempo. Folheando aquelas cartas, sentiu-se trespassada pelas recordações e compreendeu que não bastavam para curar, porque o amor não é a duração, mas a plenitude de cada instante: *para sempre* é sinônimo de *cada 24 horas*. Leu também algumas frases, mas saltando aqui e ali. Não tinha coragem de ler uma carta por inteiro, como se sentisse vergonha da alma que havia existido, mas que ela desejava ter de volta.

... vocês se concentram em uma coisa de cada vez. Nós, mulheres, não, nós somos como as matrioskas, *aquelas bonequinhas russas: um pensamento dentro do outro, do mais ao menos importante. E você é o meu pensamento mais íntimo (...) Ninguém jamais me olhou como você, é como se eu me descobrisse e me conhecesse através de seus olhos (...) Sou ciumenta demais, eu sei. Mas não esqueça que sou siciliana (...) Queria afastar as pedras de seu peito, livrar sua mão dos espinhos e ouvi-lo cantar (...) Não me deixe nunca, nunca, nunca...*

Fechou os olhos e segurou a mão abandonada da filha.

– Obrigada, Margherita. Eu o ouvi, como falava com você, como falava de mim... Fazia meses que ele não falava assim comigo. Foi você quem o trouxe de volta, minha filha. E o trouxe de volta inclusive a si mesmo. Que idiotas nós fomos... Deixar-nos surpreender pela rotina, pelos medos, pelos rancores e pela falta de tempo... Quando a gente ama, Margherita, se convence de que é para sempre. Um dia, você também terá um homem. Vai escolhê-lo. E sabe como? Quando sentir que aquele homem é casa. Uma casa que está onde quer que os dois estejam. Mas ele procurou outra, Margherita... Destruiu nossa casa.

Agora, Eleonora mantinha as mãos da filha dentro das suas e não conseguia considerar a zona escura de cada traição, porque, na maioria das vezes, a traição é só o ponto de chegada de alguma coisa que começou muito antes, de muitas pequenas traições que, como cupins, roem os encaixes de um armário, que depois desaba de repente e ninguém sabe por quê.

– Não sei se consigo... queria que seu avô estivesse aqui. Ele me dava conselhos sobre tudo. Tinha uma grande cultura e contava histórias sem parar. Tinha este jeito de explicar as coisas: narrando-as. Talvez porque sempre deu aula para crianças. Dizia que *explicar* significa eliminar as dobras das coisas. Sempre sabia de onde vinham as palavras, e isso as tornava mais interessantes, quase sagradas... Se ele estivesse aqui agora, teria uma história para me sugerir o que fazer... Para me ajudar a compreender seu pai. Essa noite, quando o ouvi falar com você, lembrei meu pai: sua ternura e sua força. Ele me dizia que o amor não é para alcançar a felicidade, que ela é fugidia, e quando a gente procura obtê-la ela sempre nos escapa; e que o amor é para alcançar a alegria de viver, que não tem a ver com a felicidade, mas com a vida. E a alegria de viver, aconteça o que acontecer, ninguém nos tira, nem mesmo a dor. Dizia que só uma coisa era semelhante à alegria de viver: fitar os olhos do Cristo da Catedral de Monreale, na Sicília... E eu nunca os vi.

Sua mãe estava ali sem máscaras: como Margherita gostaria de lhe pedir desculpas pelo modo como a tratara!

Eleonora lhe ajeitou o travesseiro, como se percebesse todos os seus desconfortos. Depois, começou a lhe massagear as pernas, para que não ficassem inertes por muito tempo.

— Não foi isso que lhe prometemos... Desculpe-nos. Margherita, volte. Por favor, volte para mim.

— Como está Margherita?

— Quem é Margherita? — perguntou Filippo, enquanto servia a ele um pouco de água.

— A garota que estava comigo no carro.

Filippo permaneceu em silêncio.

— Como está?

— Dormindo.

— "Dormindo", como assim? Como ela está?

— Por enquanto, dorme, e só, Giulio.

— Está em coma?

Filippo não respondeu.

Giulio jogou longe o lençol, desceu do leito e arrastou consigo o tripé do soro. Um barulho de ferro e vidro quebrado encheu o quarto. O velho, que cochilava, teve um sobressalto.

Filippo conseguiu segurar Giulio, que, imobilizado, estendeu a mão com a rapidez de um gato, agarrou os fragmentos de vidro e fechou o punho. O outro lhe apertou o pulso para que ele os soltasse. Giulio resistia, mas acabou abrindo a mão, cheia de sangue.

A enfermeira veio correndo, atraída pela balbúrdia. Filippo lhe lançou um olhar que pedia somente compreensão. Ela se debruçou sobre Giulio.

— Não se preocupe, isso acontece. Muitos pacientes esquecem que estão recebendo soro... Vou cuidar logo desse ferimento.

Voltou com o necessário e fez um curativo cuidadoso e lento, para que Giulio sentisse o calor de suas mãos. Giulio olhava para o outro lado e continha lágrimas de raiva. A enfermeira lhe sorriu e depois piscou o olho para Filippo.

Tinham ficado sozinhos, o companheiro de quarto havia sido levado para algum exame.

— Eu destruo tudo que toco.

— Não é verdade, Giulio.

— Não tente me consolar, não vai conseguir... Fiz a enésima babaquice. Foi tudo culpa minha.

— O modo, talvez..., mas, quanto ao resto, eu faria a mesma coisa...

— Não diga besteira.

— Besteira? Eu sempre penso no que um jogador de futebol disse, certa vez: "Só erra os pênaltis quem tem coragem de batê-los." Pode ser banal, mas é assim que é. Você, Giulio, tem a capacidade de entrar no jogo. Olhe ao redor: está cheio de garotos que não fazem porcaria nenhuma, que ficam grudados no PlayStation ou no computador, todos muito bonzinhos para obedecer ao que lhes dizem ou para fingir que obedecem, por comodidade, porque assim a mamãe depois lhes compra a moto, o videogame e os jeans. Eu os vejo, lá fora está cheio deles. Dormem. Vivem em um desespero quieto. Não investem em nada, escolhem a vida mais fácil, não são criativos na idade apropriada para serem. Somente quem tem fome cria, somente quem procura cria. Você tem fome, Giulio. Por isso eu gosto daquele seu jeito provocador de agir, insolente, que questiona tudo, porque essa é a atitude de quem busca, de quem quer saber em que coisa vale a pena apostar a vida. Você entra no jogo por aquilo que ainda não se vê, e muitos outros só por aquilo que é seguro. Mas não existe nenhum investimento seguro: viver e amar significam, em qualquer caso, ser vulnerável... Por isso é que você erra os pênaltis. Mas tente batê-los, Giulio. Há quem nunca tenha sequer descido até o campo...

– Sim, mas eu tenho que errar sempre? Todas as coisas em que me empenho acabam mal. O único lugar onde eu não causaria dano é a prisão... E, dessa vez, é onde vou parar...

– Vou visitá-lo – sorriu Filippo, e prosseguiu: – Seja qual for a coisa que lhe é cara, mais cedo ou mais tarde seu coração deverá sofrer por ela, e até mesmo se partir. Quer estar em segurança? Quer uma vida tranquila, como a de todos os outros? Quer que seu coração permaneça intacto? Não o dê a ninguém! Nem mesmo a um cão, ou a um gato, ou a um peixinho vermelho. Proteja-o, ocupe-o com passatempos e pequenos prazeres... Evite todo tipo de envolvimento, tranque-o com mil cadeados, encha-o de conservantes e coloque-o no freezer: pode ter certeza de que ele não vai se partir... Irá se tornar inquebrável e impenetrável. Sabe como se chama isso, Giulio? – perguntou Filippo, que se inflamara ao falar. Uma veia latejante lhe apareceu na testa.

Giulio balançou a cabeça. Queria ouvir a continuação.

– Inferno. E está perto de nós: um lugar onde o coração é totalmente gelado. Seguro, mas frio. Lá fora está cheio dessas pessoas. Na cara delas, dá para ler que têm o coração frio: por medo, por falta de apetite, por preguiça. Você não é assim, Giulio. Isso o salva, embora você faça grandes bobagens... Porque há modos e modos de bater os pênaltis!

– Não existe um jeito menos complicado de viver?

– Quando descobrir, você me avisa?

Giulio riu. Filippo se levantou e o abraçou. E Giulio não se esquivou, pelo contrário: abraçou-o ainda mais forte. E teve vontade de dizer "obrigado", "eu gosto de você", mas alguma coisa o impedia: vergonha, medo, suspeita de que não fosse verdade... Naquele momento, a vida lhe parecia simples como parece simples bater um pênalti enquanto você não se aproxima da marca para chutar.

Quando Giulio entrou, não havia ninguém. Não era horário de visitas e Margherita estava sozinha. Giulio se aproximou. Debruçou-se sobre ela e lhe deu um beijo nos lábios.

Margherita sentiu aqueles lábios e os reconheceu. Na escuridão de sua mente, acenderam-se fogos de artifício: criavam desenhos jamais vistos naquela noite sombria da consciência, explodiam em rosas de prata e de ouro. Depois, transformavam-se em cascatas vermelhas, brancas, azuis.

– Margherita, me desculpe. Foi tudo culpa minha. Se seus pais me virem, eles me matam. Se não fosse por minha causa, nada disso teria acontecido... Desculpe.

Ela não o culpava de nada. Faria tudo de novo, cada coisa, cada gesto, cada erro.

Margherita não despertou como as princesas nas fábulas. Cloto a fitava, carrancuda. Aquilo não era uma fábula. Giulio sabia disso. Mas, naquele momento, compreendeu que *beijar* significava soprar a alma em um corpo para que ele viva.

– Queria poder amar você. – Giulio se inclinou e beijou-a de novo. Aquele amor não tinha uma terra sobre a qual pousar, nem dias nos quais ser vivido. Era um grande amor suspenso. Onde reencontrariam aquele beijo? Em um leito de areia, de ondas, de cinzas? E quando? Amanhã, dentro de um ano ou de mil? Nenhum dos dois sabia, mas ambos sabiam que aquilo iria acontecer, mais cedo ou mais tarde. Vivos ou mortos, iria acontecer.

– Não sei por que segui você nesta loucura, mas sei que esta loucura me pareceu normal a seu lado. Eu, que não falo nunca, falei. Eu, que nunca sinto medo, tornei-me débil e me senti mais forte assim. Eu, que nunca tive uma casa, senti-me em casa sob o céu. Quero ainda ver seus olhos, quero protegê-la de todos os perigos. Não quero mais subir nos telhados, entrar nos cemitérios para poder amar a vida. Não quero mais roubar nada, a não ser para presentear você – sussurrou-lhe Giulio ao ouvido.

Em seguida, pegou o iPod. O aparelho se salvara do acidente porque, naquela manhã, Giulio o deixara no bolso. Desenrolou o fio dos fones de ouvido e, com delicadeza, colocou um no ouvido direito de Margherita e manteve o outro em seu próprio ouvido esquerdo. A música entrou diretamente na alma da jovem, e circulava como Orfeu indo pedir Eurídice ao rei do Hades. Daquela vez, ele a salvaria, daquela vez, Orfeu não se voltaria para trás, por medo de perdê-la de novo.

Margherita viu um fio se acender. No escuro, via apenas aquele fio suspenso, e ela começou a dançar ali em cima. Assim que subiu nele, percebeu lá embaixo um mar imenso, que respirava sem parar. Quanto se sofre para tentar tornar sólida e confortável a vida! Margherita, porém, queria correr o risco inteiro, queria dançar sobre aquele fio com a graça dos verdadeiros artistas, quando dança e dançarino se tornam uma coisa apenas; o equilibrista e o fio, um só jogo. A vida a fazia tremer, mas ela já não tinha medo.

* * *

Abandonou na entrada a bicicleta empoeirada. Por todo o trajeto, havia mexido e remexido entre as prateleiras de seu cérebro em busca de soluções já imaginadas por poetas e escritores para fazer aquilo que ele queria fazer. Alguém tinha dito que o gênio faz o que deve e o talento, o que pode. Ele aproveitava o gênio e o talento dos outros para descobrir seus pensamentos, seus sentimentos, suas ações. Em seguida, tirou da estante o volume dos sonetos de Shakespeare. Daquelas páginas, sempre surgia algo novo, algo que ele gostaria de viver e que, no entanto, limitava-se a ler: é preciso ter coragem para viver como cantam os poetas.

Atrás do livro, viu o maldito buraco: sempre que pegava aquele volume, prometia a si mesmo tapá-lo. O buraco, porém, ainda estava ali, como um olho impassível. Fitou de volta o buraco e depois a fileira de livros organizados, como soldados em posição defensiva. Mas aquele buraco na parede o encarava mais que qualquer outro olho, era o olho mais penetrante de todos. Foi correndo procurar dona Elvira.

— Finalmente, você veio pagar o...

— Na verdade, preciso de estuque e das ferramentas para um conserto. Talvez seu marido...

— Você está bem? — inquiriu a zeladora, perplexa.

— Muitíssimo bem!

— Nunca consertou nada naquele apartamento, professor...

— Está na hora de começar.

— Acha que consegue?

— Sim.

Lembrou-se de quando, na infância, ajudava seu pai na manutenção da casa: tinha aprendido a manejar a furadeira, a distinguir os tipos de buchas, parafusos e pregos. Sabia usar chave Philips e chave de porca, descascar fio elétrico e reforçar um orifício que não se mantém. Depois, havia esquecido tudo.

Quando começou a espalhar o estuque sobre o buraco, depois de ter deslocado os livros, sentiu um prazer que não experimentava havia anos. Os movimentos da mão eram lentos e precisos, os gestos de um regente de orquestra. Em poucos minutos, a parede estava lisa. Agora, era preciso esperar que secasse para lixá-la. Olhou-a: ela voltara a ser uniforme. Os buracos do coração não podem ser escondidos, é preciso preenchê-los com mais amor, mesmo que continuem revelando manchas e irregularidades.

Shakespeare não mais encobriria aquilo que ele não queria ver, dentro e fora de si. Ele não permitiria isso. E, justamente agora, Shakespeare decidiu falar, sugerindo-lhe alguma coisa...

Procurou como um alucinado entre os livros, examinava uns e os jogava no chão, pegava outros e os colocava à parte. Por fim, escolheu uns vinte e os meteu em uma mochila. Afanou uma maçã do quitandeiro diante de casa enquanto disparava de bicicleta pela calçada.

— Ei! Mas o que você está fazendo? — gritou atrás dele o proprietário.

— Vivendo! — gritou o professor, escapulindo com a maçã furtada.

— Pois aguarde a vida que eu vou lhe dar! Que coisa... — esbravejou o outro.

— Esses jovens de hoje... Querem tudo logo. Não querem se cansar nem um pouco. No meu tempo não era assim — comentou uma senhora ocupada em apalpar uns tomates.

O professor segurava a maçã com uma das mãos e a mordia; com a outra, controlava o guidom, enquanto deixava que o ar do outono lhe impregnasse a face com a alegria de viver recuperada.

Desencavou Stella em um cantinho da livraria, onde ela se refugiava para ler nos momentos de tranquilidade.

Tirou os livros da mochila e os dispôs na ordem desejada. Pousou a torre de livros no balcão ao lado da caixa, como se devesse pagá-los. Stella parou de ler, levantou a cabeça e o viu. Ficou séria, embora os olhos traíssem curiosidade por aquela muralha de livros atrás da qual lampejava o olhar tão abertamente feliz do professor. Aproximou-se da caixa como se ele fosse um cliente a atender.

– O que é isso?

– Livros.

– Ora veja, quem diria?!

– Um presente.

– Livros para uma livreira? Que ideia original... Só que não cola... – disse ela, séria.

– Não são apenas livros.

– Ah, não? Pois eu não caio mais nessa, prof.

Ele girou a torre, deixando as lombadas voltadas para Stella, que leu de baixo para cima.

– *O idiota. Trabalhos de amor perdidos. Ver: Amor. Razão e sentimento. Guerra e paz. A vida nova. Grandes esperanças. As metamorfoses. Tempos difíceis. A casa abandonada. Inferno-Purgatório-Paraíso. Noites brancas. Confissões. Não tenho medo. Uma vida à sua frente. Alguém para correr comigo. A tempestade. Admirável mundo novo. Em busca do tempo perdido. Como gostais.*

– O que significa?

– Existe um idiota que, quando você está longe, sofre e se sente perdido. Ele se iludia achando que a solução estava no verbete "amor" de dicionários e enciclopédias. Mas compreendeu que havia razão demais e pouco sentimento. E que a paz é fruto de uma guerra consigo mesmo: seus medos e seus limites. Agora, está pronto para uma vida nova. Tem grandes esperanças, quer mudar e espera que você o ajude também a continuar ele mesmo. Sabe que existem e existirão tempos difíceis, mas não quer que sua casa fique vazia e desolada. Juntos, atravessaremos todas as regiões da vida: das sombras do inferno às luzes do paraíso, passando pela penumbra do purgatório. Viveremos noites luminosas como o dia, nas quais nos amaremos e nos confessaremos coisas velhas e coisas novas. Agora já não tenho medo. Toda a vida que tenho à minha frente, quero corrê-la junto com você. E, da tempestade, veremos nascer um mundo novo. Somente assim recuperarei todo o tempo que perdi. E talvez mais.

"Eu, Stella, quero você comigo."

O professor tinha compreendido que não era necessário jogar fora as boas e velhas metáforas, bastava usá-las para mostrar mais, em vez de se esconder atrás delas.

Stella ficou espantada com a sinceridade que lia nos olhos do professor. A vida ainda devia ser toda descoberta, mas eles fariam isso juntos.

— E o último título?

O professor ficou sério, esperava aquela pergunta. Depois se derreteu em um sorriso e, com a sinceridade de um menino, disse:

— Quando você quiser, vamos nos casar.

— Casar? Não acha melhor experimentar vivermos juntos um pouco?

— Eu não preciso experimentar você, Stella. Quero superar com você as provações que virão. Que tristeza ter que as enfrentar sozinho...

Stella abaixou o olhar e saiu correndo, deixando o professor no balcão, perplexo e preocupado. Torceu para que não entrasse ninguém. Segundos depois, ela voltou, dançando nas pontas dos pés e com um livro na mão. Virou-o:

A voz a ti devida. O livro que os aproximara.

Stella sorria, enquanto mantinha a capa do volume bem à vista, diante dos olhos do professor, que adorou aquele sorriso.

– Minha voz dirá só a você: amo você – disse Stella, e outro dique desabou, deixando transbordar no mundo a vida, que é fazer de dois, um.

O professor abraçou-a e ela lhe sussurrou no ouvido alguma coisa que ele recordaria por toda a vida. Algo que resolvia o segredo do amor e vencia o medo que o amor causa, porque para amar é preciso se perder a cada dia e morrer um pouco. Por isso são necessárias tantas metáforas. Stella não as usou.

Mas o que ela disse, ninguém sabe.

As cortinas se moveram ao sopro de um vento leve. O pai lhe segurava a mão direita; a mãe, a esquerda. Ele cochilava. Ela vigiava e observava os dois. Margherita abriu os olhos, fitou a dança da cortina em uma espécie de tango feito de ar e seda, semelhante a uma vela. Ainda não sabia se se tratava de um sonho, da realidade ou de ambos misturados, mas reconheceu a beleza que há em todas as coisas, até na mais insignificante, usual e simples: sinais e intermitências de uma ordem maior. Apertou as mãos dos pais. E compreendeu que era realidade. Seu pai despertou. Sua mãe estremeceu. Margherita se esforçou por falar e conseguiu balbuciar:

– Eu queria umas flores brancas neste quarto, como as de vovó. Frescas e perfumadas.

Em seguida, fechou os olhos verdes e os sentiu se encherem de lágrimas, porque o esforço daquelas palavras lhe arranhara a garganta, e a impressão era de estar sufocada. Embora não conseguisse respirar como gostaria, Margherita sentiu o ar lhe entrar nos pulmões. Queria respirar de novo toda a vida, a vida toda inteira, com a dor que trouxesse consigo, já que a dor era a fissura pela qual a luz devia entrar.

Cloto recomeçou a tecer, depois de atar o fio a outro fio.

Epílogo

Ao vencedor, darei o maná escondido
e uma pedrinha branca, sobre a qual está escrito um nome
novo, que ninguém conhece, exceto aquele que o recebe.

Apocalipse 2, 17

Margherita fita a superfície do mar que foge sob o casco e é regurgitada em espuma, a qual desaparece lentamente atrás deles. Olha a costa, as raras árvores, o céu e as casas, imóveis. Expande-se o siroco. É uma fera que amolece os joelhos e, quando sopra, vem aquele silêncio que mantém as coisas em equilíbrio, pouco antes de desabarem. Até o mar respira mais devagar, mais cansado e ofegante. Um saco plástico esvoaça e pousa na superfície, achata-se, boia e depois afunda, em uma dança lenta e estranha. Planará em lugares misteriosos, cemitérios de coisas quase indestrutíveis. Sabe-se lá quanto tempo o mar levará para destruir aquele plástico, quanto tempo será necessário para transformá-lo em algo bom. A Terra é um sistema fechado, dizem os cientistas. Tudo o que é gerado morre e retorna ao ciclo vital. O homem alterou esse ciclo, porque fez coisas que precisam de séculos antes de renascer.

Margherita escuta a lição do mar, pai vigoroso e áspero, brando e constante. A água tem memória. Até as moléculas de água de nosso corpo registram nossas emoções e se dispõem de maneira diferente se estivermos felizes ou infelizes. Assim, também o mar recorda as próprias feridas, guarda memória de tudo: sabem disso os antigos pescadores de pérolas dos mares quentes, nascidos e crescidos ao sol e polidos pela ação purificante e invisível do sal.

Lançam-se de seus barcos contendo a respiração. Em uma das mãos, seguram uma pedra ligada a um pé e, na outra, um cesto. Com a mão, acariciam o fundo salpicado de conchas, como um tapete rude e cortante. Arrancam as ostras, colocam-nas dentro do cesto e cantam. Embaixo da água. São canções sem palavras, e a das pérolas é especial, porque segue os batimentos do coração. Eles cantam e recolhem as ostras, esperando que, em uma delas, haja uma pérola. Somente os pescadores que sabem escutar aquele ritmo conseguem encontrá-la. Quando sente a música das profundezas tornar-se mais forte, então, o pescador pega a ostra que vê por último e a aperta contra o peito, solta a corda que lhe prende o pé e retorna à superfície. É um rito antigo. Justamente quando falta o fôlego e o coração sofre, a canção se torna mais poderosa; e a mão, mais afortunada e sensível.

Nenhuma pérola é igual à outra. Nenhuma pérola é perfeitamente simétrica. E nas coisas deste mundo é melhor ficar longe da perfeição: a lua, quando está cheia, começa a diminuir; a fruta, quando está madura, cai; o coração, quando está feliz, já teme perder aquela alegria; o amor, quando alcança o êxtase, já passou. Somente as faltas asseguram a beleza, somente a imperfeição aspira à eternidade. A pérola fica ali, com aquela sua inalcançável imperfeição, nascida da dor. E do amor que abraça essa dor.

A pérola diz que a felicidade não está naquilo que dura um dia e depois passa, mas se esconde onde a gente não tropeça na morte, e, se tropeçar, é só para um novo nascimento. E essa transformação não se chama felicidade, mas alegria de viver.

Margherita vê o saco plástico desaparecer. A dor tem duas formas, pensa ela.

Há uma dor que acontece, que o homem não escolhe, e pertence à Terra e é parte daquele ciclo, faz morrer e traz de volta para renascer: é a dor do parto, são as dores da Terra, os terremotos, as erupções, as inundações ou as estações mais silenciosas e o tranquilo suceder-se do dia e da noite. É a dor cotidiana da monotonia, da fadiga de amar, de levantar-se da cama, de encontrar algo de novo naquilo que se repete Mas só quem acolhe a dor que o dia oferece faz para si uma pele nova. Também as pérolas são o parto dessa forma de dor, transformada pela madrepérola em luz.

Depois, existe a dor que o homem cria, a dor não biodegradável, a dor à qual só conseguimos dar vazão depois de séculos. É a dor provocada voluntariamente pelo homem ao homem e às coisas. Feridas que cicatrizam depois de longo tempo, às vezes muito longo: as mentiras, as violências, a guerra... Mas, para esse tipo de dor, há também uma solução. Onde o tempo fracassa, o perdão é capaz de fazer passar aquela dor. Somente o perdão devolve a dor ao círculo da vida. É madrepérola divina, raramente concedida à Terra. Produz pérolas raríssimas, e são necessários anos para que elas se formem. Contam-se nos dedos de uma das mãos.

Margherita abre a mão e encontra uma delas.

É a carta que a avó lhe deixou. Deve abri-la no lugar onde a avó queria que a neta a abrisse. Suas mãos tremem. Agora que vovó Teresa se foi, a carta é o fio que liga a neta a ela. Estão diante do portão da grande casa. Está enferrujado, mas mantém o aspecto vigoroso de outrora. O siroco morde o ar, racha as venezianas fechadas, afasta até os cães sem dono. O pai de Margherita abre o portão, vencendo a resistência da ferrugem e do mato. Uma trilha estreita, infestada por cardos e touceiras de oleandros brancos e vermelhos, leva até a fachada de tijolos de calcário amarelo. O mar murmura pouco abaixo, embora ainda não esteja à vista. Ao longe e repentinamente próximas, guincham as gaivotas, que fizeram daqueles tetos sua residência. O céu está azul e imóvel, firme. Margherita compreende por que a avó o chamava de firmamento, porque ali é assim. Por que abandonar aquele paraíso?

O que escondem aquelas paredes polidas por todos os ventos do mar? Por que a avó decidira se transferir para o Norte? A carta contém todas as respostas.

A chave faz a fechadura estalar duas, três, quatro vezes. Cada giro é um repique do destino. Todos se calam, intimidados e maravilhados. A porta se abre, e a luz entra naqueles aposentos feitos para a luz, que há tempos eles esqueceram. Tudo está imóvel e impregnado de umidade, mofo e teias de aranha. Passinhos em fuga traem a presença de camundongos, que se apossaram de sótãos e desvãos. Andrea se esconde atrás de Eleonora, Margherita atrás do pai. Marido e mulher avançam um ao lado do outro. Como descobridores do Novo Mundo, inauguram aposentos e descobrem recordações.

Em cada cômodo, abrem as altíssimas janelas e liberam as venezianas descascadas de suas dobradiças enferrujadas. A luz revela os mistérios daqueles aposentos de forros altos, dos lençóis que, como fantasmas, recobrem objetos e mobílias. A casa é um labirinto de compartimentos e escadas. Os corredores são compridos, e as janelas deixam entrever um mar calmo, marmóreo.

Eleonora e o marido parecem um casal de esposos que toma posse da própria morada. Fitam-se, e os olhos revelam os ferimentos de anos difíceis. Brilha, porém, mais luminoso, um amor renovado, justamente porque nascido de sua própria morte.

O pai de Eleonora o compararia às palmas de figueira-da-índia, que, por todo o inverno, armazenam água até se tornarem carnosas, e, depois, nutrem suas flores amarelas e seus frutos afogueados por toda a estação seca, até presentear uma doçura inexplicável, dadas as condições em que nasceu.

"Foi você quem os ensinou a dizer papai." Assim lhe dissera o marido um dia. Aquelas palavras tinham sido para Eleonora a graça definitiva do amor renascido.

Ele agora lhe estende a mão a cada degrau a enfrentar, a cada perigo real ou suposto. Ela se deixa conduzir, esposa e mãe. E o fio que os conduz até o jardim para tomar a fresca se desenrola. Uma porta grande se escancara e leva a um jardim abandonado que todos reconhecem, embora nunca tenham estado lá. Da trepadeira, restam a lembrança e as marcas no muro. Os vasos onde outrora floriam os jasmins agora contêm apenas uma camada de terra cinzenta, endurecida e seca. Margherita imagina petúnias, jasmins-manga, mimosas, gerânios, rosas silvestres e até uvas rosadas no caramanchão despido, quebrado em vários pontos, roído por ninhos de cupins e percorrido por fileiras organizadas de formigas. O mar se estende como um tapete persa de azuis, amarelos, laranja, verdes, arabescado pelo vento que os empurrou até ali. É o verão de seus 19 anos. O tempo do retorno à casa. A promessa de seu pai foi cumprida.

Alugaram um barco a vela e, de Sestri, do silêncio de sua baía, atravessaram o Mediterrâneo até aproar no pequeno porto mais próximo da antiga casa, que a avó não queria que eles vissem antes de sua morte. Era muito amarga a lembrança dos fatos aos quais aquelas paredes, aqueles aposentos, aquele mar haviam assistido. Seria Margherita a convocar os mortos com aquela carta e a fazê-los ressurgirem das recordações.

O odor do sol sobre a terra se mistura ao dos pés de alecrim e sálvia. O siroco se atenua, despertando o frescor que vive lá no fundo das coisas. Cigarras e grilos repetem a cantilena que a avó ouviu quando descansava sob os pinheiros, a mesma que o avô Pietro escutou, a mesma que os pais deles e os pais dos pais deles escutaram. A natureza não muda nunca, e, em certos lugares, muda ainda menos: doce e madrasta.

Margherita tira a carta do envelope, abre-a. Está escrita com a letra elegante, mas já um pouco trêmula da avó. A jovem observa as coisas que a circundam e sente os olhos da avó sobre si.

Ergue o olhar antes de começar a ler, e o percebe ali, o mar, sempre ali, assistindo ao espetáculo dos navios que o sulcam, das velas que se inflam, dos cascos que abrem caminho com dificuldade. Depois, os olhos começam a seguir as palavras, semelhantes ao encrespar-se das ondas.

Margherita, meu amor,

Quando eu era menina, espantava-me que meu avô, meu pai e seus irmãos, parados na margem ou sobre um recife, conseguissem adivinhar os cardumes na água. Saíam no barco e voltavam com as redes cheias: dourados-do-mar, umbros, percas, sargos, pargos-brancos, salmonetes e salemas. Os peixes saltavam, emanando um odor áspero, o odor da vida que foge e luta para não se extinguir. E eu, que era uma lástima, perguntava tudo, como Andrea:

"Mas como vocês, estando na costa, conseguem ver os peixes?"

"A sapiri taliari", dizia meu avô Manfredi: é preciso saber olhar. E me explicava que o mar reflete a luz de maneira diferente, nos lugares onde estão os cardumes. Basta saber olhar as cores. Embora, da terra, não se veja o que está sob o mar, é preciso observar o que acontece na superfície: o jogo de luz sobre a água, o tremular, os redemoinhos das correntes. Se for capaz de ver esses sinais, esses pequenos detalhes, você consegue encontrar os peixes, mesmo estando na margem. Consegue ver onde não se pode ver. Do contrário, o mar fica mudo, as redes pescam somente água. Somente quem olha vê. Margherita, continue também a olhar em meu lugar. Muitas vezes, caberá a você mostrar aos outros aquilo que eles não conseguem nem suspeitar. Foi isso que a vida pediu a você, e que você fez, e deverá continuar fazendo. Haverá momentos sombrios, ruins, nos quais você não encontrará respostas, mas, na vida, è megghiu diri chissacciu ca chissapìa, *é melhor dizer "o que eu sei" que*

"o que eu sabia": não convém fugir, existe uma resposta, mesmo que você ainda não a conheça e talvez não a encontre. Por isso, chegou o momento de lhe confiar meu último segredo, meu amor.

O segredo. Ela interrompe a leitura. Fixa o olhar na linha do horizonte e percorre de novo as palavras que leu, para se preparar. Quantas coisas a vida lhe perguntou naqueles anos de liceu, quantas ela viu do alto daquele fio sobre o qual aprendeu a dançar? E quantas suas redes souberam reter, de tudo o que viveu?

A mãe indica ao pai os pontos do horizonte e explica o que escondem aqueles litorais esculpidos pelas mãos dos Ciclopes. O pai escuta e faz perguntas. É um homem apaixonado, novamente apaixonado por sua mulher. Margherita também quer aquele olhar, também quer estar apaixonada na idade deles. Talvez algumas feridas não cicatrizem, mas o destino de certas feridas é o de permanecerem abertas justamente para não nos habituarmos a elas, justamente para jamais aceitarmos as máscaras do hábito, do tédio, do desamor de aderir à carne viva.

Andrea, que agora tem 10 anos, está empoleirado na mureta que delimita o jardim de tomar a fresca. Entre as pedras, mostram a cabeça as lagartixas incomodadas em sua caça. O menino está inclinado sobre as folhas brancas de seu caderno de esboços e desenrolou sua coleção de mais de cem lápis coloridos, à qual se apega tanto quanto à própria vida. Nunca parou de desenhar. Tornou-se um menino taciturno, até demais, segundo alguns. Prefere os desenhos à sintaxe. Talvez um dia venha a ser um artista. O fato é que todas as palavras que ele não diz se transformam em figuras e cores.

Levanta o olhar para o panorama e depois o pousa sobre seus lápis, decepcionado.

– Não bastam – diz.

– O que não basta? – pergunta Margherita.

– As cores.

– Mas se você tem quantas quiser!!

– Mas não quantas ele quer – retruca Andrea, apontando o horizonte.

Margherita sorri para seu príncipe sábio. Em seguida, aquele horizonte tão amplo lhe recorda que logo será sua vez: deverá enfrentar o exame para entrar na Escola de Arte Dramática. O futuro se desenrola à sua frente, cheio de incógnitas, aberto como o mar que ela vê diante de si.

Marta irá a seu encontro dentro de alguns dias. As duas já são como irmãs. Marta se matriculará em biologia, seu amor pelas árvores fez nascer nela uma curiosidade inesgotável pela origem da vida. Tudo a fascina: da disposição perfeita das sementes de girassol à aparente negligência das pétalas de uma rosa, da geometria da teia de aranha aos desenhos variegados sobre as asas das borboletas, que com eles enfeitiçam os cortejadores e afastam os predadores. Atraem-na a simetria presente no universo e sua assimetria, igualmente presente e desconcertante, que acaba por fazer parte de uma ordem maior, que sempre escapa, como todos os mistérios. Marta não perdeu seu senso extravagante de humor. Continua a ler diariamente o horóscopo para Margherita e a sentir curiosidade pelas coisas que ninguém sabe. Conseguiu plantar uma de suas bizarras noções até mesmo durante a prova oral do fim do curso médio, explicando que uma vaca pode subir escadas, mas não descer. A comissão examinadora explodiu em uma sonora gargalhada, e Marta quase se espantou com aquela reação tão pouco acadêmica.

Margherita relembra quantos rostos a escola lhe trouxe e quantos rostos a escola lhe levou. As peças do quebra-cabeça estão todas em seus lugares. O professor obteve a suplência também no segundo ano; no início do terceiro, mudou de escola e se casou. Ganhou uma filhinha. Deu-lhe o nome de Nausícaa: são riscos que os filhos de professores correm. E aquele rapaz cheio de medos e palavras se transformou em um pai e marido cheio de medos, palavras e alegria de viver.

Stella tornou-se amiga de Margherita, que se tornou também uma das mais assíduas frequentadoras do Parnaso Ambulante. Às vezes, Stella, quando precisa se afastar por algumas horas, até a deixa tomando conta da livraria, e ela aproveita para ler todos os livros da seção de teatro. Juntas, organizam encontros de leitura para crianças, e Margherita se encanta quando as vê escutar, de olhos e boca abertos. Nesses momentos, confirma que esse é seu mundo: recitar e encantar os olhos e os corações de quem escuta. Agora Stella está grávida de novo, e o professor, cada vez mais apaixonado por ela. Espera um menino, e todos torcem para que o pai não resolva chamá-lo de Telêmaco.

Margherita olha o mar e as ondas a trazem de volta às linhas da carta, como se continuassem seu movimento sobre aquele papel branco. Senta-se na mureta, precisa disso. Os agaves erguem para o céu suas folhas ameaçadoras, duras e espinhosas, e demonstram que a beleza não é só ternura, mas também violência. A superfície do mar está rugosa, parecida com couro.

Muitas vezes lhe falei sobre seu avô Pietro. Agora, quero que você saiba uma coisa que ninguém soube jamais, nem mesmo sua mãe. Eu estava esperando meu primeiro filho, completaram-se os dias da gravidez e nasceu uma menina esplêndida. Nós a chamamos de Margherita, como a mãe de Pietro: na Sicília, esse é o costume. Ela nasceu no quarto grande, aquele com piso de granilito amarelo e azul e um crucifixo pendurado na parede, com Cristo ainda de olhos abertos.

Poucos dias depois, em um dia terrível, ela me caiu dos braços e voou para o céu, como um anjo. Por minha culpa. As mãos com as quais eu havia preparado centenas de doces não foram capazes de segurar minha filha. As mãos que me pareciam manchadas sempre que eu olhava.

Chorei a noite inteira. E nas noites seguintes. Não queria mais ter filhos. Eu era uma bruxa, uma mãe incapaz. Tinha vergonha, não saía de casa, e o sentimento de culpa me devorou os nervos. O siroco me entrou no coração e o queimou todo, como faz com as laranjeiras. Mas seu avô foi lá dentro. Foi me buscar bem ali. Eu não falava mais, a dor me consumiu, mas não consegui me devolver minha filha e, com ela, minha vida. Fiquei magra como um caniço. Oca e vazia como um caniço. Não esperava mais nada. Mas seu avô não me deixou desabar. Ele me levou daquela casa, daquela terra, para que eu sarasse. Procurou um trabalho no Norte, e fomos morar em Milão. Ele me falava daquele nome, Margherita, que significa "pérola", e me dizia que Margherita estava viva. E me curou da dor assim, lentamente, docemente, ajudando-me a perdoar a mim mesma e a Deus pela desgraça que nos mandara. Aos poucos, recuperei a alegria de viver, recomecei a fazer doces, a falar com Deus, e abri uma pequena confeitaria toda minha: La Siciliana. Assim a chamei. Ainda existe, mas mudaram o nome. Eu jamais sonharia abrir uma só minha. No Norte. No Continente. Coloquei em prática tudo o que o senhor Dolce me ensinara, e as lágrimas secaram.

Assim foi que seu avô me arrancou da dor, com seus cuidados, com suas histórias, com sua presença constante, como o mar que você olha agora. Assim nasceu sua mãe, assim veio você depois. E eles a chamaram Margherita, porque seu avô frequentemente dizia que esse era o nome da mãe dele e era um belo nome para uma menina. A pérola. Eu sabia que você não iria morrer, meu amor. Você era a minha Margherita, a Margherita que perdi por não ter sabido segurar. Você também traz as marcas disso, como toda pérola. U pani crisci miezzu ai spini, *o pão cresce em meio aos espinhos, dizia-me minha mãe.*

366

E como era bom aquele pão recém-assado, feito em casa, que eu esperava diante do forno quando era pequena! Devia durar oito dias, e o escondiam embaixo das toalhas. E não acabava nunca. Não acabava nunca e era muito bom. Minha joia. Adeus.

As lágrimas caíram sobre aquelas páginas manuscritas, lágrimas com as quais Margherita abraça sua avó, a qual segura a outra ponta do novelo que as liga e a salvou do labirinto naqueles cinco anos de liceu. Os anos necessários para fazer uma pérola.

Levanta-se e se aproxima da grade que dá para o mar, mancando um pouco. Esses são os sinais deixados em seu corpo pelo ataque do predador. E ela tem uma longa cicatriz no lado esquerdo do corpo, como aquela graças à qual Euricleia reconheceu Ulisses, retornado a Ítaca sob disfarce. Chora, e nem mesmo o siroco consegue lhe enxugar as lágrimas, enquanto o trigo ondula sobre os campos na paciente espera por ser triturado para poder se tornar um pão bom como o que a avó comia. O vermelho, o laranja, o verde das figueiras-da-índia vão muito além das narrativas da avó e da imaginação de Margherita. Ali, tudo é mais verdadeiro que a mais bizarra fantasia. Tudo é possível.

Então, fortes braços estreitam a jovem, fechando-se sobre sua cintura. Ele percebeu suas lágrimas e, por isso, aproximou-se: antes, seria cedo demais; depois, tarde demais. Ele sabe ler os sinais das mãos e dos olhos.

– O que você tem?

Margherita balança a carta diante dos olhos de Giulio e, entre os soluços, não consegue falar. Giulio tem agora 22 anos e está prestes a terminar o curso de direito.

Precisou de muito tempo para se perdoar. Mais tempo que o que havia sido necessário a Eleonora e ao marido. Muito mais que o que Margherita levou. Quando o procurou, ela lhe repetiu palavra por palavra a declaração que ele lhe fizera no silêncio do coma. Não o deixou escapulir.

— Uma vez, eu perguntei: "Vovó, por que eu não morri, o que você acha?" E ela respondeu me contando um filme que vovô adorava: havia um sujeito que desejava se suicidar porque tudo tinha dado errado para ele. Mas um anjo lhe mostrava como o mundo ficaria sem ele, que fim levariam todas as pessoas a quem ele havia ajudado na vida, mesmo que só com um sorriso... Vovô Pietro era louco por esse filme, e a fazia revê-lo todos os anos, para lhe recordar que, muitas vezes, pensamos que as coisas deveriam ser como nós queremos, esperamos tudo da vida e a vida nos decepciona continuamente. Em vez disso, é a vida que espera algo de nós. *"Dio fici l'omo per sentirsi cuntare u cuntu."* — Margherita faz uma pausa e recorda aquele momento. — Assim me disse ela.

— O que significa?

— Que Deus criou o homem para ouvi-lo contar histórias. Depois, ela dizia que virá o dia em que estaremos de novo reunidos a todos os fios das vidas que se entrelaçaram conosco e veremos o desenho esplêndido que criamos juntos. E contaremos um ao outro tudo o que aconteceu, e não haverá mais inveja, rancor, medo. Só alegria.

— Como está acontecendo agora, Margherita — diz ele, abraçando-a mais forte e olhando o horizonte.

— Como assim?

— Agora, neste lugar, é a sua vez. Por isso sua avó queria que você lesse a carta aqui. Agora, o testemunho passa a você, meu amor. A nós.

As palavras de Giulio são como as conchas: você as aproxima do ouvido e elas lhe prometem o infinito. Giulio tem razão: muitas coisas morreram e delas nasceram outras, novas, como as árvores que se nutrem das folhas que perderam.

Margherita o fita e observa o horizonte através dos olhos dele. Quantas perguntas ainda sem resposta! Sempre que o destino apresenta uma, é o momento de deixar fluir a madrepérola dentro de si, para que transforme a própria vida na resposta a uma das tantas coisas que ninguém sabe. É o momento de fechar as valvas da concha e deixar que o coração sugira devagarinho, como numa confidência, lá de seu aposento mais remoto, que não existe resposta satisfatória, porque a única resposta é um amor maior pela vida e por sua incompletude.

Margherita aperta as mãos sobre as de Giulio, em torno do ventre que um dia transmitirá o testemunho mais uma vez. E estar no mundo lhe parece tão doce que ela gostaria de agradecer à vida por aquilo que é, agradecer diretamente.

Olham o mar diante deles. Paciente, constante, eterno espectador dessa passagem de bastão entre as criaturas frágeis que o sulcam. E a luz tornou-se o único mandamento nesse ocaso, permite que a noite venha para depois retornar mais uma vez. Com uma nova esperança e um novo pranto.

Margherita sente o coração bater, sístole diástole sístole diástole sístole diástole, como acontece quando alguém nos abraça. A alegria de viver a invade. O coração bate, forte, poderoso, como a arrebentação, no ritmo antigo e sagrado das coisas do mundo que repetem o incessante e silencioso eco que a vida, como uma concha, traz em seu ventre.

Agradecimentos

No limiar dos 35 anos, estou começando a compreender por que dizem que este é "o meio do caminho de nossa vida".

Nós nos descobrimos no centro da existência, no cruzamento entre as gerações, e assistimos à partida dos avós, ao envelhecimento dos pais, ao nascimento dos filhos. Este romance nasce do privilégio de parar na encruzilhada, onde se mostram mais claros o caminho percorrido e aquele ainda a percorrer. Minha gratidão, portanto, vai para os que me colocaram na estrada e me acompanham a cada dia: minha família (papai, mamãe, Marco, Fabrizio, Elisabetta, Paola e Marta), fonte inesgotável de alegria e inspiração.

Um agradecimento a quem seguiu passo a passo estas páginas: Antonio Franchini, Marilena Rossi, Giulia Ichino, que, com delicadeza, ajudam-me a dar o melhor de mim; e a Gabriele Baldassari, por seu atento trabalho de revisão.

Obrigado a meus alunos e aos colegas do liceu onde dou aulas, a meus amigos e amigas mais queridos, cujos nomes não cito aqui porque o espaço não é suficiente. Um agradecimento especial a Alessandro Rivali, que me iniciou nos mistérios de Gênova e arredores.

Minha grande gratidão a todos os leitores de meu primeiro livro, particularmente os professores e os jovens que conheci em muitas escolas. As perguntas deles, gritadas ou sussurradas, despreocupadas ou inquietas, alimentaram a redação deste segundo romance, que, já a partir do título, revela minha incapacidade de responder àquelas que são verdadeiros enigmas. Perguntas sobre o sentido da vida, da dor, sobre Deus, os sonhos, as escolhas... Perguntas que me levaram longe dos lugares-comuns e me obrigaram a rever convicções esquemáticas demais. A muitos leitores, devo também pedir desculpas, porque não consegui responder a suas cartas e pesquisas, a seus e-mails e comentários em meu blog. Eu leio tudo que os leitores escrevem, mas infelizmente só consigo responder a poucos.

Também sou grato a quem criticou meu primeiro livro: sem saber, ajudou-me a não alimentar a ilusão de que o sucesso possa bastar para fazer feliz uma pessoa.

Em uma carta, Tolstoi escreveu: "O objetivo da arte não é o de resolver os problemas, mas o de obrigar as pessoas a amar a vida. Se me dissessem que posso escrever um livro no qual me será dado demonstrar como verdadeiro meu ponto de vista sobre todos os problemas sociais, eu não perderia sequer uma hora em uma obra desse gênero. Mas, se me dissessem que aquilo que escrevo será lido daqui a vinte anos pelos que agora são crianças, e que eles vão rir, chorar e apaixonar-se pela vida a partir de minhas páginas, então eu dedicaria a essa obra todas as minhas forças."

Esta é a única razão pela qual escrevo: porque amo a vida, inclusive suas sombras. Se um só leitor, graças a estas páginas, viesse a amá-la um pouco mais, eu estaria satisfeito.

Agradeço especialmente a você, leitor, que encostou o ouvido a esta história, como se faz com uma concha. E espero que tenha experimentado, ao lê-la, o que eu senti ao escrevê-la: um pouco mais de amor pela vida e um pouco mais de misericórdia pelo homem.

Leia também, de Alessandro D'Avenia:

BRANCA COMO O LEITE, VERMELHA COMO O SANGUE

Leo é um garoto de 16 anos como tantos: adora o papo com os amigos, o futebol-soçaite, as corridas de motoneta e vive em perfeita simbiose com seu iPod. As horas passadas na escola são uma tortura, e os professores "uma espécie protegida que você espera ver definitivamente extinta". Assim, quando chega um substituto de história e filosofia, Leo se prepara para recebê-lo com cinismo e bolinhas encharcadas de cuspe. Mas esse jovem professor é diferente: uma luz brilha em seus olhos quando ele explica, quando incita os estudantes a viver intensamente, a buscar o próprio sonho.

Leo sente em si a força de um leão, mas há um inimigo que o aterroriza: o branco. O branco é a ausência: tudo aquilo que em sua vida está ligado à privação e à ausência é branco. O vermelho, ao contrário, é a cor do amor, da paixão, do sangue: vermelho é a cor dos cabelos de Beatriz. Leo tem um sonho que se chama Beatriz, embora ela ainda não saiba. Leo tem também uma realidade, mais próxima, e, como todas as presenças próximas, mais difícil de perceber: Silvia é sua realidade confiável e serena. Quando descobre que Beatriz está doente e que a doença tem a ver com aquele branco que tanto o apavora, Leo deverá escavar profundamente dentro de si, sangrar e renascer, para compreender que os sonhos não podem morrer e para encontrar a coragem de acreditar em algo maior.

Branca como o leite, vermelha como o sangue não é apenas um romance de formação; não é apenas a narrativa de um ano de escola: é um texto corajoso que, por meio do monólogo de Leo – ora descontraído e divertido, ora mais íntimo e atormentado –, conta o que acontece no momento em que, na vida de um adolescente, irrompem o sofrimento e o pesar, e o mundo dos adultos parece não ter nada a dizer.

Apostando numa recuperação moderna e vital da grande tradição clássica, o D'Avenia romancista estreante se alia ao jovem professor de liceu – essa é também a profissão do autor – para oferecer ao leitor menos ou mais jovem algumas respostas que, como toda resposta verdadeira, não aspiram a ser definitivas, mas nem por isso hesitantes e resignadas.

Impresso no Brasil pelo
Sistema Cameron da Divisão Gráfica da
DISTRIBUIDORA RECORD DE SERVIÇOS DE IMPRENSA S.A.
Rua Argentina 171 – Rio de Janeiro, RJ – 20921-380 – Tel. 2585-2000